PETER BENCHLEY

l'île sanglante

traduit de l'américain par Anne Villelaur

Éditions J'ai Lu

Ce roman a paru sous le titre original :

THE ISLAND

Pour Tracy et Clay

« Tout compte fait, l'Aventure romantique n'est que violence. »

Adage

« [*A l'état de nature*]... Ni arts, ni littérature, ni société; pis encore, peur et danger incessants d'une mort violente; et, pour l'homme, la solitude, la pauvreté, les embûches, l'abrutissement et une brève espérance de vie. »

Thomas HOBBES *(Le Léviathan)*

Tous les personnages de ce livre appartiennent à la fiction. Aussi, toute ressemblance avec des personnes vivantes ou ayant vécu serait pure coïncidence.

1

Le bateau était à l'ancre, aussi immobile que s'il avait été soudé à la surface de la mer. Normalement, en cet endroit, une forte houle, accompagnée de longues lames de fond – effets de lointains orages – aurait dû le faire tanguer et rouler sur un horizon en perpétuel changement. Mais, depuis plus d'une semaine, un système de hautes pressions s'était établi sur l'Atlantique, d'Haïti aux Bermudes. Il n'y avait même pas de nuages de beau temps, et la réverbération du soleil de midi donnait à l'eau une apparence d'acier poli.

Vers l'est, le miroitement d'une tache grise suspendue à un millimètre au-dessus du bout du monde : l'image réfléchie d'une petite île située au-delà de l'horizon. Vers l'ouest, la danse des vagues de chaleur.

Deux hommes pêchaient à l'arrière avec des lignes à fil monobrin. Ils portaient des shorts en loques, des tee-shirts blancs crasseux et des chapeaux de paille à large bord. De temps en temps, l'un d'eux remplissait un seau d'eau de mer et en aspergeait le pont qui brûlait leurs pieds nus. Entre eux, sur le socle où devait s'ajuster le fauteuil de pêche, ils avaient retourné des cartons de bouteilles d'alcool pour se faire une table, et celle-ci était jonchée de têtes de poissons, de tripaille et autres débris de sardines en train de dégeler.

Les deux hommes étaient penchés par-dessus la poupe, la main tendue pour empêcher la ligne de frotter contre le bastingage de cuivre, et tâtaient le fil du bout d'un index calleux pour ne pas manquer une touche, à des centaines de mètres sous la surface.

– Tu le sens?

– Non. Pourtant, il est là... si les rémoras le laissent s'approcher.

– Il y a une marée du tonnerre.

– Ah! ça oui. Elle va décrocher mon appât et l'envoyer valser en haut de la colline.

Des relents de cuisine flottaient vers l'arrière, se mêlant à l'odeur nauséabonde du poisson qui pourrissait au soleil.

– Avec quoi ce foutu Portugais va-t-il nous empoisonner aujourd'hui?

– Du museau de porc, d'après la puanteur.

Dans l'obscurité du cañon que surplombait le bateau, un poisson de belle taille mordit à l'un des appâts et, ainsi accroché, se réfugia dans une anfractuosité rocheuse.

L'homme fut violemment projeté contre le plat-bord. Se calant avec les genoux pour éviter de passer par-dessus bord, il tendit la main gauche pour ramener un mètre de ligne, puis un mètre de la droite, et encore un de la gauche.

– Bon dieu! Je savais qu'il était là!

– Un requin, probable.

– Un requin, tu parles! Si c'est ça, c'est le bon dieu de requin de Moby.

Le poisson se mit à lutter, et l'homme avait tellement mal aux mains qu'il en grinçait des dents, mais il refusait de laisser la ligne filer entre ses doigts.

La ligne mollit.

– Salaud!

L'autre se mit à rire.

– Mon vieux, tu ne sais pas pêcher. Tu lui as arraché l'hameçon de la bouche.

– Il l'a tranché d'un coup de dents, c'est ça.
– Tranché d'un coup de dents...
Il releva lentement la ligne, faisant bien attention qu'elle ne s'emmêlât pas en tombant en tas devant lui. L'hameçon, les poids et l'avançon avaient disparu, le fil monobrin était sectionné.
– Je te l'ai dit. Tranché d'un coup de dents.
– Eh bien, moi, je t'ai dit que c'était un foutu requin.
L'homme fixa à sa ligne un nouvel hameçon et un avançon. Il écailla deux sardines à moitié gelées qu'il prit parmi les appâts, en mangea une et introduisit l'hameçon dans l'autre traversant le poisson de part en part à la hauteur des yeux, longeant l'arête centrale et transperçant la queue. Il lança l'hameçon par-dessus bord et laissa de nouveau la ligne filer entre ses doigts.
– Hé! Dickie.
– Oui.
– A quelle heure, demain, il a dit le capitaine?
– Midi. Il va les chercher à l'avion de 11 heures et quelque. S'ils ont pas trop d'emmerdements, ils devraient être au port vers midi.
– Quel genre de toubibs c'est, cette fois?
– Nelson..., je te l'ai dit cent fois. C'est des neurochirurgiens.
Nelson se mit à rire.
– Si c'est pas un comble...
– Je continue à ne pas voir ce qu'il y a de drôle chez un neurochirurgien.
– C'est des toubibs qui s'occupent de la tête, mon vieux. Qu'est-ce que des toubibs de la tête viennent faire à la pêche?
– Un neurochirurgien, c'est pas seulement un toubib qui s'occupe de la tête.
– C'est toi qui le dis. Tout ce que je sais, c'est

qu'après que ce gars à Barbuda m'a frappé sur la tête avec un marteau, on m'a envoyé chez un neurochirurgien.

– Tu me l'as déjà dit.

– Il a pas su quoi faire de moi, et, alors, il m'a envoyé voir un Tchécoslovaque.

– En tout cas, y a pas de loi qui interdit à un neurochirurgien de pêcher. Et ne l'oublie pas, c'est important, le capitaine a dit qu'ils paient d'avance et cash. Dickie fit une pause. Tu te souviens combien ils sont?

– Je l'ai jamais su.

Dickie cria :

– Manuel!

– Ouais, monsieur Dickie!

Un garçon apparut à la porte de la cabine. Douze-treize ans. Mince, sec et nerveux. Sa peau était couleur terre de Sienne. La sueur collait ses cheveux à son front et zébrait le devant de sa chemise blanche empesée.

– Combien... (Dickie s'arrêta.) Espèce de fils de pute de pauvre crétin de Portugais, tu as quelque chose de dérangé dans la tête. Je t'ai dit de ne pas porter ton uniforme quand il n'y a pas de clients à bord!

– Mais je n'ai pas...

– Regarde ton pantalon, petit! Ah, ça, on peut dire que tu t'es bien dégueulassé!

Le garçon jeta un coup d'œil sur son pantalon. La chaleur de la cuisine en avait effacé le pli et les jambes étaient maculées de graisse.

– Mais je n'ai pas d'autre pantalon!

– Ma foi, je me fous bien que tu passes toute ta nuit à laver, mais au lever du jour je veux voir ce pantalon aussi blanc que le cul d'un ange.

Nelson sourit.

– Qu'est-ce qu'on en sait, nous, Dickie? Peut-être

que les neurochirurgiens aiment les petits Portugais crasseux.

– Eh! ma foi, Nelson, tu as peut-être raison. Qu'est-ce que tu en dis, Manuel? Si on laissait ces neuros te tripoter un peu?

Le garçon ouvrit de grands yeux.

– Non, monsieur, monsieur Dickie. De toute façon, j'en veux pas.

– Tu as préparé combien de couchettes?

– Huit. C'est ce que le capitaine a dit.

Nelson renifla.

– Bon Dieu, qu'est-ce que tu fais cuire, petit?

– Du museau de porc, monsieur Nelson.

– Je te l'ai dit, Nelson, triompha Dickie. C'est tout ce que tu mérites.

Quand Manuel eut lavé et rangé les assiettes, les casseroles et les poêles, puis frotté le parquet de la cuisine, il n'avait plus rien à faire. Il aurait bien aimé fermer la porte, brancher l'air conditionné et la télévision dans le grand salon, et se vautrer sur le canapé de velours. Mais l'air conditionné ne fonctionnait jamais que pour le confort des clients; il n'y avait pas de relais pour recevoir la télévision, et le canapé – comme les autres meubles – était recouvert de housses en plastique.

Il y avait une bibliothèque pleine de livres de poche, et Manuel aurait pu lire, allongé sur sa couchette, mais il ne lisait couramment que les majuscules sur les paquets d'aliments surgelés, les étiquettes des instruments de navigation et les noms de lieux sur les cartes marines. Il était décidé à améliorer son savoir en matière de lecture, et il avait étudié les légendes des photos des magazines illustrés – *People, US, Playboy, Penthouse* et *Yachting* – que les clients précédents avaient laissés à bord. Mais il estimait qu'il avait déjà glané tout ce qu'il pouvait dans les journaux à sa disposition.

Dickie et Nelson continuaient à pêcher à l'arrière. Manuel aurait pu équiper une ligne et se joindre à eux, et il l'aurait fait s'ils avaient pris quelque chose. Mais les railleries qu'échangeaient les deux hommes étaient inversement proportionnelles au nombre de poissons pêchés et, en des jours d'aussi grande pénurie, ils ne cessaient de se mettre en boîte mutuellement. Si Manuel s'était joint à eux, ils se seraient retournés contre lui et l'auraient pris comme cible, ce qu'il détestait.

Il avait donc lavé et repassé ses vêtements, et il recommençait à s'embêter.

Vêtu en tout et pour tout d'un slip en filet, Manuel se dirigea vers l'arrière. Le soleil qui atteignait l'horizon ressemblait à une grosse boule, et la lune était déjà levée, mince tranche de citron se détachant sur un ciel gris-bleu.

– Monsieur Dickie, vous voulez que j'enlève les housses des fauteuils et des meubles?

Dickie ne répondit pas. Il était attentif aux sensations que lui transmettaient ses doigts, essayant de déceler les secousses et les tractions les plus légères exercées sur sa ligne, pour faire la distinction entre la touche d'un petit poisson et la première tentative d'un gros pour mordre à l'appât. Il tira d'un coup sec pour déplacer l'hameçon, n'y réussit pas, se détendit.

– Non. Laisse tomber. Y aura tout le temps dans la matinée. Mais si tu traînasses en te tournant les pouces, tu ferais mieux de remplir le placard à alcool.

– Ouais.

– Et apporte-nous un coup de rhum quand tu auras fini.

– Est-ce que je peux mettre la radio?

– Mais oui. Un peu de prêchi-prêcha te fera du bien. Ça te lavera le cerveau de tes mauvaises pensées.

Manuel repartit vers le salon. Dans un placard, sous le poste de télévision, il y avait tout un tas d'appareils radio : bande de modulation unique, bande de fréquence sur le canal 40 réservée aux particuliers, très haute fréquence, et modulation d'amplitude-modulation de fréquence normale. A cette heure de la journée, la plupart des bandes de fréquence réception et transmission étaient encombrées par les conversations qu'échangeaient les pêcheurs cubains à propos de la pêche de la journée, par les passagers des bateaux de croisière appelant les Etats-Unis (via la Marine de Miami), et par les pêcheurs à la seine professionnels annonçant à leur femme à quelle heure ils espéraient rentrer. Manuel se brancha sur le récepteur à modulation d'amplitude et entendit la voix familière et soporifique du porte-parole du Sauveur – un prêtre de l'Indiana qui enregistrait des programmes religieux dans le Sud et les envoyait par la poste à la station de radio protestante évangélique de Cap-Haïtien. La plupart des bateaux qui croisaient dans le voisinage des latitudes 20° et 22° N et des longitudes 70° et 73° W restaient branchés sur la WJCS (Jésus-Christ Notre-Sauveur) car c'était la seule station qu'on pouvait recevoir sans parasites et qui diffusait les conditions météorologiques locales exactes. Les bulletins météo du Bureau des Etats-Unis, en provenance de Miami, étaient assez sérieux pour la Floride et les Bahamas, mais, de notoriété publique, ils étaient dangereusement erronés pour ce qui concernait la cuvette particulièrement traîtresse située entre Haïti et l'île d'Acklins.

« ... et maintenant, compagnons de bord, disait d'une voix langoureuse le porte-parole du Sauveur, je vous invite à nous rejoindre dans le Havre de Paix. Vous le savez, compagnons de bord, pour chaque âme voguant sur la mer de la vie, il y a toujours un drapeau haut levé pour avertir les petits bateaux. Mais si vous le lui permettez, le Christ se tiendra près de vous à la barre... »

Manuel roula le tapis du salon, dégagea l'écoutille et se laissa tomber dans la cale. Il prit une lampe électrique accrochée à la cloison et en promena le rayon lumineux sur d'innombrables caisses de conserves de nourriture, de boissons non alcoolisées, de produits contre les insectes, de filets remplis d'oignons et de pommes de terre, de jambons fumés enveloppés dans du papier, de boîtes de bacon canadien et de rôti de dinde. Accroupi dans la cale, basse de plafond, il avança à la recherche d'une ou deux caisses d'alcool. Au maximum, estimait-il, trois caisses : huit personnes – dont quatre femmes qui boivent moins que les hommes – pour un voyage d'une semaine. Trente-six bouteilles suffiraient amplement. Et il savait que les clients n'en commandaient pas plus qu'ils n'avaient l'intention d'en boire. La nourriture était comprise dans le prix du contrat d'affrètement, mais la boisson était en supplément, et les bouteilles en surplus demeuraient à bord. Telles étaient les règles.

Il continua de progresser et balaya de sa lampe le compartiment avant. Il était rempli de cartons contenant des bouteilles d'alcool. Il déchiffra les lettres imprimées sur les emballages, puis, doutant comme toujours d'avoir bien lu, il les relut : scotch, gin, tequila, Jack Daniels, rhum, armagnac. Manuel comptait mentalement les bouteilles, les gens, les jours. Cent quarante-quatre bouteilles, huit personnes, sept jours. Deux bouteilles et demie par personne et par jour.

Il s'agenouilla sur le plancher, regarda fixement les

cartons et se sentit découragé. Ç'allait être un mauvais voyage. On se plaindrait de tout. Quand les clients buvaient trop, ils ne trouvaient rien à leur convenance – ni le temps, ni les distractions à bord, ni la nourriture, ni les espèces de poissons pêchés, ni leur nombre, et surtout pas le fait d'être ensemble. Dickie, Nelson et le capitaine étaient immunisés contre le manque de savoir-vivre. Leur âge, leur expérience et leur mauvais caractère décourageaient jusqu'au plus impudent des goujats. Cela signifiait, bien entendu, que les ivrognes réservaient leurs plus belles injures au jeune Manuel qui était incapable de se défendre.

Il posa la lampe électrique sur le plancher et ouvrit la caisse de scotch la plus proche. Sur le rayon supérieur du bar, on pouvait ranger deux bouteilles de chaque sorte d'alcool – suffisamment pour le premier soir.

Au coucher du soleil, le poisson commença à mordre.

– Je n'ai jamais compris ça, dit Nelson. Il releva sa ligne en la faisant passer d'une main dans l'autre. Il n'y a même pas de lumière en bas, alors comment est-ce que ces loustics savent que c'est l'heure du dîner?

– Ils ont une horloge naturelle dans la tête. J'ai lu ça quelque part. Dickie se pencha par-dessus la poupe. Vise-moi un peu ce salaud qui roule des yeux.

Nelson tendit la main pour prendre l'avançon et fit passer le poisson au-dessus du plat-bord. Bien gras, d'un rose vif, il faisait dans les trois à quatre kilos. Tandis qu'on le remontait l'air s'était dilaté dans ses branchies, gonflant son ventre et faisant saillir ses yeux. La langue avait enflé au point de remplir la bouche béante.

– Le dîner, dit Nelson.

– Tout juste. Manuel!

Il n'y eut pas de réponse. Le garçon était dans la

cale, très loin, à l'avant. Du salon, venait, sur un fond de chœur, la voix du porte-parole du Sauveur : « ... tu peux te dire, compagnon de bord : " Vraiment, Jésus ne peut m'aimer, moi, parce que je suis un trop grand pécheur. " Mais c'est justement pour cela qu'il t'aime, compagnon de bord... »

– Manuel! (Dickie fit quelques pas.) Bon Dieu, petit... (Regardant de l'autre côté du salon, au travers des hublots avant, Dickie vit quelque chose qui dérivait vers le bateau, poussé par la puissante marée.) Hé, Nelson! (Dickie désigna l'objet.) Qu'est-ce que c'est, à ton avis?

Nelson s'appuya sur le bastingage et se pencha. Dans la lumière déclinante, il distinguait à peine ce que lui montrait Dickie. Cela se trouvait à vingt ou trente mètres en avant du bateau – c'était sombre, solide, et mesurait de quatre à cinq mètres de long. De toute évidence, la chose n'était pas dirigée, car elle tournait lentement dans le sens des aiguilles d'une montre.

– On dirait un tronc d'arbre.

– Un gros tronc d'arbre. Bon Dieu! Ça va nous emplafonner en plein à l'avant.

– Ça ne bouge pas assez vite pour nous faire beaucoup de mal.

– Ça va quand même érafler la peinture et la foutre en l'air.

L'objet heurta le bateau presque à la hauteur du gaillard d'avant, s'immobilisa un instant, puis, repris par la marée, se dirigea lentement vers l'arrière.

A l'étage en dessous, Manuel entendit un coup sourd à bâbord. Il ouvrit une caisse de Jack Daniels, se coinça deux bouteilles sous le bras et, tenant la lampe électrique de l'autre main, repartit vers l'arrière en direction de l'écoutille. Il monta et posa les bouteilles par terre dans le salon. Il s'accroupit de nouveau et repartit, sans prêter la moindre attention à l'exhortation du porte-parole du Sauveur qui disait : « ... écrivez-nous ici au Havre de Paix, et nous vous promettons de vous répondre si vous joignez à votre lettre une enveloppe timbrée à votre adresse. »

– C'est un bateau ! dit Dickie.

– Tu parles !

– On dirait un canoë. Regarde.

– Je n'ai jamais vu un bateau comme ça.

– Prends une gaffe. La grosse.

Nelson tendit la main sous le plat-bord et en sortit un gaffeau de dix centimètres muni d'un manche en acier de près de deux mètres.

L'objet se rapprochait rapidement.

– Agrippe-le, dit Dickie. Attends... pas encore... pas encore... Vas-y.

Nelson lança la gaffe et tira à lui d'un coup sec. Le croc s'enfonça dans le bois et y resta.

C'était un énorme tronçon de bois, creusé, et effilé aux deux extrémités. La marée le tirait et le faisait tourner, l'amenant presque perpendiculaire au bateau.

– C'est vachement lourd, dit Nelson. Je ne peux plus le tenir.

– Amène-le par là.

Dickie tira le loquet et ouvrit la porte découpée dans l'arcasse qui permettait de hisser à bord les gros poissons. Il descendit sur une étroite plate-forme au niveau de l'eau, juste au-dessus des tuyaux d'évacuation.

Nelson guida le tronçon de bois pour lui faire contourner l'arrière et l'amena du côté sous le vent pour qu'il échappât à la marée. Le tronc d'arbre se balançait doucement comme un berceau.

– Il y a quelque chose dedans, dit Nelson.

– Je vois. De la toile à voile, on dirait.

S'assurant d'une main sur le taquet, Dickie tendit le pied et repoussa d'un coup sec un bout de la toile à voile. Paume tournée vers le ciel, comme celle d'un mendiant, apparut une main humaine.

– Merde alors!

Dickie ramena brusquement son pied sur la plate-forme. Il s'accrocha des deux mains au taquet.

Pendant un moment, aucun des hommes ne parla. Chacun était attentif aux battements de son cœur. Puis Nelson dit :

– Y a peut-être autre chose là-dessous?

– Je ne veux pas le savoir.

– Peut-être qu'il est vivant.

– Qu'est-ce qu'il ferait là-dedans s'il était vivant. En plus, il pue, le salaud.

– On ne le saura pas avant que tu aies regardé.

– Que toi tu aies regardé.

– Je ne peux pas regarder, moi, je tiens la gaffe.

Dickie réfléchit, les yeux fixés sur la main. Il avança, recula, avança de nouveau.

– Vas-y, mon vieux, murmura-t-il. Allons, c'est tout ce qu'il y a de plus mort.

Il toucha le coin de la toile à voile et la souleva.

Il vit un poignet, cerclé d'un bracelet de métal vert grossièrement ciselé, et un morceau d'avant-bras.

– Allons, dit Nelson avec impatience, il ne va pas te mordre.

– Je ne peux pas trouver une bonne prise. Rapproche-le un peu.

– C'est impossible. Il est absolument collé contre l'arcasse, maintenant.

Retenant sa respiration, Dickie se pencha, le corps surplombant l'eau, la main gauche tendue, la droite s'accrochant au taquet.

La toile à voile se souleva et se replia à toute vitesse.

Le corps de Dickie alla cogner contre le canoë, et une ombre grise traversa l'air en sifflant, le frappant au-dessus de la clavicule gauche. Comme une poupée qu'aurait disloquée un enfant enragé, la tête de Dickie se détacha de son tronc auquel elle ne tenait plus que par des lambeaux de peau et de tendons. Une goulée d'air jaillit de la trachée ouverte, chassant un flot de sang. Nelson entendit deux flocs lorsque le corps et la tête frappèrent l'eau, séparément.

L'homme était à bord avant que Nelson eût le temps de dégager la gaffe. Affolé, il essaya de la libérer, mais le crochet était solidement ancré dans le bois. Il la laissa tomber et s'éloigna à reculons.

Nelson ne regardait pas l'homme qui s'avançait vers lui. Il était hypnotisé par la hache brandie dont le fer en demi-lune dégoulinait de sang. Les gouttelettes qui en tombaient sur le pont étincelaient dans le crépuscule. L'homme fit tournoyer la hache, et Nelson se trouva alors face à un pic effilé, un pic courbe, triangulaire. L'homme lança le pic d'un geste sec. Nelson esquiva le coup.

Clignant des paupières, il quitta le pic du regard et vit – derrière l'homme, derrière la poupe du bateau – la pirogue qui s'éloignait à la dérive. S'il pouvait sauter par-dessus bord, s'il pouvait nager jusqu'à la pirogue, puis pagayer... Vers où? N'importe où. Loin d'ici.

Il fit une feinte sur sa gauche, et l'homme se tourna brusquement vers lui, enfonçant le pic dans la cloison; avant que son assaillant eût pu l'en déloger, Nelson se précipita vers l'arrière.

Mais, dans l'ombre, il ne vit la pile de cartons contenant les bouteilles d'alcool que lorsqu'il les heurta des tibias. Il essaya de s'arrêter, glissa sur la tripaille de poissons et alla s'étaler, les quatre fers en l'air, sur le pont. Par un ultime réflexe de défense, il se couvrit la tête de ses mains, dans un geste d'impuissance.

Manuel avait sous le bras les dernières bouteilles, deux litres d'armagnac. Il était resté si longtemps accroupi dans la cale qu'il commençait à avoir des crampes dans les jambes. Il repartit à toute vitesse vers l'arrière, espérant pouvoir se redresser avant d'avoir un muscle noué. Devant lui, dans le rectangle de lumière projeté par l'écoutille ouverte, les teintes des bouteilles rangées sur le pont étaient obscurcies par l'ombre d'un homme.

– J'apporte les dernières, monsieur Dickie.

Le porte-parole du Sauveur faisait ses adieux aux auditeurs : « Eh bien, compagnons de bord, le temps est venu de ferler nos voiles, ici, dans le Havre de Paix... »

Ce fut l'odeur qui frappa tout d'abord Manuel. Une puanteur putride. Il avait déjà senti une fois une odeur de ce genre, quand une chèvre, tuée et à moitié dévorée par des chiens, s'était putréfiée dans le champ d'un voisin. Il atteignit l'écoutille et tendit les bouteilles, mais aucune main ne s'en saisit.

La puanteur lui fit monter les larmes aux yeux. Il leva la tête et aperçut des pieds.

« ... jusqu'à demain, lorsque nous lèverons l'ancre et croiserons ensemble dans les hauts-fonds de la vie... »

Manuel se tenait debout dans l'écoutille, pétrifié. Une goutte de sang tomba sur le tapis devant lui.

Une main tira d'un large ceinturon de cuir une arme qui n'avait rien de commun avec tout ce qu'avait pu voir Manuel. Un pouce ramena le percuteur en arrière, et Manuel eut le corps parcouru d'un frisson. Il ferma les yeux et entendit, en une fraction de seconde, un clic, un *psst* et un formidable *boom.*

Il tomba à la renverse, se cognant la nuque contre le bord de l'écoutille et s'effondra dans la cale. Il perçut un bruit de verre brisé, sentit l'odeur de l'alcool et du soufre, éprouva des douleurs dans la tête et des spasmes dans le ventre.

Il entendit alors : « ... et souvenez-vous, compagnons de bord, qu'il y a toujours un bon vent quand Jésus est à la barre de votre bateau. »

2

Comme d'habitude, Blair Maynard était en retard à son travail. Il devait être à son bureau à 10 heures, mais il avait veillé jusqu'à 2 h 30 du matin afin de terminer un article pour un des magazines publié par une compagnie aérienne auquel il collaborait de temps en temps. Il pouvait expédier en un après-midi ou une soirée la plupart de ces travaux : comptes rendus de films ou de pièces de théâtre, interviews de célébrités : 750 dollars pour 1 000 à 1 500 mots. Il avait eu pourtant du mal à rédiger cet article car il traitait d'un sujet qui l'intéressait : la découverte récente d'escaliers et de dalles qu'on supposait être de l'ère précolombienne, immergés près des îles qui se trouvaient à la périphérie de l'archipel des Bahamas. Ses conclusions, après analyse des preuves fournies, n'étaient pas satisfaisantes. Personne ne savait avec certitude ce qu'étaient ces pierres. Selon toute probabilité, c'était la nature qui les avait façonnées et polies. Mais peut-être pas. Et les recherches auxquelles il s'était livré pour savoir qui pouvait avoir fabriqué les escaliers et pourquoi l'avaient beaucoup amusé.

Mais, même s'il n'avait pas travaillé, Maynard

aurait trouvé une excuse pour veiller aussi tard et ne pas rentrer chez lui. Depuis que sa femme et son fils avaient déménagé, en emportant la plupart des meubles, des tableaux, des rideaux et des tapis, l'appartement était devenu un endroit qu'il préférait éviter. Quand il était meublé et entretenu, c'était un amas de cubes, sans style, mais vivable. Maintenant, vide et mal tenu, ce n'était plus qu'un alvéole, fait, pensait Maynard, de bric et de broc.

Au cours des deux mois qui avaient suivi le départ de sa femme, il n'y avait même pas passé une douzaine de nuits. Il préférait aller dans des bars pour y draguer des filles désœuvrées qui l'écoutaient se lamenter sur cet appartement empli de souvenirs insupportables. Après quelques scotches et un certain nombre d'histoires de pure invention sur sa carrière de journaliste, la fille l'invitait généralement à passer la nuit avec elle.

Mais, actuellement, ce qui l'avait poussé, après sa séparation, à coucher avec n'importe quelle fille de Manhattan n'avait plus rien d'irrésistible. Pendant un certain temps, il avait trouvé passionnant de mener la vie classique du débauché, de se réveiller dans des lits inconnus auprès de femmes dont il avait oublié le nom et dont les appétits lui permettaient de donner libre cours à ses fantasmes. Mais l'ivresse s'était émoussée à force de répétition.

S'il avait voulu avoir des relations suivies avec une femme, quelque chose de durable aurait pu naître avec une ou deux de ces filles. Mais il n'était pas encore prêt à s'engager vis-à-vis de qui que ce fût ou, en vérité, de quoi que ce fût. Et ainsi, son existence et sa vie sexuelle partaient à la dérive. De temps en temps, il entrait en collision avec un autre vaisseau à la dérive, ils s'unissaient passagèrement, puis repartaient à la dérive.

Lorsque Maynard traversa Madison Avenue à la hauteur de la 55e Rue, il regarda vers le sud de la ville et vit que l'aiguille de l'horloge qui se trouvait au sommet du bâtiment de *Newsweek* allait passer de 10 h 59 à 11 h. Il pénétra dans l'immeuble des Publications *Today,* échangea des plaisanteries avec le gardien qui avait la charge de la batterie d'ascenseurs, et monta au dix-septième étage. Comme il aurait pu le prévoir, l'homme arrêta au passage la fille qui vendait des sandwiches sur une table roulante, au moment où elle allait entrer dans l'ascenseur.

Le bureau de Maynard occupait une des douze petites pièces donnant sur Madison Avenue. Avec ses quatre mètres sur quatre et ses murs peints en bleu-vert, il contenait deux bureaux (un pour lui, l'autre pour sa documentaliste), deux bibliothèques, deux machines à écrire, deux téléphones et un classeur. Sur les murs, la seule décoration consistait en une douzaine de couvertures de *Today* : celles des numéros où les articles de Maynard avaient été publiés en page une, au cours de ses dix années au journal.

Pendant ces dix ans, il avait occupé le même bureau sans que son nom eût jamais figuré sur la porte. Quand il était chargé des spectacles, on lisait sur la plaque de sa porte : « Spectacles ». Puis, on y avait lu : « Sports »; puis (pour peu de temps) : « Sciences », puis (pour moins de temps encore) : « Arts plastiques ». Depuis trois ans, la plaque portait : « Tendances ». Quand sa porte était fermée – c'est-à-dire quand Maynard négociait au téléphone un article pour l'un des journaux auxquels il collaborait occasionnellement –, un naïf qui serait passé par là aurait pu croire qu'à l'intérieur travaillait un Marshall McLuhan de Madison Avenue, ou un Tom Wolfe en herbe, ou, tout au moins, un appareil enregistreur branché sur le pouls de la sociologie populaire. Le naïf aurait eu du mal à imaginer le rédacteur de la rubrique « Tendances » de *Today* tel qu'il était : un grand maigre de trente-cinq ans qui fumait des Lucky Strike, s'intéressait aux livres d'histoire, et considérait Frank Sinatra comme le meilleur styliste en matière de chanson de ce dernier quart de siècle. Il n'avait liquidé la collection d'armes qu'il avait héritée de son père que lorsqu'il avait été menacé d'emprisonnement. Il ne connaissait pas la différence – et ne s'en souciait nullement – entre le Monkey Hustle et un Pet Rock.

Il existait pourtant un phénomène sociologique auquel Maynard s'intéressait : sa documentaliste. Elle s'appelait Dena Gaines. Elle avait dans les vingt-cinq ans et était, selon les critères de n'importe quelle génération, renversante : des pommettes hautes, un nez pointu bien dessiné, une peau superbe et des cheveux noirs qui lui descendaient presque jusqu'à la taille. Toujours d'une propreté éclatante. Tout en elle – sa peau, ses mains, ses vêtements, ses cheveux, son odeur – affichait une invraisemblable propreté. Elle était douce, modeste, intelligente, douée d'une voix agréable et d'une grande capacité de travail. Elle aimait aussi beaucoup Maynard, pas sexuellement (bien que tous deux eussent évité de soulever ce genre de question au bureau et que ni l'un ni l'autre n'eût suggéré de l'aborder après le travail), mais d'une façon affectueuse, attentionnée, comme une sœur.

Aucune de ces qualités n'avait le moindre rapport avec la fascination que Dena exerçait sur Maynard. Ce qui l'intéressait en elle, c'était qu'elle était la seule femme (la seule personne) parmi ses connaissances, qui fût une sado-masochiste avouée, pratiquante, et (bien que timidement) prosélyte en la matière. Elle ne travaillait pas avec lui depuis plus de quinze jours qu'elle lui avait dit, tranquillement mais carrément, qu'elle était une adepte du culte de la douleur. Et, périodiquement depuis lors, elle lui avait proposé de le convaincre que la grande souffrance était la véritable voie vers la conscience sensuelle et la connaissance de soi. Il n'y avait jamais consenti, mais il n'était pas capable non plus de réprimer sa curiosité à l'égard des singularités de la vie de Dena. Il justifiait ses rêvasseries les plus lubriques en se disant qu'étudier ce qu'il y avait de marginal dans les mœurs américaines faisait partie de son travail.

Quand il entra dans le bureau, Dena était en train de réviser un texte qu'il avait écrit pour le numéro de la semaine suivante, vérifiant chaque fait et le soulignant au crayon rouge lorsque ses sources de documentation en corroboraient l'exactitude.

– Bonjour, dit-il en se dirigeant vers son bureau.

Elle leva les yeux.

– Ça va?

– Bien sûr. Pourquoi est-ce que ça n'irait pas?

– Pour rien, j'imagine. Je m'inquiète lorsque vous êtes tellement en retard. Je pense toujours qu'il a pu vous arriver quelque chose.

– Ne vous en faites pas. Ce qui m'arrive de plus excitant c'est de faire un cauchemar et de tomber du lit.

Elle sourit. Tout en avalant une gorgée de café, Maynard remarqua que Dena avait relevé le col de sa robe et portait, par-dessus, un foulard.

– Qu'est-ce qu'il y a, sous ce foulard?

Dena rougit.

– Rien.

– Allons, allons. Vous savez que les seuls plaisirs que j'ai dans la vie me viennent de vous.

Dena hésita, puis elle dit :

– Des morsures.

– Vous voulez dire une petite éruption de boutons? (Maynard fit mine d'être déçu.) Ça arrive à tout le monde de temps à autre.

Piquée au vif, Dena se tourna vers lui et défit son foulard.

– Des morsures.

Maynard distingua nettement des marques de dents.

– Oh! Bon Dieu! Il eut un mouvement de recul. Ça a dû vous faire drôlement mal.

– C'est vrai.

Dena sourit, renoua le foulard et se remit à son travail.

Maynard alla chercher dans la bibliothèque des numéros du *Daily News*, du *Wall Street Journal* et du *Christian Science Monitor*, et les étala sur son bureau. Il avait lu le *Times* chez lui, et maintenant il jetait un coup d'œil sur les gros titres des autres journaux, en quête d'éventuels sujets pour ses « Tendances ». Il était toujours plus facile de convaincre son rédacteur en chef qu'un sujet valait la peine quand il avait été publié – même entre parenthèses – quelque part ailleurs. Les idées originales étaient suspectes, situation que Maynard appelait le paradoxe de la corroboration. On le payait 40 000 dollars par an pour apporter des idées originales au service « Tendances », mais (et c'était là que résidait le paradoxe), si une affaire méritait vraiment qu'on lui consacrât de la place dans un hebdomadaire, elle avait sûrement déjà été traitée par un service ou un des quotidiens qui disposaient de bien plus d'argent et d'une meilleure équipe.

L'année précédente, lors d'un voyage en Floride, Maynard avait découvert qu'une société spécialisée dans l'exploration sous-marine en scaphandre autonome acceptait, en violation des règles de la profession, des clients qui n'avaient aucune formation. Il avait proposé un article sur ce sujet à son rédacteur en chef qui avait refusé, bien que Maynard eût la preuve que deux personnes s'étaient noyées parce qu'elles manquaient d'expérience et n'étaient pas familiarisées avec les scaphandres autonomes. Refusant que cette affaire demeurât ignorée du public, Maynard avait donné toute sa documentation à un ami du *Times.* Lorsque cette affaire avait été finalement publiée par le *Times,* le rédacteur en chef de Maynard l'avait pressé d'écrire l'article pour *Today* – en se servant, bien entendu, du papier du *Times* comme source principale d'information.

Maynard jeta le *News* dans la corbeille à papiers et passa à la première page du *Journal.*

Il était impossible de glaner des sujets pour « Tendances » dans le *Journal.* Les longues histoires illustrées des colonnes une, quatre et six de la première page traitent souvent de sujets qui auraient parfaitement convenu à « Tendances », mais elles étaient si complètes et racontées de façon si exhaustive qu'un hebdomadaire ne pouvait vraiment rien y ajouter. Maynard admirait ces articles, et enviait les journalistes qui écrivaient, car ils étaient parfois envoyés en reportage durant un mois entier pour écrire un seul article. Le *Reader's Digest* pouvait condenser une histoire du *Journal,* mais *Today* ne pouvait en plagier une.

Il était sur le point de passer au *Monitor* quand il remarqua un petit écho à la fin de la colonne « Faits divers », en page une. Sous le titre : « DISPARITION », l'écho disait : « Un luxueux bateau de plaisance, équipé pour la pêche sportive, est attendu depuis plusieurs jours à l'île de Navidad sous les tropiques. Le *Maruita,* inscrit à la Grande Bahama, devait passer mardi prendre son capitaine et le groupe de personnes qui avaient affrété le bateau.

« Selon les statistiques des gardes-côtes, 610 bâtiments de sept mètres ou plus ont disparu dans les Caraïbes, les Bahamas et la région située entre les Caraïbes et le golfe du Mexique, au cours des trois dernières années, causant la perte d'au moins deux mille vies humaines. »

Maynard relut l'écho en concentrant son attention sur le second paragraphe. Comment 610 bâtiments pouvaient-ils *disparaître,* comme ça?

Emportant le *Journal,* Maynard enfila le couloir jusqu'au bureau d'angle. La porte était ouverte. Leonard Hiller, le rédacteur en chef adjoint qui dirigeait plusieurs services du magazine, y compris celui des « Tendances », discutait au téléphone. Maynard hésita devant la porte jusqu'à ce que la secrétaire d'Hiller lui dise :

– Vous pouvez entrer. Il est en train de piquer une crise parce qu'ils ont fichu en l'air la couverture Woody Allen.

– Pour quelle raison?

– Une guerre civile, je crois.

Tandis que Maynard s'affalait dans le fauteuil qui faisait face au bureau d'Hiller, celui-ci leva les sourcils et gonfla ses joues, exprimant la frustration qu'il ressentait lorsqu'il était mis en échec par ceux qu'il qualifiait de « Philistins du seizième étage » – la direction du journal.

– Je *sais* que ce n'est pas drôle! hurlait Hiller dans l'appareil. Ce n'est pas *censé* être drôle! Cet homme fait un film sérieux. C'est un artiste sérieux, probablement le seul artiste sérieux du cinéma américain d'aujourd'hui. (Il s'arrêta pour écouter.) Et alors! Qu'est-ce qu'il y a de nouveau. Ça fait vingt ans que l'Afrique du Sud est sur le point d'exploser.

Maynard cessa d'écouter. C'était une ritournelle qu'il avait entendue à satiété, entre des générations de rédacteurs en chef adjoints et de rédacteurs en chef. Les sujets changeaient, mais les doléances étaient toujours les mêmes : un article de fond prévu sur la une, sur lequel le chef de rubrique, un rédacteur, plusieurs documentalistes et, presque toujours, un ou deux chefs de service avaient travaillé pendant des semaines, était victime d'une crise nationale ou internationale imprévue. Le rédacteur de l'article de fond estimait que la crise n'était pas aussi grave; le directeur chargé des affaires politiques estimait au contraire que l'article de fond manquait d'à-propos. Les avocats du papier qui collait à l'actualité gagnaient toujours, parce que l'argument final, irréfutable, était : « Nous sommes un magazine d'information. »

Bien qu'il n'aimât pas beaucoup Hiller, Maynard avait pitié de lui. Hiller n'avait que trente-trois ans et avait été promu rédacteur en chef adjoint – une impasse pour un rédacteur – par-dessus la tête de gens pour qui il avait jadis travaillé, de gens qui avaient refusé le poste avant qu'on le lui offrît. Maynard avait décliné deux fois l'offre, préférant le rythme plus paisible de son travail actuel et la possibilité qu'il lui donnait de collaborer en toute indépendance à d'autres journaux. Les rédacteurs en chef adjoints avaient beaucoup de responsabilités mais peu d'autorité. On les blâmait souvent et on les louait rarement. Ils devaient chouchouter la douzaine de moi délicats qui écrivaient pour eux et en même temps apaiser la colère de trois moi olympiens à qui ils devaient rendre des comptes.

Lorsqu'après les derniers changements opérés au sein de la direction, Maynard s'était retrouvé subordonné d'Hiller, il avait essayé d'établir avec celui-ci des rapports qui ne seraient humiliants ni pour l'un ni pour l'autre. Mais, dès le moment où il avait mis les pieds dans le bureau d'angle, Hiller avait joué au patron, prétendant qu'il avait une vaste expérience dans tous les domaines du journal dont il était responsable. Pour Maynard, Hiller était vite devenu un casse-pieds.

– D'accord, d'accord, dit Hiller au téléphone. (Il avait perdu, comme l'avait prédit Maynard.) De quelle longueur voulez-vous que ça soit, alors? (Il crayonna sur une feuille de papier posée devant lui.) Sans doute, mais ça veut dire qu'il faut faire sauter deux colonnes de « Livres » et... Je ne peux pas faire sauter les « Sports ». Un instant. (Il leva les yeux vers Maynard.) N'y a-t-il pas dans les « Tendances » quelque chose qui pourrait attendre la semaine prochaine?

Maynard secoua la tête.

– Ça peut toujours attendre, non?

– Je ferai sauter les « Tendances ». Ça me laissera huit colonnes pour Woody Allen. Oui... d'accord. (Il raccrocha et dit à Maynard :) Excuse-moi.

Maynard haussa les épaules.

– Qu'est-ce qui se passe en Afrique du Sud?

– Une nouvelle émeute à Soweto. Mon dieu, ils choisissent toujours ce mardi de malheur pour se révolter à Soweto. Ça va encore être une « une » sur les prémisses de la lutte suprême qui ne vaudra pas un clou.

– Est-ce que tu as vu ça?

Maynard lui tendit le *Journal.* Il avait entouré au crayon gras rouge l'écho sur les centaines de bateaux disparus.

Hiller y jeta un coup d'œil.

– Et alors?

– *Et alors?* Six cent dix bateaux? *Disparus?* Où diable sont-ils passés?

– C'est une erreur d'impression.

– Je ne crois pas.

– Alors ils ont coulé, dit Hiller. Le monde est plein d'idiots qui achètent des bateaux qu'ils ne peuvent pas manœuvrer et s'embarquent dans des coins qu'ils ne connaissent pas. Mon frère a un gros Bertram qu'il a acheté rien que pour aller emplafonner les autres bateaux dans les marinas. Je ne lui ferais même pas confiance s'il voulait m'emmener me balader en pédalo.

– Deux mille personnes ont disparu.

– Cinquante mille personnes sont tuées tous les ans sur les routes. Je ne vois pas quelle idée tu as en tête.

– Mon idée, dit Maynard, c'est que le bateau est devenu quelque chose de considérable comme sport, ou comme loisir, ou comme industrie, appelle ça comme tu voudras.

– Le skateboard aussi.

– Oui, mais deux mille personnes ne disparaissent pas en faisant du skateboard. Il se passe quelque chose, et je crois que ça ferait une « une » du tonnerre pour « Tendances ». Comment ces bateaux ont-ils disparu? Où est-ce qu'ils ont disparu? Jusqu'à quel point est-il dangereux de faire des croisières dans les îles? Que peut-on faire...

Hiller l'interrompit :

– A propos de la une, as-tu déniché une souris pour la couverture sur la mode d'automne?

– Tu veux dire une célébrité?

– Nous avons des raisons de croire que *Newsweek* prendra Diane von Furstenberg.

– Et alors?

– Et alors, c'est une femme élégante. Je veux que tu trouves quelqu'un d'aussi bien. Si un type regarde un kiosque à journaux, je ne veux pas qu'il ait le choix entre Diane von Furstenberg et une gargouille. Tout notre numéro serait foutu.

– Dans ce cas, prends Farrah Fawcett-Majors et enroule-la dans un manteau tricolore.

– Ne dis pas de sottises, Blair.

– Leonard, j'essaie de te vendre un sujet qui me paraît intéressant. Tu passes ton temps à me harceler pour que je t'apporte ce que tu appelles des idées pour un papier sensationnel.

– Oui, mais des idées drôles. Des choses sérieuses, les gens en ont à la pelle dans les chroniques politiques.

– Cette histoire touchera les gens. Ça intéressera vraiment une bonne partie de nos lecteurs. C'est très romanesque. Ça concerne la partie du monde qu'on appelle la mer des Antilles. Ce sera un papier qui colle à l'actualité – en tout cas, c'est possible – et en même temps, c'est vraiment un sujet pour « Tendances ».

– Les bateaux ne font pas vendre les journaux.

– Parce qu'ils n'ont pas de nichons.

– Oublie ça. Ecoute, cette histoire demanderait trop de temps et trop d'argent, et il y a probablement une explication simple pour tout ce foutu truc.

– Du genre de?

– Du genre... je ne sais pas, *moi.* C'est ton problème. Est-ce que le *Times* a fait quelque chose là-dessus?

– Je vais vérifier. (Maynard essayait de faire pression sur Hiller qu'il sentait faiblir.) S'il y a quelque chose dessus, est-ce que je peux faire le papier?

– Informe-toi auprès du bureau d'Atlanta.

– La Direction des gardes-côtes est à Washington.

– Des gardes-côtes? D'accord, allons-y pour Washington. (Hiller commençait à en avoir assez de cette discussion.)

– Ils n'aiment pas fournir d'informations sur ce qu'ils considèrent comme pas sérieux. Tu ne l'ignores pas. La moitié d'entre eux se prend pour Woodward et Bernstein, l'autre moitié pour Walter Lippman. (Maynard se leva.) Je vais vérifier la coupure du *Journal.*

– N'oublie pas la couverture sur la mode. Je veux une souris qui soit de la dynamite. Du genre Jackie Bisset en tee-shirt mouillé, mais dans le genre chic.

– Que dirais-tu de Dena Gaines? demanda Maynard en sortant. Drapée dans des fouets?

En retournant à son bureau, Maynard s'arrêta à la bibliothèque de *Today* pour y prendre des dossiers sur « les bateaux », « la navigation de plaisance » et, réflexion faite, sur les « personnes disparues » et les « disparitions mystérieuses ».

Dena était déjà partie pour sa leçon d'aïkido de midi. Maynard ramassa le message téléphonique qu'elle avait posé sur sa machine à écrire, lança sur son bureau les coupures prises à la bibliothèque et composa le numéro du bureau de sa femme.

– Ici, le bureau de Devon Smith.

– Salut, Nancy. C'est Blair Maynard.

– Monsieur Maynard! Heureuse d'avoir de vos nouvelles. Comment allez-vous?

C'était la sempiternelle question que lui posait la secrétaire de Devon chaque fois qu'il téléphonait. Une question toujours posée avec la même sollicitude et chargée d'une sympathie implicite. En vérité, il savait que la véritable question était : Comment pouvez-vous survivre sans cette femme merveilleuse? Tenez-vous le coup? N'est-ce pas honteux qu'elle vous ait abandonné? Laissé tomber?

Maynard devait toujours lutter contre la tentation de s'expliquer. Devon ne l'avait pas vraiment abandonné, si ce n'était techniquement, géographiquement. Leur séparation (qui d'ici quatre-vingt-treize jours se muerait en divorce) avait été décidée d'un commun accord sans larmes et de façon relativement amicale. Après douze ans de mariage, ils en étaient simplement arrivés à la conclusion qu'ils avaient pris des routes différentes pour des destinations différentes. En fait, c'était Devon qui avait tiré cette conclusion, mais Maynard avait reconnu que c'était vrai.

Durant les premières années, ils avaient eu un but

commun : sa réussite à lui. C'était un journaliste passionné, ambitieux et plein de talent qui travaillait au *Washington Tribune* où il gagnait 10 000 dollars par an. Il vivait à Georgetown, dans un appartement en sous-sol, et il aimait la diversité et le côté imprévisible du travail d'un journaliste à Washington. N'importe quel petit fait divers pouvait réserver des surprises. Une contravention dressée par un agent de la circulation pouvait être la source d'un énorme scandale politique, révélant, disons, qu'un puissant président de commission était, en privé, un alcoolique et un coureur de jupons. Un procès intenté contre un criminel en col blanc de troisième ordre pouvait conduire un reporter diligent dans un labyrinthe de corruption au plus haut niveau. (On était encore à plusieurs années de l'affaire Watergate, mais il y avait des précédents.)

Maynard avait finalement quitté Washington, poussé par sa propre impatience. En examinant son avenir au *Tribune,* il comprit que, s'il continuait à bien faire son boulot, il risquait, dans deux ou trois ans, d'avoir pour récompense la grande joie d'écrire un papier sur les écoles de banlieue. Vers trente ans il pourrait être le correspondant du journal dans un quelconque faubourg de Washington.

Today le débaucha de *Tribune* en lui offrant 15 000 dollars et la responsabilité d'un service important du magazine. Dans l'ours, il figurait sous le titre de chef de service. Devon et lui étaient courtisés par les directeurs chargés des relations publiques, et invités à des cocktails, des dîners et des projections privées de films. Il y avait de quoi donner le vertige à un homme qui venait d'avoir vingt-cinq ans. Si on ne lui demandait plus d'exercer ses talents de reporter (plus de la moitié de ses articles étaient câblés par les reporters du service), eh bien, c'était parfait. Maintenant, il était un écrivain – de prose journalistique, mais il apprenait à rédiger des textes serrés, concis, qui racontaient une histoire dans un style clair et rapide. Devon et lui étaient d'accord pour qu'après avoir aiguisé son talent, il essayât d'écrire un roman ou un scénario. Un hebdomadaire d'information était un formidable terrain d'entraînement, mais ce n'était pas une carrière.

Le lendemain de l'anniversaire de ses trente ans, on lui offrit pour la première fois le poste de rédacteur en chef adjoint. Devon insista pour qu'il acceptât. C'était une promotion, le salaire était supérieur et, plus important encore, cela le sortirait de la routine. Il ne trouvait plus excitant d'écrire pour le magazine maintenant qu'il était capable de rédiger tous ses articles en deux heures.

Il en avait discuté avec elle. S'il acceptait ce poste, son augmentation de salaire serait annihilée par la perte des revenus que lui apportaient ses collaborations à d'autres journaux. Les rédacteurs en chef adjoints n'avaient pas de temps pour faire des piges. Ce serait abandonner tout espoir d'écrire un roman ou un scénario. Il valait mieux rester où il était, toucher un salaire décent pour travailler (en fait) deux jours par semaine, élargir son expérience et ses contacts en faisant des piges ailleurs, approfondir des idées qu'il pourrait utiliser plus tard.

Devon fut déçue, mais elle continua à le soutenir et à l'encourager, à apprécier les textes qu'il écrivait pour d'autres journaux (car c'était le travail dont il était le plus fier), à l'aider à mettre au point diverses intrigues pour un roman. Pas une seule fois elle ne l'accusa de s'encroûter dans une médiocrité dorée. Pas une seule fois elle n'insinua que son roman représentait un rêve de liberté et d'accomplissement qu'il ne réaliserait jamais.

Leur mariage avait commencé à se briser quatre ans auparavant, sans que ni l'un ni l'autre en prît conscience à ce moment-là. Leur fils, Justin, était entré en neuvième à l'école Allen-Stevenson et, pour la première fois, il était absent de la maison de 8 heures du matin à 4 heures de l'après-midi. Devon s'était donc mise à travailler dans une agence de publicité et, à son extrême surprise, elle se révéla une bonne rédactrice, puis, avec l'expérience, une excellente rédactrice... Lorsque son patron et deux autres collaborateurs quittèrent l'agence pour en fonder une nouvelle, ils la prirent avec eux. En l'espace d'un an, elle devint directrice du service de rédaction et associée dans l'affaire. Son salaire annuel était de 50 000 dollars, plus une prime d'environ 25 000 dollars.

Tout lui plaisait dans son travail : le temps qui passait à toute vitesse, les nouveaux projets menés tambour battant, les voyages, les discussions animées avec les clients, et la sensation de relever un défi chaque fois qu'il fallait convaincre le public de dépenser son argent pour acheter leurs produits plutôt que ceux de leurs concurrents.

Elle se bâtit un univers dans lequel elle était heureuse, alors que Maynard flottait dans un monde qui n'était pas le sien, se débrouillant assez bien sans faire vraiment quelque chose, et sans savoir exactement ce qu'il voulait faire. Il n'avait pas tellement envie d'être célèbre, et il méprisait la notoriété : il croyait en la prédiction d'Andy Warhol selon laquelle, en l'an 2000, tout le monde aux Etats-Unis serait une célébrité pendant vingt minutes. Sa seule véritable passion était l'histoire – peut-être, se disait-il, parce qu'au niveau du subconscient le présent ne le satisfaisait pas. Dans ses rêvasseries, il vivait en une époque de découverte (disons la fin du XVe siècle ou le début du XVIe, au temps où les hommes faisaient les choses pour le seul plaisir de les faire, allaient quelque part simplement parce que nul ne s'y était encore risqué, et conformaient leur vie (il se rappelait une phrase d'un livre sur la mer des Antilles) à « ... un rêve d'irresponsabilité, d'équilibre insensé au bord du gouffre et, par-dessus tout, de liberté... »

Son rêve était un cauchemar pour Devon. Finalement, reconnurent-ils, ils envisageaient leur avenir différemment. Elle ne demanda pas de pension alimentaire et accepta une somme symbolique de 500 dollars par mois pour l'entretien de leur fils.

– Bien, Nancy, dit Maynard. Très bien. Devon a téléphoné?

– Oui, monsieur. Elle est en train de déjeuner. Je sais qu'elle sera désolée de vous avoir raté.

– Bien sûr. Que voulait-elle?

Il savait que Devon avait dû laisser le message à Nancy. Elle ne le dérangeait jamais sans raison, et il était rare que ce qu'elle avait à lui dire ne pût être correctement transmis par Nancy. En fait, Devon devait être à son bureau, mais elle ne voulait pas se lancer avec lui dans une conversation vaine et contrainte. Elle en était arrivée à le considérer comme faisant partie de son passé; s'il n'était pas vraiment oublié, il était remisé au fond d'un placard, et n'éveillait quelque intérêt en elle – au même titre que les photos d'enfant et les almanachs de l'université – que lorsqu'elle commençait à ressentir un peu de nostalgie.

– Elle se demandait si vous pourriez prendre Justin pour quelques jours. Elle doit aller à Dallas, et...

Maynard l'interrompit :

– Bien sûr. Parfait. A partir de quand?

– De demain. Pour une semaine.

– Bon. Dites-lui de prendre l'autobus jusqu'ici et... (Il s'arrêta.) Non, ce n'est pas la peine. On a fait sauter

« Tendances » cette semaine. Je passerai le prendre à l'école.

Maynard raccrocha et ouvrit les chemises de documentation qu'il avait prises à la bibliothèque. La plupart des coupures provenaient d'articles de « Tendances » remontant au milieu des années 50, et traitaient de la vogue croissante du bateau aux Etats-Unis : textes sur les salons nautiques, sur les progrès techniques des coques en béton armé, et sur les canots gonflables à moteur pour pallier la crise d'énergie, plus quelques entrefilets sur la disparition ou le naufrage de tel ou tel bateau, etc. Mais rien de tout cela ne corroborait les statistiques du *Wall Street Journal.*

Puis il découvrit une note dans une liasse d'informations émanant du service des gardes-côtes. Elle aurait pu lui échapper si elle n'était tombée à terre. C'était un communiqué des gardes-côtes priant instamment les plaisanciers de prendre des précautions particulières quand ils naviguaient dans le golfe du Mexique, dans les parages des Bahamas ou dans la zone des Caraïbes. Et, plus utile pour lui, il découvrit une copie ronéotypée d'une dépêche de 4 000 mots intitulée : « Périls en haute mer... Aube d'une nouvelle ère de danger. »

Il parcourut d'abord l'article, puis il le relut entièrement, en soulignant certains passages. Il se rendit ensuite au bureau d'Hiller. La porte était fermée.

– Il revoit les papiers, dit la secrétaire d'Hiller.

Maynard lui adressa un signe de tête et ouvrit la porte.

Hiller était penché, dos arrondi, sur son bureau, griffonnant des corrections dans les marges et entre les lignes d'un article. Il leva les yeux, mécontent qu'on l'interrompît, mais lorsqu'il vit Maynard il sourit et dit :

– Margaret Trudeau.
– Quoi?
– Pour la couverture sur la mode. C'est de la dynamite, cette femme! Bien fichue, des proportions harmonieuses! C'est un tempérament!
– Oui, ma foi...
– Penses-y. C'est tout.
– Ecoute, j'ai trouvé quelque chose sur cette affaire de bateaux. Dans les coupures de presse. Il y a eu 610 disparitions – plus encore à l'heure actuelle, car l'article date d'un an. Personne ne sait pourquoi. Les gardes-côtes estiment que cinquante ont peut-être sombré – tu sais, ils ont une avarie et ils coulent. Pour une demi-douzaine, ou une douzaine, ils savent qu'ils ont été victimes d'un hold-up.
– Qu'est-ce que tu entends par « victimes d'un hold-up »?
– Une attaque à main armée. Un vol. Disons que Tartempion et Bobonne partent en croisière. Ils peuvent manœuvrer tout seuls le bateau sur des voies fluviales, mais quand ils arrivent en Floride et veulent aller aux Caraïbes, il leur faut un marin. Ils s'arrêtent quelque part et ils engagent un équipier – un ou peut-être deux types qui affirment qu'ils travailleront pour rien s'ils peuvent faire la traversée jusqu'à une des îles. Quand ils ont quitté la Floride depuis deux jours, les types tuent Tartempion et Bobonne, les balancent par-dessus bord et s'emparent du bateau.
– Pour quoi faire?
– Pour deux raisons. Ils peuvent remonter vers le nord pour vendre le bateau, en fabriquant un faux acte de vente à leur nom, ou le refiler à quelqu'un qui changera les numéros et les papiers et le revendra. Même s'ils en obtiennent un cinquième de sa valeur, ça peut faire dix ou quinze mille dollars. Ou bien ils se dirigent vers le sud et utilisent le bateau pour ramener

de la drogue de Colombie. On les appelle les coursiers de l'herbe. Un vieux bateau colombien crasseux ne pourrait jamais entrer dans un port de la côte est sans être fouillé. Mais un bateau propre, enregistré aux Etats-Unis, rentrant à son port d'attache... personne ne l'arrêtera. Une fois la livraison faite, les types emmènent le bateau au large, le sabordent, reviennent à terre dans un youyou et attendent un autre pigeon.

– Mais je m'en fous de la drogue! dit Hiller.

– Ce n'est pas seulement la drogue, insista Maynard. Ça ne concerne qu'une douzaine de bateaux. Disons une centaine! Ajoutes-y les cinquante qui, pense-t-on, ont coulé pour des raisons inexplicables, il te reste encore plus de 450 bateaux qui ont tout simplement disparu. Envolés!

– Le Triangle des Bermudes, dit Hiller. Ils se sont fait avoir.

– Leonard... (Maynard réprima son envie de l'injurier.) Quoi qu'il en soit, ça remet en question l'éthique de la mer. Plus personne ne va porter secours à un bateau en détresse, parce que les gens ont peur d'être pris à l'abordage ou dieu sait quoi. En juillet dernier, un voilier avec deux jeunes garçons à bord a sombré en vue de trois bateaux de pêche parce que personne ne leur est venu en aide.

– Alors, dis-moi : quelle est l'explication?

– Je ne sais pas. Tout ce que je te demande, c'est de me laisser faire ma petite enquête.

– Je te l'ai dit : écris pour poser la question.

– Ce n'est pas suffisant.

Hiller ne répondit pas. Il fixa Maynard, se renversa dans son fauteuil et forma une sorte de triangle avec ses doigts, tout en émettant un bruit de succion avec ses dents.

Il essaie de se donner des airs à la Clarence Darrow, pensa Maynard.

Toujours sans dire un mot, Hiller se leva, traversa la pièce et ferma la porte. Lorsqu'il revint à son bureau, il avait l'air sombre.

– Je suppose que c'est un moment qui en vaut un autre, dit-il en se rasseyant.

– Quoi?

– Ne crois-tu pas qu'il est temps que tu deviennes sérieux?

– Qu'est-ce que tu veux dire?

– Que tu fasses la paix avec toi-même.

– A propos de quoi?

– De ce que tu fais ici.

– Je gagne ma vie.

– Et en échange?

– Je fais mon travail.

– D'accord, dit Hiller. Mais c'est tout.

– Qu'est-ce que tu veux d'autre?

– Je veux que tu me donnes quelque chose en plus, de l'enthousiasme, un engagement profond.

– Tu veux que je m'enthousiasme pour la mode d'automne? Tu veux que je m'engage à fond dans le tennis télévisé, dans les billards électriques?

– Blair, voyons... (Hiller s'arrêta.) Bon Dieu, je vais peut-être te paraître condescendant, mais écoute quand même. Il arrive un moment où n'importe qui doit s'accommoder de ce qu'il est, où il doit se dire : " C'est à ça que je suis bon, je ne vais pas devenir Président des Etats-Unis ou obtenir le prix Pulitzer. Je vais être le meilleur collaborateur d'un magazine. " Ou autre chose.

– Oui, je cherche encore « autre chose ».

– Tu l'as trouvé et tu le sais, mais tu refuses de l'admettre. Quelque chose en toi le savait quand tu as refusé ce poste. (Hiller donna un coup sur son bureau.) Tu es un journaliste de magazine. C'est à ça que tu es bon, et rien qu'à ça que tu es bon. Peut-être que dans dix ans tu décrocheras l'Oscar du débutant et que tu seras une vedette de cinéma, mais...

Maynard l'interrompit.

– Tu veux dire que je suis médiocre, et que je ferais aussi bien de vivre avec ma médiocrité.

– Non! Je veux dire que tu as trouvé quelque chose que tu es capable de bien faire, et tu devrais le prendre pour ce que c'est et en être content. Ne présume pas de tes capacités. Tu gâcheras tout.

– Oui. Je peux même m'y casser les reins. (Maynard se leva.) Je vais à Washington.

– Qu'est-ce qu'il y a à Washington?

– Un garde-côte qui a mis son nez dans cette affaire de bateaux. On l'a muté et on lui a confié la responsabilité de quelques phares. On l'a accusé de vouloir semer la panique. Je veux lui parler.

Hiller dit :

– C'est toi qui m'as dit que les gars du Service se prenaient pour Woodward et Bernstein. Qu'est-ce que tu en penses?

– C'est le week-end. Je suis libre de faire ce que je veux.

– Bon. Mais pense à ce que je t'ai dit, d'accord?

– Tu veux dire : accepter le fait que je suis un raté?

– Blair, pour l'amour de Dieu...

Maynard se dirigea vers la porte.

– Il est possible que je sois un raté, Leonard. Mais si je me casse la gueule, autant le faire carrément.

3

Ils naviguaient de conserve, aussi bien par mesure de sécurité que pour le plaisir d'être ensemble.

Ils étaient associés dans une société de comptabilité à Montclair, dans le New Jersey, l'un comme conseiller fiscal, l'autre comme spécialiste des vérifications comptables des entreprises. Ils avaient partagé la même chambre à Wharton, fait leurs premières armes de chefs comptables diplômés dans la même société et travaillaient ensemble depuis vingt-cinq ans. Ils avaient fait construire leurs bateaux par le même entrepreneur, selon des caractéristiques identiques : un voilier à un seul mât avec une grand-voile et un foc, deux couchettes confortables par le travers et deux un peu étriquées à l'avant; un cockpit étanche; un moteur auxiliaire simple, de tout repos, et du matériel de communication de tout premier ordre. La seule différence entre le *Penzance* de Burt Lazlo et le *Pinafore* de Walter Burguis résidait dans la hauteur libre sous le pont. La femme de Lazlo, Bella, mesurait un mètre quatre-vingt-trois, alors que ni Ellen ni Walter Burguis n'atteignaient un mètre quatre-vingts.

Les Burguis et les Lazlo avaient passé toutes leurs vacances à naviguer ensemble depuis 1965. Ils mettaient des semaines à choisir leur itinéraire, se renseignant sur les facilités offertes par les ports – où pouvait-on trouver de la glace, de l'eau et du gasoil, où y avait-il des douches ouvertes au public, des restaurants corrects? –, prévoyant même les détours qu'ils feraient à l'intérieur des terres pour visiter les sites historiques. Ils s'efforçaient dans la mesure du possible de ne rien laisser au hasard.

Leur voyage de cette année était le plus ambitieux. Partis de Miami pour rallier Haïti, ils voulaient faire les Bahamas en allant d'une île à l'autre. Précaution supplémentaire, il y avait à bord de chaque bateau un fusil de chasse de calibre 12 – démonté et caché dans la cambuse quand ils franchirent la douane aux Bahamas – et cinquante cartouches de chevrotine numéro 4.

Deux fois – la première à Eleuthera, la seconde à l'île Crooked – ils avaient été accostés par des types qui rôdaient sur les quais, de jeunes Américains pleins de charme qui avaient insisté pour qu'on les embarquât en direction du sud – n'importe où au sud – en échange de n'importe quel travail à bord. Mais les Lazlo et les Burguis avaient lu les conseils de prudence des gardes-côtes et ils avaient refusé.

Le vent avait soufflé de l'est, régulièrement, à dix nœuds, pendant toute la journée, il n'y avait pas de raison de penser – à en croire la radio, le ciel ou la brise elle-même – qu'il était sur le point de tourner. Les patrons du *Penzance* et du *Pinafore* filaient donc lentement vers le sud-est en longeant la côte occidentale d'une île assez plate, à la recherche d'un mouillage sous le vent.

L'île ne figurait pas sur la carte du Centre hydrographique de l'Agence de cartographie de la Défense, mais de telles omissions ne les inquiétaient plus depuis longtemps. Toutes les cartes de cette partie du monde étaient mal relevées : des hauts-fonds apparaissaient là où rien ne les indiquait; des chenaux d'eau profonde séparaient des îles qui étaient censées n'en faire qu'une; des phares indiqués sur les cartes se réduisaient à des tas de pierres; des « récifs submergés » se révélaient être en fait de vraies îles; et certaines îles répertoriées n'étaient souvent rien de plus que des lignes de brisants. La navigation se basait sur le principe suivant : « Ne te fie qu'à ce que tu vois. » En conséquence, les Lazlo et les Burguis ne naviguaient jamais de nuit.

A une centaine de mètres en avant du *Pinafore,* Lazlo était à la barre du *Penzance* et scrutait les anfractuosités de la côte. L'île avait environ huit cents mètres de long, avec des falaises de trois cents mètres de haut couronnées d'un fouillis de broussailles et d'arbrisseaux épineux mêlés à des agaves. Lazlo remarqua que les agaves avaient été effeuillés et qu'ils repoussaient. Jadis, on avait dû les récolter car leurs fibres servaient à tresser de la corde. Mais, bien que Lazlo ne pût voir l'intérieur de l'île (si intérieur il y avait), il était évident que personne ne s'y intéressait plus. Personne n'y vivait. Personne ne *pouvait* y vivre, à l'exception des oiseaux. Et des insectes.

– Tu ferais bien de prendre le « 6-12 », chérie, dit-il. J'ai bien peur que nous ayons des insectes cette nuit.

– Tu ne vas pas aller à terre, dit Bella en désignant l'île déserte. Pas *là-dessus.*

– Non, mais l'eau est trop profonde pour mouiller au large. Il va falloir nous approcher à une cinquantaine de mètres de la côte. Et tu sais que ces sales bestioles ont des radars.

Lazlo aperçut une brèche dans la falaise. Il décrocha le micro de la cloison :

– Walter, il y a une crique par là. Je vais mettre le cap dessus.

– D'accord, répondit la voix de Burguis. Je ne vais certainement pas lancer mon hameçon ici. Je ne le récupérerais jamais.

En s'approchant, Lazlo vit que la crique était en réalité un petit port, d'environ cent mètres de large et deux cents de profondeur. Tout au bout, des rails rouillés partaient de la plage pour s'enfoncer dans les broussailles.

– Pour transporter les chargements d'agave, j'imagine, dit-il avant que Bella eût posé la question. C'est probablement ici qu'ils le chargeaient à bord d'un bateau.

Lazlo mouilla l'ancre du *Penzance,* tandis que Burguis croisait dans le vent à l'extérieur du port. Lazlo navigua au moteur pour amener son bateau aussi près que possible du centre de la baie : c'était l'heure de la marée montante, et le bateau devait être ancré l'arrière orienté vers la terre. Mais, dans quelques heures, la marée mollirait et s'inverserait, puis refluerait. Les bateaux auraient alors besoin de beaucoup d'espace pour tourner avec la marée. Au matin, leur arrière serait dirigé vers la mer.

Dès que le bateau se déroba au vent, les insectes attaquèrent, moustiques kamikazes et minuscules simulies noires que les Indiens appelaient « bourdonnements invisibles » et qui, sur le moment, ne causaient ni démangeaison ni sensation de piqûre, mais dont les toxines provoquaient plus tard des cloques très douloureuses. Lazlo enleva ses lunettes de soleil et sa montre (l'insecticide contenait un produit qui attaquait les verres en plastique, les rendant d'abord opaques, puis, des semaines plus tard, les dissolvant au point qu'ils se fêlaient et s'effritaient) et laissa sa femme le vaporiser avec du « 6-12 », de la raie des cheveux à la plante des pieds.

Le *Pinafore* jeta l'ancre derrière le *Penzance*. Les Lazlo relevèrent le Zodiac attaché à l'arrière de leur bateau, s'y installèrent et se laissèrent dériver jusqu'à ce qu'ils pussent monter à bord du *Pinafore.* Tandis que Walter Burguis préparait les cocktails, Ellen et Bella installèrent le barbecue qui s'emboîtait à la poupe du *Pinafore.*

Alors qu'ils mangeaient leurs biftecks et des petits pois en boîte en regardant le coucher du soleil, l'eau, derrière le bateau, s'anima de poissons qui se retournaient sur eux-mêmes, sautaient et se jetaient sur leurs proies.

– Des caranx, dit Burguis.

– Vraiment? dit Lazlo. Comment peux-tu le savoir?

– Il ne le sait pas, dit Ellen Burguis. Pour lui, tous les poissons sont des caranx, sauf quand il nage et qu'ils viennent le mordre : et alors, ce sont des requins.

– Ce n'est pas ça, Ellen, répondit Burguis. Il est vrai que j'ai... ma foi, du respect... pour l'anthropophagie. Appelle ça une peur morbide si tu préfères. Mais quand ils se précipitent sur leur proie les caranx ont une façon caractéristique de faire un mouvement de fléau avec leurs nageoires caudales, très différente de celle de nos loups de mer. (Il sourit.) Tu vois que même nous, les pédants, nous savons parfois de quoi nous parlons.

Lazlo termina son repas et alla laver son assiette à l'arrière.

– J'espère que vous avez eu une merveilleuse discussion sur l'ichtyologie, dit-il, mais je crois qu'il est temps d'aller se pieuter. Demain une longue traversée en haute mer nous attend. Qui veut prendre le premier quart?

– Je le prendrai, répondit Burguis. Je ne suis pas fatigué. Ellen pourra prendre le second, Belle le troisième. Ça te donnera cinq ou six bonnes heures avant ton tour.

– Vous pensez que nous devons prendre des quarts *ici*? se plaignit Bella Lazlo. Il fait beau, rien ne laisse prévoir du gros temps, et on ne peut pas dire qu'il y a beaucoup de trafic.

– Nous nous sommes mis d'accord sur des règles, dit son mari, et nous devons les respecter.

– Mais qu'est-ce qui pourrait arriver?

– Le vent qui tourne, un grain inattendu, n'importe quoi.

– Même des braconniers, dit Burguis. D'après ce que dit le bouquin, il y a tout le temps des types partis d'Haïti ou de Cuba qui viennent pêcher clandestinement le homard dans le coin. Croyez-le ou non, mais ils sont capables de monter à bord et de vous dépouiller complètement pendant votre sommeil.

– Nous n'avons rien qui puisse les tenter.

– Nous ignorons ce qui les tente. D'après ce que je sais, il y en a qui s'adonnent au « 6-12 » et qui vous tueraient pour en avoir une dose.

– C'est la base de toute bonne navigation, dit Lazlo. Nous prenons des quarts toutes les nuits, même dans un port, et nous nous réveillons frais et dispos. Il n'y a pas de raison pour changer nos habitudes.

Il approcha le Zodiac du bateau, sauta dedans, et le tint près du *Pinafore* jusqu'à ce que Bella y montât à son tour.

Alors qu'ils rejoignaient le *Penzance*, ils entendirent Burguis crier :

– Il est 8 h 30. Ellen me relaiera à 10 h 30, et elle vous réveillera, Bella, à minuit et demi.

Bella lui fit un signe de la main.

Burguis prit le barbecue et jeta les morceaux de charbon de bois par-dessus bord. Il regarda l'armée de caranx envelopper, d'un mouvement circulaire, les particules qui tombaient. Lorsqu'ils sentirent que les cendres étaient immangeables, ils s'évanouirent rapidement dans le crépuscule. Burguis descendit et remonta avec le Remington qu'il chargea de trois balles.

– Tu crois vraiment que c'est nécessaire? lui dit sa femme qui était en train d'essuyer la vaisselle.

– Si on prend le quart, on prend le quart. Il n'y a aucune raison de ne pas être armé.

Comme il n'y avait aucun nuage pour réfléchir la lumière, dès que le soleil disparut à l'horizon, le ciel s'assombrit rapidement.

Ellen Burgis regarda sa montre.

– Ma foi...

– Tu ferais mieux d'essayer de dormir. Un peu de sommeil vaut mieux que pas de sommeil du tout.

– D'accord.

Elle descendit et tira le rideau de la cabine.

Burguis avait emporté une pleine serviette de livres. Chez lui, il n'avait guère le temps de lire autre chose que les quotidiens et les journaux professionnels. Aussi, en cours d'année, mettait-il de côté des piles de livres pour ses vacances. C'étaient des livres de poche d'une lecture facile, peu volumineux, et qui n'étaient pas indispensables. Burguis aimait se sentir libre d'arrêter de lire un bouquin qui ne lui plaisait pas au bout de vingt ou trente pages et de le lancer à la mer.

– Pollution par la prose, murmura-t-il joyeusement en regardant le livre gorgé d'eau traîner dans le sillage du *Pinafore.*

Il s'assit à l'arrière, son fusil à côté de lui, muni d'une petite lampe électrique pour éclairer les pages de *Dragons de l'Eden.*

La nuit était remplie des bruits de la nature : à terre, le ululement et le croassement intermittents des oiseaux; dans l'eau, les tournoiements et les éclaboussures des poissons; et sur le bateau, en dessous de Burguis, la respiration bruyante d'Ellen qui souffrait d'une sinusite.

Il entendit un bruit d'éclaboussure tout près de

l'arrière – assez faible, mais plus fort que celui d'un poisson qui se retourne. Intrigué, il dirigea le pinceau de sa lampe vers la surface de l'eau et vit des ondulations qui s'élargissaient en cercles, comme si quelque chose était tombé : un poisson qui avait dû bondir hors de l'eau et y rentrer la tête la première. Burguis se replongea dans l'analyse de Carl Sagan sur la fonction du cerveau.

Soudain, l'arrière du bateau sembla s'enfoncer – doucement, de quelques dizaines de centimètres. Burguis se retourna, mais, avant que ses pupilles eussent le temps de se dilater pour s'accommoder à l'obscurité, un garrot s'était enroulé comme un fouet autour de son cou. Le fil d'acier avait tout sectionné, à l'exception de l'os.

Tiré en arrière et jeté par-dessus bord, Burguis n'éprouva aucune douleur au cours de ses derniers instants. Il eut un instant de perplexité, l'impression que quelque chose allait mal, puis plus rien.

L'homme se tenait, dégoulinant d'eau, dans le cockpit, et prêtait l'oreille. Il entendit un ronflement. Il tira le rideau de la cabine.

Ellen Burguis était allongée sur le dos, recouverte d'un drap, respirant profondément par le nez. Une goutte d'eau lui tomba sur le visage puis lui coula dans une narine. Elle remua.

– Déjà?

Elle renifla pour se dégager le nez et ressentit une brûlure d'eau salée. Une odeur horrible, comme si un animal était mort dans la cale, l'assaillit.

Une silhouette se dressait entre sa couchette et la porte voilant la clarté des étoiles.

– Walter?

– Veux faire une prière, m'dame?

– Walter?

Elle essaya de se lever, mais elle fut renversée d'un

revers de main contre l'oreiller. Une ombre passa comme un éclair devant ses yeux.

La silhouette s'éloigna. Ellen tendit la main dans sa direction, essayant de parler, et ce fut seulement à ce moment-là qu'elle comprit qu'on lui avait tranché la gorge.

A l'arrière, l'homme prit le fusil de chasse et l'examina, le tournant et le retournant entre ses mains, le pointant vers le ciel. La façon dont coulissait la culasse lui était inconnue. Il la secoua un peu, la tira en arrière, et sursauta quand la balle, éjectée de son logement, fusa en tournoyant au-dessus de l'eau. Il regarda dans le magasin ouvert et compta les balles qui restaient, puis il repoussa la culasse vers l'avant.

Tenant le fusil levé dans sa main droite, il sauta avec souplesse par-dessus bord et en battant l'eau de ses pieds enveloppés de peaux de bête, il s'approcha silencieusement du *Penzance*.

Peu après, deux coups de feu retentirent sur l'eau calme et furent répercutés en écho par les falaises rocheuses.

4

– Oh là là! (Justin leva les yeux de son magazine, le dernier numéro de *The American Rifleman.*) Maman va me tuer!

Assis à côté de lui, sur le siège latéral, Maynard referma le dossier contenant toutes les coupures de *Today*.

– Qu'est-ce que tu aurais dû faire?

– Ma leçon de piano. J'ai oublié.

– C'est quand?

– A midi. Tous les samedis.

Maynard consulta sa montre.

– Il n'est que dix heures moins vingt. Nous appellerons ton professeur de l'aéroport. Elle n'en fera pas une histoire.

– C'est un homme. M. Yanovsky. Les excuses, ça ne marche pas avec lui.

– Il me croira. Je lui dirai que tu as une crise sérieuse de taches solaires. (Maynard sourit, amusé par un souvenir.) C'est une excuse que j'ai donnée au *Tribune*, un jour où j'avais une fichue gueule-de-bois. Ça a marché. Le rédacteur chargé des nouvelles locales a cru qu'il s'agissait d'un cancer.

Cela ne tranquillisa pas Justin.

– Il faudra quand même qu'elle le paie.

– Je le paierai, d'accord? Marché conclu?

– Je ne sais pas. (Justin rougit.) Maman dit que tes chèques sont sans provision.

– Oh! elle dit ça, vraiment? Ce n'est pas parce qu'on fait un chèque en bois, une fois, que ça devient une habitude. Je paierai ton professeur de piano et le chèque sera valable. D'accord?

– D'accord.

– D'accord. (Maynard fronça les sourcils.) Elle ne devrait pas te dire des choses pareilles.

– Elle dit qu'un mauvais exemple est le meilleur des sermons.

Maynard éclata de rire.

– D'abord, c'est : « Un *bon* exemple est le meilleur des sermons. » C'est de Benjamin Franklin.

– Je sais. Mais ça ne colle pas.

– Ça ne colle pas avec quoi?

– Un concours de slogans sur lequel elle travaille et où les lecteurs doivent compléter des vers...

– ... Oh! si cette chevelure trop vigoureuse pouvait

tomber et se perdre dans le fossé (1), dit Maynard en se remettant à rire.

– Quoi ?

– C'est *Hamlet*. Son fameux discours dépilatoire.

– Qu'est-ce que c'est *Hamlet ?*

– Une pièce de théâtre. Tu la connaîtras bien assez tôt.

Justin se replongea dans *The American Rifleman.*

– Hé, nous n'en avions pas un comme ça ? dit-il en montrant la photo d'un Colt Frontier.

– Oui. Et, en plus, un très rare. Un 32-20. Tu te souviens comme l'étui brillait ? Ce cuir était vieux de cent ans.

– On dit là-dedans que les Colt à un seul coup n'étaient pas précis. On ne les avait pas bien en main.

– Ils n'avaient pas besoin d'être précis au delà de six ou sept mètres. Les combats étaient rapprochés.

– Et les bagarres entre bandits, alors ? Tu sais, quand ils se battaient face à face.

– Je parie que ça n'arrivait pas dix fois en dix ans. S'ils se servaient d'un pistolet dans une bagarre, ils se tiraient les uns sur les autres comme ils pouvaient. Dans le dos, cachés sous une table ou derrière une porte.

– Ce n'est pas beau.

– Ça n'avait pas la prétention d'être beau. Le but était d'en finir le plus vite possible et de s'en tirer indemne. (Maynard s'arrêta et regarda son fils.) Aucun combat n'a de sens, Justin. Si on s'engage dans un combat, on devrait avant tout vouloir en finir et laisser l'autre se préoccuper de savoir si c'est « beau ».

Le signal « attachez vos ceintures » s'alluma, et

(1) Apparemment, parodie de : *O, that this too too sullied flesh would melt/Thaw and resolve itself into a dew* (Hamlet, 1, 2) Oh ! si cette chair trop souillée pouvait fondre, se dissoudre et se transformer en rosée. (N.d.T.)

l'hôtesse de l'air annonça dans l'intercom qu'on atterrirait au National Airport dans quelques minutes.

– J'aimerais qu'on puisse encore aller à la chasse, dit Justin.

Jusqu'à l'année précédente, lorsque les parents de Blair étaient partis pour l'Arizona, Maynard et Justin allaient fréquemment passer le week-end pour chasser avec le père de Maynard, Pépé, dans sa petite ferme de Pennsylvanie. Pépé avait été champion de tir du corps des Marines durant la Seconde Guerre mondiale, et pendant la guerre de Corée il avait testé des armes pour le Pentagone. Sa ferme du XVIIIe siècle était bourrée d'objets rappelant des événements militaires mémorables, depuis un mousquet au chiffre de Jacques Ier jusqu'à un Ferguson, un fusil à pierre se chargeant par la culasse et ayant servi à la bataille de Kings Mountain pendant la guerre de l'Indépendance, en passant par un spécimen rare (le préféré de Justin) du « système Stoner » protéen qui faisait d'un soldat moderne un bataillon à lui tout seul. Ils avaient passé de bons week-ends, chaleureux, intimes et excitants.

– Moi aussi, dit Maynard. On ira un de ces jours.

– Quand?

Justin le regarda. Il voulait une promesse. Mais Maynard ne pouvait pas promettre.

– Je ne sais pas. (Il vit son fils détourner les yeux, déçu.) Dis, tu te souviens de la fois où nous avons fait du tir au pigeon d'argile? Tu t'étais vraiment bien débrouillé.

– J'en ai eu que trois, dit Justin.

– Oui, mais... (Il était stupide d'être revenu là-dessus. Maynard avait oublié que la crosse du fusil de chasse était si longue que Justin, incapable de l'épauler, avait dû la tenir sous son bras pour tirer.) Moi aussi, je n'en ai eu que trois, la première fois.

– Oui, mais la seconde, tu en as eu dix-neuf.

L'avion plongea, rebondit et ralentit tandis qu'on baissait les ailerons.

– As-tu décidé de ce que tu voulais voir?

– Le nouveau truc. Je crois que ça s'appelle « Air et Espace ». Tu as dit que tu en aurais pour deux heures.

– Plus ou moins. Mais ne t'affole pas si c'est un peu plus long. Et pour l'amour de Dieu, ne quitte pas le bâtiment.

– Papa...

Quelque chose, dans le ton de Justin, suggérait qu'il se sentait insulté et en blâmait son père. Sa maturité et son discernement avaient été mis en cause.

– Excuse-moi.

– Ce que je n'arrive pas à comprendre, c'est pourquoi tu ne pouvais pas parler au téléphone avec ce type.

– Le téléphone n'est pas un bon moyen pour prendre contact avec les gens. Ils ne peuvent pas te trouver sympathique ni te faire confiance. Il faut que j'amène cet homme à me faire confiance.

– Pourquoi?

– Parce que je veux qu'il me dise des choses qu'on lui a demandé de ne pas dire. J'ai l'impression qu'il en a déjà parlé et que ça a brisé sa carrière.

– Alors, il ne va pas en reparler.

– Peut-être, mais j'espère qu'il parlera. J'espère qu'il est en rogne.

Ils prirent un taxi à l'aéroport. Maynard déposa Justin au musée de l'Air et de l'Espace au Smithsonian, en lui laissant le numéro de téléphone du bureau de *Today* à Washington, « au cas où il y aurait un incendie ou n'importe quoi ». Puis Maynard donna au chauffeur de taxi une adresse dans un quartier résidentiel, près de la cathédrale de Washington.

Tandis que le taxi longeait le parc de Rock Creek, Maynard récapitula les questions qu'il avait l'intention de poser à Michael Florio, le garde-côte qui avait été muté après avoir posé certaines questions sur la disparition des bateaux. Au téléphone, Florio s'était montré méfiant. Il avait tout d'abord refusé de parler à Maynard, puis il avait insisté pour rappeler en passant par le standard de *Today*. C'était une façon un peu vieillotte, mais généralement fiable, de s'assurer que la personne qui téléphonait était bien ce qu'elle prétendait être – ou, du moins, qu'elle travaillait bien là où elle l'affirmait. Puis Florio avait récité la litanie classique des boniments des bureaucrates : il ne savait pas exactement pourquoi il avait été muté; on mutait sans cesse des gens; il faisait ce qu'on lui disait de faire.

Aucune de ces réponses n'avait surpris Maynard. Florio étant à quelques années de la retraite, pourquoi prendrait-il le risque de perdre sa pension uniquement pour avoir son nom dans un magazine?

Le taxi quitta Connecticut Avenue et remonta la 34e Rue dans un quartier boisé et tranquille, de vieux immeubles de dimensions moyennes et à loyers moyens. Le chauffeur s'arrêta devant une maison enduite de plâtre gris avec une véranda en bois en assez mauvais état.

Michael Florio avait dans les quarante-cinq ans. Son ventre plat prouvait de toute évidence sa bonne forme physique. Il avait les cheveux coupés très court, presque ras. Il portait un tee-shirt blanc, et ses mains, ses bras et son visage étaient recouverts d'une fine poussière blanche. On voyait, autour de ses yeux, les marques qu'avaient laissées des lunettes protectrices.

– Je suis heureux que vous ayez accepté de me voir, dit Maynard.

– Bon. (Florio le fit entrer dans le vestibule et ferma la porte.) Une bière?

– Merci.

Florio le précéda dans la cuisine. Maynard pensa qu'il vivait seul, car il aurait été impossible de faire de la cuisine dans cette pièce qui était, en fait, un atelier. Des forets, des ciseaux de sculpteur, de minuscules marteaux et des morceaux d'ivoire et d'os s'entassaient sur une table ronde au bord de laquelle était fixé un étau. Les étagères étaient couvertes de sculptures : baleines, requins, poissons de différentes espèces, oiseaux, bateaux.

– Pas mal, dit Maynard.

– Oui. (Florio sortit deux bouteilles de bière du réfrigérateur.) Il faudra bien que je fasse quelque chose, après. Je ne peux pas rester assis sous ma véranda à regarder le soleil se coucher pendant vingt ans. (Il tendit une bière à Maynard.) Je ne donne pas d'interviews.

– J'ai compris.

– Tout ce que je dis... je veux dire, *si* je dis quelque chose... ne doit pas être mentionné.

– Parfait.

– Ah? (Florio était surpris.)

Maynard but un peu de bière.

– N'en prenez pas ombrage, mais ce n'est pas vraiment à vous que je m'intéresse.

– Bon. Je ne tiens pas à ce qu'on s'intéresse à moi. Je m'en fous comme de l'an 2000.

– Je ne veux pas vous harceler. Je ne citerai même pas votre nom, si vous me le demandez.

– Alors, bon.

Florio commençait à se détendre. Il s'assit et fit signe à Maynard de prendre un siège de l'autre côté de la table. Une tête d'aigle à demi sculptée était fixée dans l'étau, et Florio ne pouvait en détacher son regard.

Maynard désigna l'aigle.

– Que ma présence ne vous empêche pas de travailler...

– Bon. (Florio prit sa bière, mit ses lunettes de protection et attaqua l'aigle avec un fin ciseau qu'il tenait du bout des doigts.) Ils continuent à me téléphoner, vous savez.

– Qui ça?

– Les parents des disparus. Ils savent que je m'en suis inquiété – et c'est vrai que je l'ai fait – et ils pensent que je peux les aider. Je ne le peux pas, mais ils le croient. Ça vous brise le cœur de les voir continuer à espérer.

– Quelqu'un peut-il... les aider, je veux dire?

Florio secoua la tête.

– La chierie dans tout ça, c'est qu'on ne dissimule pas la vérité, ni rien. Ce n'est pas comme Watergate. C'est simplement que... (Il leva les yeux.) Je ne sais pas ce que c'est exactement. Ça peut s'expliquer par la devise des gardes-côtes : « Si nous pouvons vous retrouver facilement, nous vous retrouverons. Sinon, c'est tant pis pour votre gueule. Si vous nous envoyez un message radio de détresse, nous nous décarcasserons pour vous » – et je peux vous affirmer que ces gars-là font des miracles quand ils unissent leurs efforts – « mais si vous disparaissez sans laisser de trace, alors, bon débarras. » Après tout, ce ne sont que des policiers affectés à un secteur déterminé, et non le Service des personnes disparues.

– Six cent dix bateaux! Il doit bien y avoir *une* raison.

– Bien sûr, il y en a même des tas. Vous en connaissez quelques-unes. Vous m'en avez parlé au téléphone. Il y en a d'autres : des bateaux mal construits sur lesquels des gens s'aventurent dans des endroits invraisemblables; des gens qui coulent leur propre bateau pour toucher l'assurance et qui se noient avant qu'on ait pu les repêcher; un mauvais temps inattendu. Un bateau par-ci, un bateau par-là, ça fait des raisons valables. Mais vous avez raison : plus de six cents foutus bateaux! Et combien d'autres, personne ne le sait. Prenez le cas du *Marita*, l'autre jour. Celui-là, soit dit en passant, est un bon et mauvais exemple.

– Comment ça?

– Bon exemple, parce que c'est un bateau robuste, bien construit et bien entretenu, dirigé par un capitaine ayant son brevet de capitaine – donc légalement qualifié pour commander ce sacré QE II – et doté d'un équipage de professionnels de premier ordre. Il a sombré, *s'il* a sombré, en un jour de calme plat et a été perdu corps et biens. Je vous le dis, dans ces conditions, un bébé aurait pu flotter sur un coussin pneumatique pendant trois jours et s'en sortir indemne. C'est un mauvais exemple, parce que le bateau est immatriculé aux Bahamas, et que les gardes-côtes ne se cassent pas le cul pour savoir ce qui lui est arrivé.

– N'ont-ils vraiment aucune idée?

– Oh! mais si! Ils pensent que ou bien il a heurté un récif et sombré ou bien un de ses moteurs a explosé. Mais, *essayez* donc de faire exploser un diesel! Et, même si vous y arrivez, il y aura nécessairement des débris éparpillés partout dans le coin. Mais il n'y a pas de débris. Et s'il a touché un récif et sombré, pourquoi n'y a-t-il personne qui a rejoint la terre? On dit : les requins. Tu parles!

Florio prit une fraise de dentiste, la brancha et retint sa respiration tandis qu'il évidait délicatement une des orbites de l'aigle.

Il souffla pour débarrasser l'œil de la poussière d'os et poursuivit.

– Le *Banshee* était un meilleur exemple. Il était immatriculé à Wilmington et appartenait à un type qui se faisait un fric fou dans les couvertures de toit en cèdre. Ils ont pêché pendant un mois, fouinant partout entre Porto Rico et Haïti, dans l'espoir de prendre un espadon géant. Le propriétaire est parti en avion de Port-au-Prince pour rentrer chez lui et le capitaine a pris le chemin du retour avec le bateau. Il a envoyé un message radio à Mayaguana en disant qu'il arriverait à la tombée de la nuit. C'est la dernière nouvelle qu'on ait jamais eue de lui et du bateau : beau temps, deux marins qui faisaient équipe avec lui depuis quinze ans, pas de bateau-stoppeurs à bord. Les gardes-côtes ont pensé que le capitaine avait peut-être fait s'échouer le bateau et qu'il était parti vers une destination inconnue. Mais écoutez : cet homme gagnait 30000 dollars par an et bénéficiait en plus de la moitié des gains de l'affrètement quand le propriétaire n'utilisait pas le bateau, plus l'éducation gratuite dans un collège privé pour ses trois gosses, plus une maison à Fort Lauderdale. Mon vieux, il aurait pu aller au diable vauvert qu'il n'aurait pas trouvé une situation pareille.

– Qu'est-ce que vous en pensez... de ces deux affaires?

– Il y a plusieurs possibilités. La drogue en est une. C'étaient deux bateaux au long cours, qui pouvaient parcourir des distances de deux mille kilomètres ou plus, et donc des bonnes prises pour les coursiers de l'herbe. Mais je sais de façon certaine que le patron du *Banshee* avait des armes à bord, alors, je ne crois pas qu'il a été attaqué et détourné. Même si c'était le cas – même si c'est le cas pour les deux – il reste les 608 autres. Un bateau a disparu un jour sur deux pendant trois ans. C'est la moyenne, un peu comme l'indiquent ces appareils qu'on voit dans certaines vitrines et qui donnent le chiffre de la population d'une ville à un instant précis. Ça oscille au gré des morts et des naissances, mais ça tourne autour des mêmes chiffres.

Je vais vous dire la vérité, je ne pense pa
arrivera jamais à savoir ce qui est arrivé à ces b
Pas à tous... pas même à la moitié d'entre eux.

– Pourquoi?

– Une autre bière?

Florio commença par les explications simples : la difficulté de patrouiller sur de vastes étendues en pleine mer, l'ignorance et la négligence de la nouvelle génération de marins, les perturbations magnétiques incompréhensibles qui faisaient que boussoles et radios ne servaient plus à rien, et la détérioration brutale du temps, dont les effets étaient encore sujets à conjecture.

– Vous avez entendu parler de « vagues traîtresses »? Certains les appellent des super-vagues.

– Non.

– Les vagues se déplacent selon ce qu'on appelle des ondes, des séries avec des intervalles différents entre la crête et le creux. De temps en temps, ces ondes se synchronisent, trois ou quatre d'entre elles faisant ensemble des crêtes et des creux : les vagues qu'elles provoquent sont des monstres. Certaines atteignent trente, quarante-cinq mètres de hauteur, et elles jaillissent de nulle part. Elles ne durent guère plus d'une minute – les ondes se désynchronisent très vite – mais ça suffit. Imaginez un pétrolier, par exemple, sillonnant très facilement des mers de sept mètres de fond. Tout d'un coup, un mur d'eau noire haut de dix étages déferle sur lui en grondant à une vitesse de quatre-vingt-dix à cent dix kilomètres à l'heure. Le creux qui se forme en avant de ces vagues dépasse parfois en profondeur la longueur du pétrolier, si bien qu'il pique du nez, avec une montagne d'eau – un poids mort de millions et de millions de tonnes – prête à se briser sur lui.

– Ça les coupe en deux?

– Dans certains cas. D'autres ne peuvent réduire la vitesse acquise. Ils continuent à s'enfoncer. L'océan les engloutit. (Florio but une gorgée de bière et chercha dans le fouillis, sur la table, un petit ciseau à bout arrondi.) Et puis il y a les collisions.

– Tout de même, la plupart sont signalées.

– Vous croyez? Il y a deux ans, un pétrolier rentre à Long Beach en Californie. Passage facile en venant de l'est, pas de problèmes. Un des gars qui travaillent sur le port dit : « Qu'est-ce qui est arrivé à votre ancre, capitaine? » « Qu'est-ce que vous voulez dire? » demande le capitaine. « Regardez », dit le gars. Le capitaine descend à terre et regarde son bossoir : alors il voit, enroulé autour de son ancre de tribord, un tas de voiles et de gréement.

– Ils n'avaient rien senti? Entendu personne appeler au secours?

– Senti quoi? Un bateau de cent trente mille tonnes qui file à vingt-cinq nœuds? Il ne sentirait rien, il ne verrait rien, il n'entendrait rien... même si les hommes de quart exerçaient une surveillance visuelle et par radar vingt-quatre heures sur vingt-quatre, ce qui était le cas. Sur une mer agitée, par une nuit sombre, un gros bateau et un petit voilier sont pratiquement invisibles l'un pour l'autre. Les marins n'ont jamais su ce qui les avait heurtés.

Florio énuméra ensuite les innombrables complications juridiques qui embrouillaient le contentieux des affaires maritimes. Le FBI qui avait autorité pour intervenir quand il était prouvé qu'il s'agissait d'un crime fédéral, disposait de bien peu de facilités pour enquêter sur des actes criminels commis en haute mer. L'administration chargée de faire respecter la loi sur les stupéfiants pouvait agir s'il y avait suspicion légitime de violation de cette loi, mais s'il y avait contrebande, alors les Douanes entraient aussi en action.

Beaucoup de bateaux disparaissaient dans les eaux territoriales d'une puissance étrangère, ce qui était du ressort du Département d'Etat et d'Interpol. En conséquence les gardes-côtes se trouvaient toujours le derrière entre deux chaises, paralysés.

Le plus souvent, les chamailleries entre les divers services aboutissaient à l'inaction. Après tout, d'un point de vue général, la perte d'un bateau par-ci par-là et de quelques vies humaines n'était pas un problème qui intéressait le grand public.

– Evidemment, si Robert Redford venait à disparaître, il se pourrait que le gouvernement en fasse tout un foin, dit Florio avec un petit sourire. Mais un type quelconque, *basta*! De plus, il existe dans la loi un joli petit piège qui fait qu'un propriétaire de bateau s'en tire bien mieux s'il ne crie pas « au loup » et n'appelle pas les flics. Généralement, les compagnies d'assurances maritimes ne remboursent rien en cas de « prise et capture ». Alors, imaginez un gars dont le bateau disparaît. S'il ferme sa gueule et laisse croire à tout le monde que son bateau a sombré, il est remboursé intégralement. Mais s'il s'adresse au FBI et porte plainte en disant que son bateau a été attaqué en pleine mer, il ne touche pas un sou. Quand vous avez mis cent, cent cinquante mille dollars dans un bateau, vous avez une bonne raison de fermer les yeux et d'accuser Neptune. Ou le Triangle des Bermudes. Tout le monde veut croire au Triangle des Bermudes.

– Vous y croyez aussi?

– Que croire? Oh! Je connais toutes les théories : c'est l'Atlantide, et les vaisseaux spatiaux, et les monstres marins, et les ouragans sous-marins. Pas de problèmes, il y a des tas de choses qui disparaissent là-bas. Mais si vous me colliez le canon d'un fusil sur la tempe et que vous me disiez : « Qu'est-ce que c'est? », je dirais que c'est l'exemple parfait de l'homme et de la nature œuvrant pour se contrecarrer mutuellement. C'est vraiment une fichue région : il n'y a pas beaucoup de trafic, pas beaucoup de renseignements, pas beaucoup de cartes correctes et de prévisions météo convenables. Alors, quand le voilier d'Untel quitte Miami pour les Bahamas, en se servant, pourquoi pas, d'un atlas en guise de carte marine – et certains de ces idiots le font vraiment – on peut carrément dire qu'il cherche à avoir un accident.

– Emettez une hypothèse au hasard, dit Maynard. Qu'est-ce qui est arrivé à tous ces bateaux?

Florio enleva ses lunettes protectrices et les laissa pendre à son cou. Il regarda dehors, par la fenêtre de la cuisine, se livrant apparemment à un calcul mental.

– Je dirais qu'un pourcentage allant d'un tiers à la moitié coule tout simplement : le temps, la stupidité, tout ce que vous voulez. Un cinquième – disons cent trente bateaux – sont arraisonnés par les coursiers de l'herbe, puis sabordés ou peut-être conduits dans le Pacifique. Un petit nombre – vingt-cinq au plus – sont volés, comme on vole une voiture, puis revendus ailleurs. Ce sont vraiment des cinglés qui font ça, qui prennent le risque d'un double ou d'un triple homicide uniquement pour vendre un bateau volé.

Florio se tut.

– Ce qui nous laisse encore plus de cent bateaux.

– Je sais. Florio sourit avec amertume. Et ce sont ces bateaux-là qui m'ont valu d'avoir la responsabilité de quelques phares. (Il regarda Maynard.) *Vraiment*, vous ne le publierez pas? Pas de craques.

Maynard fit un geste de dénégation.

– Je pense que quelqu'un prend ces bateaux. Je ne sais pas qui, je ne sais pas pourquoi, et je ne sais pas ce qu'on en fait. Mais c'est la seule hypothèse sensée. Ecoutez, ce n'est pas nouveau. Je suis arrivé au nombre de 610 en faisant une simple addition. Je me suis arrêté à 1974 parce que... parce que, bon je me suis arrêté. J'aurais pu continuer à additionner, année par année, en remontant aussi loin qu'on veut. Certes, il y en a eu davantage récemment parce qu'il y a plus de bateaux en circulation. Mais, toutes proportions gardées, ces bateaux ont disparu dans une région très précise du globe, sans laisser de trace, sans l'ombre d'une raison. Et cela depuis qu'on a commencé à établir des statistiques. Ce qui se passe là-bas dure depuis au moins *quatre-vingts ans.*

– Et vous pensez que ça continue?

– Je le pense, Hé oui, *c'est un fait.* Il y en a eu deux autres cette semaine, vous savez.

– Je n'ai rien vu là-dessus.

– Non, vous ne verrez rien. Il n'y a pas de faits indiscutables. La nouvelle se résume à ceci : deux bateaux ne se sont pas présentés à l'endroit où ils avaient dit qu'ils se présenteraient. Deux couples de New Jersey. Ils peuvent encore arriver, mais, sachant où ils naviguaient, je ne parierais pas là-dessus.

– Où était-ce?

– Une poche entre la longitude... (Florio s'interrompit.) Venez voir. Ça me sera plus facile de vous le montrer sur la carte que de vous l'expliquer.

Il se leva et conduisit Maynard à son bureau au premier étage, petite pièce confortable entourée de livres, et regorgeant d'accessoires maritimes : la cloche d'un bateau, l'habitacle d'un autre, une série de cabillots entrecroisés, un hublot en cuivre. Les murs étaient tapissés de cartes marines. Florio passa derrière son bureau et fit courir son doigt sur une chaîne d'îles en forme de croissant.

– Ici. Aux abords du banc des Caicos.

Maynard chercha sur la carte des points de référence moins vagues, mais n'en trouva pas.

– Où est-ce?

– Les Caicos? Au sud-est des Bahamas, au nord-est d'Haïti. C'est une colonie britannique. On les appelle exactement les îles Turks et Caicos.

– Qu'est-ce qui s'y passe?

– Des naufrages, essentiellement. Autrefois, les Espagnols devaient traverser le Passage des Turks, ici, ou celui des Caicos, là, pour rallier leurs ports. C'est un endroit idéal pour faire naufrage. Ce banc est un épouvantable piège : vous êtes en eau profonde et, tout d'un coup... bang!... le fond se relève et vous n'avez plus qu'un mètre vingt, un mètre cinquante d'eau. Les habitants des Bermudes avaient l'habitude de s'y rendre pour ramasser du sel dans les Turks, et pendant un certain temps on a exploité le sisal dans certaines îles des Caicos.

– Pas si vite. (Cela rappela quelque chose à Maynard.) Il y a quelque temps, j'ai lu une polémique à propos de l'endroit exact où Christophe Colomb avait abordé pour la première fois au Nouveau Monde. Un type disait San Salvador...

– Oui. C'est au nord, dans les Bahamas.

– ... mais l'autre type continuait à affirmer que c'était dans ce qu'il appelait le « groupe des Caicos ». Je n'ai pas compris ce qu'il voulait dire.

– Il n'y a pas grand-chose à comprendre. C'est un endroit abandonné de Dieu. Et Dieu est bien le seul à savoir combien de bateaux ont embarqué des paquets de mer et sombré là-bas... des centaines, c'est sûr.

– Personne n'a suivi cette affaire?

– C'est impossible. Et, en fait, tout le monde s'en fiche.

– Comment y va-t-on?

– Par avion? En partant de Miami où il y a une ligne aérienne qui change de propriétaire tous les six mois. Ils n'ont tué personne récemment, mais j'imagine que c'est parce que leurs zincs volent très lentement.

– Y êtes-vous jamais allé?

– Non. D'après ce que j'ai entendu dire, ce qu'il y a de plus attirant dans le coin, ce sont les scorpions. (Florio regarda Maynard et se rendit compte qu'une idée germait dans son esprit.) Qu'est-ce que vous savez, *vous*, des îles des Tropiques? De par votre expérience, je veux dire.

– Je suis allé à Nassau. J'ai pêché une fois sur le récif de corail de Walker, et j'ai fait de la plongée sous-marine avec un scaphandre autonome au large d'Eleuthera. Mais c'était il y a des années.

– Je ne sais pas à quoi vous pensez, mais les Caicos, ce n'est pas Nassau. Ça ressemble autant à Nassau qu'Entebbe à New York, et c'est à peu près aussi civilisé.

– Je ne pense à rien, dit Maynard.

– Mais si. Enfin, c'est votre affaire!

Il était 13 h 30 quand Maynard retourna au musée de l'Air et de l'Espace. Il s'était absenté pendant près de trois heures. Justin n'était ni sur les marches du musée ni dans le hall d'entrée.

Maynard le trouva en train de faire la queue devant un cinéma. Il resta derrière la corde en velours qui canalisait les gens et l'appela.

Justin abandonna sa place dans la queue et passa sous la corde.

– Tu peux le voir si tu veux. Nous ne sommes pas tellement pressés.

– Non, je l'ai déjà vu. C'est sur l'histoire de l'aviation. C'est très bien fait. J'ai envie de vomir. (Justin montra un bâtiment de l'autre côté du mail, que l'on apercevait au travers des portes vitrées.) On y va? Un garçon m'a dit qu'il y avait une exposition d'armes drôlement bien.

– Bien sûr. L'avion ne décolle que dans une heure et demie.

Quand ils traversèrent l'avenue, Justin prit la main de son père. Lorsqu'ils arrivèrent à la pelouse, de l'autre côté, Maynard essaya de se dégager, mais Justin tint bon. Tout d'abord Maynard se sentit quelque peu mal à l'aise. Il n'était pas habitué à se balader en tenant la main de quelqu'un. Lorsqu'il en prit conscience, il éprouva une certaine tristesse. Depuis qu'il avait été séparé de son fils, il avait perdu le contact avec lui, il ne connaissait plus, au jour le jour, ses ennuis et ses besoins. Il avait cessé de le considérer comme un enfant : Justin était une personne que Maynard voyait un week-end sur deux, dont il aimait la compagnie, et avec qui il avait des conversations courtoises, amusantes, mais superficielles. Maintenant, le garçon semblait vouloir rétablir le contact. Maynard en était touché, flatté et reconnaissant. Il serra la main de son fils.

– Il était au poil, ce musée, dit Justin.

– Bien.

Maynard aurait voulu en dire davantage, mais il ne savait ni quoi ni comment. Ils contournèrent le jardin en contrebas où étaient exposées des sculptures, près de la galerie Hirschorn, et se dirigèrent vers un bâtiment de brique brune à pignon.

– C'est une exposition de quoi?

– Le centenaire de quelque chose.

– Tu veux dire le *bi*centenaire.

– Non, le centenaire. C'est ce que le garçon a dit.

Dans le cadre de la célébration du bicentenaire de l'Indépendance, le Smithsonian avait réuni une collection d'objets qui avaient été exposés lors de la célébration du premier centenaire, en 1876. On avait prévu de clore cette exposition début 77, mais elle avait rencontré un tel succès que l'Institut avait décidé de la prolonger.

Il y avait des vitrines pleines de vêtements, d'outillages, d'ustensiles artisanaux, d'accessoires pour bateaux, articles d'alimentation et de médicaments. Au fond du bâtiment étaient rassemblées toutes les armes qu'avait utilisées l'homme jusqu'au milieu du XIXe siècle : des mitrailleuses Gatling qu'on montait sur les locomotives, des mortiers, des tomahawks, des couteaux de chasse Bowie à double tranchant, des pistolets Derringer et des canons. Sur un mur, dans une immense vitrine, était exposée une série de colts.

Debout devant la vitrine, Justin dévorait chaque arme du regard, se transportant en imagination vers les champs de bataille, les camps d'Indiens et les convois de bétail.

Maynard repensait à la conversation qu'il avait eue avec Michael Florio. Il passait en revue les questions et les réponses, récapitulant les chiffres. Chaque question à laquelle il y avait une réponse satisfaisante conduisait inévitablement à une question à laquelle aucune réponse tant soit peu vraisemblable ne pouvait être trouvée.

– C'est celui-là que je préfère, dit Justin en montrant un fusil à percussion à six coups. C'est la première fois que j'en vois un comme ça.

– Ils sont rares. Ils n'ont pas servi longtemps.

– Pourquoi? Ils tiraient six coups. Les autres n'en tiraient qu'un.

– Oui, mais Winchester est venu avec ses carabines qu'on chargeait avec des cartouches au lieu des capsules de fulminate et poudre. L'embêtement avec les fusils à percussion, c'était que, quand une chambre se vidait, ça faisait quelquefois partir les autres charges.

Les gens qui tiraient avec ça s'éborgnaient souvent eux-mêmes ou se faisaient sauter la main gauche. (Maynard regarda sa montre.) Allons-y.

Il y avait peu de circulation sur la route conduisant au National Airport, et ils arrivèrent avec vingt minutes d'avance. Alors qu'ils se dirigeaient vers la porte d'accès à l'Eastern Shuttle, ils passèrent devant un appareil de la National Airlines où une foule de gens embarquaient pour Miami. Maynard s'arrêta.

– Qu'est-ce qui se passe? demanda Justin.

Maynard ne répondit pas. Son esprit était en proie à un mélange d'impulsions et de doutes, de pressentiments et de sentiments rationnels. Le bon sens voulait qu'ils rentrassent à New York, et qu'il laissât dormir cette histoire de bateaux disparus. Qu'il réfléchît sérieusement à la question. Qu'il parlât à Hiller. C'était la voie de la sécurité et de l'instinct de conservation. Mais à un certain niveau de son esprit, il était mû par l'idée que ce qui l'attendait à New York ne valait peut-être pas la peine d'être préservé. Le choix ne se situait pas entre la sécurité et le risque, mais entre essayer d'arriver à quelque chose et se résigner au néant.

Il prit la main de Justin.

– Allons-y, dit-il en se dirigeant vers l'appareil des National.

– Ce n'est pas notre avion!

– Ça l'est maintenant.

– Pourquoi?

– Pourquoi pas? Es-tu déjà allé à Miami?

– Je ne sais même pas où c'est!

– A douze ans tu ne sais pas où est Miami? Eh bien, il était temps que tu l'apprennes.

Justin se laissa tirer par son père.

– Oh là là! Maman va me *tuer!*

– Pourquoi dis-tu toujours ça? Elle ne t'a pas

encore tué jusqu'à présent. De plus, nous serons rentrés avant qu'elle ne sache que tu es parti.

Maynard sortit sa carte de l'American Express de son portefeuille et s'approcha du guichet pour prendre leurs billets.

5

– Je n'ai même pas de brosse à dents.

– Nous en achèterons une. En Floride, les gens se lavent les dents.

C'était la dixième objection que soulevait Justin, et Maynard avait déjà répondu aux précédentes depuis le début du vol. Ces objections n'étaient ni sérieuses ni motivées, Maynard en avait la certitude. Justin était excité, mais il cherchait aussi à se rassurer en exprimant verbalement tous les problèmes imaginables que pouvait soulever une initiative imprévue et contraire au trantran établi. A mesure que son père résolvait, ou expliquait comment il résoudrait plus tard chaque problème, le garçon se sentait plus à son aise.

– De toute façon, qu'est-ce que nous allons faire là-bas?

– Nous baguenauder. Voir quelques personnes. Poser quelques questions. Peut-être visiter la ville.

– Quand deviendras-tu adulte, papa?

Éberlué, Maynard répondit :

– Ce n'est pas toi qui parles, n'est-ce pas? C'est ta chère vieille maman.

Justin rougit.

– Peu importe. Pourquoi me poserais-tu la question? Qu'est-ce qui te fait croire que je ne suis pas adulte? J'ai vu une publicité pour *Playboy*, l'autre jour, et pour eux, je ne suis plus dans le coup. Après trente-quatre ans, tu ne vaux même pas une étude de marché.

– Les adultes ne font pas des choses comme ça. (Justin désigna l'avion de la main.)

– Les adultes ne peuvent pas s'amuser?

– Maman dit que tu ne t'aimes plus beaucoup. Que c'est pour ça que tu restes à *Today* et que tu t'occupes des « Tendances ».

Maynard essaya de trouver une réponse bien tournée, teintée d'un brin d'humour, mais il en fut incapable. Il se sentait embarrassé et furieux – furieux, surtout, parce que Devon et lui s'étaient mis d'accord pour ne jamais tenir de propos désobligeants l'un à l'encontre de l'autre, devant leur fils.

– Allons, écoute, Justin.

Justin tendit la main et, pas très sûr de lui, prit celle de Maynard.

– Moi, je t'aime. Tu ne t'aimes pas? Moi, je t'aime.

– Hé, petit... (Maynard tapota la main de Justin et détourna les yeux. Au bout d'un moment, il lui dit :) Je vais t'expliquer. Je travaille à *Today* pour des tas de raisons. On me paie bien, et nous avons de quoi manger. Je suis un bon journaliste dans ma partie, aussi bon qu'on peut l'être, et c'est quelque chose. Ce n'est pas un travail désagréable. Il y a des tas de gens qui adoreraient écrire dans *Today*.

– Tu voudrais faire quelque chose d'autre?

Maynard sourit.

– Tu veux dire, quand je serais adulte?

Justin prit un air penaud.

– Oui...

– Je ne sais pas. J'y pense, et parfois j'essaie de ne pas y penser. C'est plus facile de penser à ce qu'on est qu'à ce qu'on n'est pas. S'il est une personne au monde à qui j'aimerais ressembler, c'est à Samuel Eliot Morison.

– Qui est-ce?

– Il a voyagé partout, il a tout vu, et ce qu'il ne pouvait pas voir parce que ça se situait dans le passé, il l'a appris par la lecture et il a essayé de le revivre, puis il a écrit des livres pour dire aux autres ce qu'il avait appris.

– Tu veux écrire des histoires.

– Des histoires *vraies.* C'est pour cette raison que nous allons en Floride.

Justin approuva de la tête, apparemment satisfait de cette explication.

– Qu'est-ce que tu veux être, *toi,* monsieur l'Inquisiteur? demanda Maynard. T'arrive-t-il d'y penser?

– Parfois. Quand j'étais petit, je voulais faire de la bionique, mais, maintenant, j'en suis moins sûr.

Dès qu'ils débarquèrent à Miami, Maynard envoya Justin acheter des bandes dessinées et un journal du soir. Il espérait y trouver des détails sur la disparition des deux couples du New Jersey. En attendant, il se dirigea vers un guichet portant la plaque : « Bureau d'accueil ». Une jeune femme exubérante – avec des cheveux blonds décolorés, un visage à la Barbie Doll et animée du désir évident de copier la silhouette de Dolly Parton – lui sourit et lança :

– Salut! Je suis Ginny! En quoi puis-je vous aider?

– Pouvez-vous me dire comment on va aux Caicos?

– Oui, monsieur! Est-ce sur la côte?

– Non, madame. C'est un pays. Les îles Turks et Caicos.

– Oh! bien sûr! Jetons un coup d'œil. Elle ouvrit

son guide des lignes aériennes et parcourut les « T » du pouce. Mince alors, monsieur, je crois qu'il n'y en a pas.

– Il n'y a pas de quoi?

– De Turks ou Caicos.

– Je vois. Pourriez-vous regarder à Navidad?

– Bien sûr. Elle tourna les pages. Voilà! Navidad. Vous ne pouvez pas y aller d'ici.

– Bon. Alors, d'où puis-je y aller?

– De nulle part, je crois. Vous voyez? Elle retourna le guide de façon à ce que Maynard pût consulter la liste. « Air Sunrise : annulé. Out-Island Air : annulé. Tropicair : a cessé ses activités. »

– Mais il y a des gens qui y vont, dit Maynard.

– Oui, monsieur. Si vous le dites.

– Mais *comment?*

La fille hocha la tête.

– Ça alors, c'est quelque chose!

– Peut-être que quelqu'un loue des avions?

– Possible. Vous pouvez demander à Air Compétence. Elle désigna le bureau d'Air Compétence, au bout du couloir.

– Merci de votre aide.

– Ça a été un plaisir, monsieur. Revenez nous voir.

Maynard attendait Justin qui galopait vers lui avec une pleine brassée de bandes dessinées. Ils se dirigèrent ensemble vers le bureau d'Air Compétence.

Assis derrière son bureau un homme mince au visage tanné remplissait des formulaires pour les billets d'avion, écrivant avec la lenteur et le soin d'un calligraphe. Après chaque mot, il lèchait le bout de son stylo à bille et prenait sa respiration avant de s'attaquer au mot suivant. Sa langue était tachée de bleu. Maynard se dit que l'homme devait être à peu près illettré.

Maynard attendit que l'employé eût terminé de rédiger une fiche avant de demander :

– Excusez-moi, pouvez-vous me dire comment on peut aller aux Turks et Caicos?

– Là-bas la piste d'atterrissage n'est pas éclairée. Si vous essayez de repérer de nuit cet endroit de malheur, vous risquez de vous retrouver en Afrique.

– Et demain?

– S'ils sont d'humeur à voler.

– Qui « ils »?

– Arawak. L'homme sourit. Nous les appelons Air Dingo.

– Air Compétence n'y va plus?

– Le gouvernement nous a liquidés. Il prétendait que nous ne leur fournissions pas un service régulier. Comment diable pouvions-nous être réguliers quand la moitié des pistes est pleine de nids de poule, et l'autre moitié submergée, ça alors, ça me dépasse.

– Est-ce que vous affrétez des avions?

– Bien sûr. Je vous y emmènerai moi-même. Sept cent cinquante dollars. Bimoteur.

– Où est le bureau d'Arawak?

– Y en a pas. Le gars fait son boulot au bar.

– A quoi ressemble-t-il?

– Vous pouvez pas le rater. L'homme ricana. A moins qu'il soit déjà par terre, allongé sur le dos.

Le bar était bondé et obscur, mais le tee-shirt blanc avec « Arawak » imprimé sur le dos était nettement visible de la porte. Maynard installa Justin sur un siège vide, près de l'homme au tee-shirt, et lui commanda un Coca-Cola. Justin inclina son *Archie* de façon à capter le mince filet de lumière qui venait du plafond, et se mit à lire.

Maynard se pencha par-dessus l'épaule de Justin et dit à l'homme d'Arawak :

– Excusez-moi. Si j'ai bien compris, vous prenez des passagers pour les Caicos.

– Ouais. (Il jeta un coup d'œil à Maynard et retourna à son *piña colada.)*

– A quel moment a lieu le prochain vol?

– J'ai un avion de ravitaillement qui part demain.

– Puis-je louer deux places?

– Non.

– Ah! Vous êtes complet?

– Je ne peux pas prendre de passagers. Le seul pilote qui a le droit d'en prendre y va le mercredi. Ou le jeudi. Ça dépend.

– Bon. (Maynard pensa : qu'il aille se faire voir. Il dit à Justin :) Finis ton verre. Nous allons voir si nous pouvons attraper un avion pour New York.

Justin avala bruyamment le reste de son Coca-Cola et se leva aussitôt.

L'homme intervint :

– Je n'ai pas dit que vous ne pouviez pas y aller.

– Si, vous l'avez dit.

– Non. J'ai dit que je ne pouvais pas délivrer des billets.

Maynard prit une profonde inspiration.

– Je vois. Alors comment...

– Je suis obligé de vous y emmener gratuitement.

– Ah... ma foi, c'est très aimable à vous.

– Bien sûr, mais rien ne vous empêche de payer une partie du carburant.

– Naturellement. Quelle est... la contribution correcte?

– Cinquante dollars par tête. Cash. D'avance.

– D'accord. A quelle heure?

– 7 heures. Je ne vous attendrai pas.

– Quelle porte?

– La porte? Tu parles! (L'homme inclina la tête en direction de la piste.) Là-bas, sur le terrain.

– Quel genre d'appareil?

L'homme regarda Maynard puis, baissant le ton, ce fut en singeant une voix de basse qu'il répondit :

– Eh bien, capitaine, je vais vous dire : l'appareil c'est le genre de foutu zinc qui veut bien décoller au petit matin.

La seule chose polie que Maynard put trouver à dire fut :

– D'accord.

Il prit la main de Justin et le fit sortir du bar.

La fille du bureau d'accueil leur réserva une chambre à l'hôtel de l'aéroport et les conduisit au minibus qui les y emmena.

Durant le trajet, Maynard dit à Justin :

– Tu veux faire quelque chose ce soir?

– Ça m'est égal. Regarder la télé?

– Hé, mon vieux, nous sommes à Miami. Tu devrais y jeter un coup d'œil.

– D'accord. Nous allons quelque part demain?

– Peut-être. Il faut que je donne deux coups de téléphone.

– J'ai école lundi.

– Lundi peut être un jour de vacances. On ne sait jamais.

– Quelles vacances?

– Attendons. On verra bien.

Aux dires de l'opératrice chargée des communications outre-mer, une seule ligne de téléphone reliait Miami aux îles Turks et Caicos. Généralement, elle était soit occupée, soit en dérangement. La plupart des messages étaient reçus par radio et transmis, au petit bonheur la chance, via la rumeur publique de l'île. De plus, lui dit-elle, il n'était pas question d'essayer d'appeler le gouvernement un samedi soir.

Maynard la pria instamment d'essayer d'obtenir

n'importe quel numéro : il devait transmettre un message au gouvernement. Il n'était pas du tout sûr que les îles eussent vraiment un gouvernement, mais l'argument sembla porter. L'opératrice dit qu'elle rappellerait.

Ils regardèrent les informations du soir – on n'y parla pas des bateaux de Jersey – et, devant l'insistance de Justin, « Les Brady ». Maynard était sur le point de rappeler l'opératrice quand le téléphone sonna.

– Je vous passe les Caicos, dit l'opératrice.

Derrière sa voix, Maynard entendit un fort bourdonnement et une série de crachotements.

– Qui me passez-vous?

– Je ne sais pas. Je n'ai pas cessé d'essayer des numéros jusqu'à ce qu'il y en ait un qui réponde.

Il y eut un déclic, et l'opératrice disparut.

– Allô! Allô! (Sur la ligne, le bourdonnement était irrégulier, s'amplifiant et s'affaiblissant, puis de nouveau s'amplifiant.) Allô!

– Ben oui, allô!

C'était une voix de femme, faible et lointaine.

– Qui est au bout du fil?

– Qui appelez-vous?

Maynard parla lentement, s'efforçant de détacher clairement chaque syllabe.

– Je m'appelle Blair Maynard. Je suis au magazine *Today*. J'essaie de contacter quelqu'un au gouvernement.

– Birds (1), dit la femme.

– Excusez-moi.

Maynard ne savait pas pourquoi, mais de toute évidence, il avait offensé cette femme.

– Birds! répéta la femme.

(1) Birds signifie non seulement « oiseaux », mais aussi « pépées », « taulards » « putains »... (N.d.T.)

– Qu'est-ce que c'est des *birds?*
– Birds? c'est un homme. C'est l'officier ministériel d'ici. Birds Makepeace.
– Savez-vous où il est?
– Pas ici. Il ne fréquente pas Evvy.
– Pouvez-vous lui transmettre un message de ma part?
– Qu'est-ce que vous voulez à Birds?
– J'aimerais le voir demain. Pouvez-vous le lui dire?
– J'ai dans l'idée qu'il est dans le coin, à moins qu'il pêche.
– Où êtes-vous?
– Où je suis? (La femme était troublée.) Je suis ici. Et vous?
– Non. Je veux dire : êtes-vous sur l'île de Grand Turk?
– Grand Turk? Qu'est-ce que je ferais à Grand Turk?

Maynard essayait de se souvenir du nom des autres îles importantes de l'archipel des Caicos.
– Great Bone? Etes-vous sur le récif de corail de Great Bone?
– Je l'espère bien, dit-elle en gloussant. A moins que ça ait changé depuis la dernière fois.
– Et où est-il? Où est Birds?
– Pas avec moi. Je vous l'ai dit.
– Je comprends bien. Mais où...?

Un sifflement perçant, suraigu interrompit la communication. Il fut suivi par trois petits claquements débiles, et la ligne fut définitivement coupée. On n'entendait même plus de bourdonnement. Maynard raccrocha.

Justin regardait une émission de la série « Monde de la survivance », sur les singes.
– Tu as eu le rendez-vous?

Maynard rit.

– Ma demande suit son cours.

Il décrocha le téléphone et composa le numéro de *Today* à New York. A 7 h 30, un samedi soir, il n'y aurait qu'un seul rédacteur en permanence installé dans la salle des télex, à l'affût d'une crise susceptible d'entraîner un changement dans un article de tête. En ce moment, le numéro de la semaine suivante était bouclé depuis plusieurs heures déjà et, en dehors de l'assassinat du Président ou du déclenchement d'une Troisième Guerre mondiale, rien ne pouvait arrêter l'impression du journal.

– Campbell.

– Ray, c'est Blair Maynard. Je peux te laisser un message pour Hiller?

– Je vais te donner son numéro personnel.

– Je ne veux pas le déranger chez lui. J'aurais pu attendre jusqu'à lundi, mais je ne sais pas exactement où je serai.

Maynard ne voulait pas parler à Hiller. Hiller pourrait refuser de l'autoriser à partir. Les îles étaient du ressort du bureau de *Today* à Atlanta ou, pour une affaire sans preuve comme celle-ci, de son correspondant à Miami, et les responsables des bureaux locaux prenaient ombrage des intrusions de leurs confrères de New York. De plus, Hiller aurait dit que Maynard n'avait pas le droit d'abandonner son service. Si Maynard fonçait, sans s'être mis d'accord au préalable avec lui, ce qui pouvait lui arriver de pire à son retour, c'était qu'Hiller refusât de signer le justificatif de sa note de frais pour le voyage. Il y avait d'innombrables façons de corser des notes de frais ultérieures pour rattraper ce qu'on avait payé de sa poche.

– Dis-lui seulement que j'ai un tuyau de première sur l'affaire des bateaux, et que je l'appellerai quand je pourrai.

– D'accord.

– Merci, Ray. Bonsoir.

Maynard arracha Justin à « Voyage des étoiles », et ils descendirent. Dans le hall de l'hôtel, ils achetèrent un petit sac de voyage que Maynard bourra d'objets de toilette, de sous-vêtements et de maillots de bain.

– Il est possible que nous allions nager, expliqua-t-il à Justin. Nous ne pouvons pas aller à la plage avec nos slips de ville.

Ils prirent un taxi devant l'hôtel. Maynard demanda au chauffeur de se balader sur la Collins Avenue, de Miami Beach.

– On ne devrait permettre à personne de mourir avant d'avoir vu le « Fontainebleau », dit-il à Justin. Il est possible que ce palace suive le même chemin que les dinosaures, mais ça représente une étape décisive dans l'évolution de l'homme.

– C'est énorme, dit Justin lorsque le taxi traversa l'espèce de brouillard bleu qui entourait le « Fontainebleau ». (Et, à la fin de la balade, il affirma platement :) Tout est énorme.

– Autant pour la culture! (Maynard se pencha et dit au chauffeur :) Allons en ville.

– Où ça en ville?

– Où vous voudrez. Montrez-nous les curiosités.

– Les curiosités, grommela le chauffeur. Il y en a à tous les coins de rues. Une seule question : vous préférez les Cubains, les Noirs ou les pauvres Blancs?

Il était 8 heures passées. Maynard avait faim, et Justin avait l'air de s'endormir.

– Tu veux manger?

Justin bâilla.

– Oh oui! Retournons à l'hôtel et faisons-nous servir dans notre chambre. C'est drôlement bien de manger dans sa chambre.

Le chauffeur tourna à droite et repartit en direction de l'aéroport.

Justin se pencha brusquement en avant.

– Hé, regarde!

Devant eux, sur la droite, Maynard vit une enseigne au néon, flamboyante : SUPERMARCHÉ DES CHASSEURS DES EVERGLADES.

– Bon Dieu, qu'est-ce que c'est? demanda-t-il au chauffeur.

– Ce qui est écrit. Un supermarché. On y vend des armes. Il y a un endroit où on peut les essayer. Grand comme un « bowling ».

– Allons, papa. Arrêtons-nous.

– Je croyais que tu voulais manger.

– Je veux juste y jeter un coup d'œil.

– D'accord.

Sans qu'on lui eût dit quoi que ce fût, le chauffeur se gara au bord du trottoir.

– Combien de temps resterez-vous?

– Deux minutes. Ça ne vous fait rien d'attendre?

– Je pourrais vous demander quelque chose en gage, votre montre ou vingt dollars. Mais ça ira.

C'était, comme on l'annonçait, un supermarché spécialisé dans la vente d'armes, long comme la moitié d'un pâté de maisons, profond comme un pâté entier. Il y avait quatre secteurs, et pour chacun, des indications quant à la direction à suivre : à gauche, fusils de chasse de calibres 10, 12 et 16; à droite, carabines de chasse de calibres 30,06 à 44,40; de ce côté-ci armes individuelles automatiques; de ce côté-là, armes de poing (pistolets); secteur numéro quatre : carabines militaires, au fond, la poudre noire. Un écriteau annonçait les articles en promotion ce week-end-là : une carabine Marlin Golden 39A, calibre 22, actionnée par levier : 125 dollars; un colt Hammerli Frontier calibre 45 : 175 dollars. Achetez les deux et vous aurez une boîte de balles gratuite. Chaque arme était exposée dans une vitrine particulière soigneusement verrouillée. Des vendeurs en veste verte patrouillaient entre les rayons, des passe-partout enchaînés à leur ceinture.

Il y avait six caisses, où des employés examinaient les cartes d'identité, touchaient l'argent et emballaient les achats.

– On dirait un ancien self, dit Maynard.

– Qu'est-ce que c'est qu'un ancien self?

Justin n'attendit pas la réponse. Il se précipita.

Maynard le rattrapa devant une vitrine remplie, d'un côté, de carabines de guerre AR-15 et, de l'autre, d'armes de même type, appelées « Walmet ».

– Mon vieux! dit Justin. Elles sont formidables!

– Puis-je vous aider?

Un vendeur les avait suivis. Il avait dans les quarante-cinq ans. Très gros, il ressemblait un peu à une cantine militaire qu'on aurait posée sur des jambes. Il portait des lunettes sans monture; ses cheveux étaient pommadés et il empestait l'Aqua Velva.

– Je ne savais pas qu'elles étaient autorisées à la vente, dit Maynard en désignant les carabines de guerre.

– Les AR-15? Mais si. Naturellement, elles ne sont pas entièrement automatiques. Celles-ci sont les sportives.

– On peut les faire modifier, non?

– Pas par nous. Ce qu'un armurier peut en faire après qu'elles sont parties d'ici ne nous regarde pas. (Le vendeur tendit la main.) Stan Baxter. Appelez-moi Bax.

Quand le blazer de Baxter s'entrouvrit, Maynard aperçut la crosse d'un revolver niché dans un petit étui contre son ventre.

– Maynard, dit-il, et il serra la main de Baxter.

– Et qui ça peut bien être? (Baxter tendit la main à Justin.) Vous m'avez bien l'air d'un amateur d'armes.

– Oui. (Justin montra les Walmet du doigt.) Elles sont formidables. Qu'est-ce que c'est?

– La meilleure carabine militaire qu'on ait jamais faite. Type finlandais. On a pris le meilleur du AR-15 et on l'a marié au meilleur du AK-47, et ça a donné naissance au Walmet.

– Qu'est-ce que ça a de si bien?

– Sa simplicité. Très peu de parties mobiles. Elle ne s'enraie pratiquement jamais, même dans la boue et le sable. Bien plus fiable que n'importe laquelle de ses proches parentes. Elle s'approvisionne en balles calibres 7.62 de l'OTAN. Ses pièces sont standard avec quasiment toutes les carabines de l'Europe de l'Est ou de l'Ouest. Les balles calibre 225, qui approvisionnent les AR-15, vous mettent joliment en pièces un bonhomme, mais elles ne valent pas grand-chose. Parfois, même, la balle fuse en vrille et vous éclate dessus. Le Walmet, lui, vous permet de tuer net même à longue distance.

– Je croyais que celles-ci étaient « sportives », dit Maynard.

– C'est bien le cas. (Baxter cligna de l'œil.) Mais le sport est toujours ce qui intéresse les sportifs, n'est-ce pas?

Justin, qui s'était avancé dans l'allée, se tenait devant une vitrine pleine de pistolets.

– Papa! Regarde ça.

Baxter sourit à Maynard.

– On dirait que votre fils a trouvé un ami.

Justin était excité.

– C'est le pistolet de James Bond!

– Vous avez raison, petit, dit Baxter. Un Walther PPK. Une très belle arme pour débuter!

– Une arme pour débuter! s'exclama Maynard. Quand j'étais gosse, on commençait avec un 22 à un coup.

Baxter inclina la tête.

– Mais quand vous et moi étions jeunes, tout ce que nous devions apprendre à tirer, c'étaient les lapins et de vulgaires serpents. On n'avait pas à se demander avec inquiétude à quel moment ils débouleraient la colline.

Maynard ne demanda pas qui était « ils ».

Un coup de feu claqua, puis un autre, puis un troisième. Maynard saisit le bras de Justin, s'apprêtant à précipiter son fils par terre et à le couvrir de son corps.

Baxter rit.

– Ce ne sont que des gens qui s'exercent, là-bas au fond. Un espace est mis à la disposition du client, à l'intérieur du magasin, pour qu'il essaie la marchandise avant de l'acheter. Ça nous évite des tas de rouspétances et de rendus. (Il se tourna vers Justin.) Aimeriez-vous essayer ce PPK, jeune homme?

– Ça oui, alors!

– Pas si vite... dit Maynard.

Baxter déverrouillait déjà la vitrine.

– Ça revient à dix cents la balle, environ. Vous ne trouverez nulle part moins cher.

– Ce n'est pas la question.

– Oh! ne vous inquiétez pas. Il n'y a pas d'obligation. (Baxter cligna de nouveau de l'œil.) Bien sûr, quand vous pressez sur la détente d'un PPK, c'est comme de manger des frites. Il faut beaucoup de volonté pour s'arrêter de tirer. Cette arme vous *parle.* (Baxter fit coulisser la culasse, vérifia la chambre, fit jouer le chargeur et le remit en place.) Comment avez-vous dit que vous vous appeliez, jeune homme?

– Justin.

– Eh bien, Justin, pourquoi ne me le porteriez-vous pas?

Baxter lui passa le pistolet, crosse en avant.

Justin ne put s'empêcher de sourire. Il leva les yeux vers son père.

Maynard répondit avec réticence à son sourire et fit un signe de tête affirmatif. Il s'était fait avoir.

Baxter prit une boîte de balles dans un tiroir et conduisit Maynard et Justin à l'aire de tir, située derrière le magasin.

Baxter était un professeur de premier ordre – réfléchi, clair et patient. Il regarda attentivement Justin tirer cinq balles sur une cible à quinze mètres. Quatre manquèrent complètement la cible, la cinquième s'étant logée en bas et hors du cercle. Puis il montra à Justin comment corriger sa façon de tenir l'arme, comment viser, à quel moment il fallait retenir sa respiration et à quel moment reprendre son souffle. Sur les cinq balles suivantes, Justin en logea trois dans la cible.

Lorqu'il tira pour la sixième fois, Justin mit ses cinq balles dans le cercle, dont quatre dans le noir central de cinq centimètres.

Maynard tira dix balles au coup par coup – toutes les dix sur la cible, dont quatre dans le noir – puis dix balles à tir instinctif – six sur la cible, deux dans le noir.

– Pas mal, dit Baxter.

– Je suis rouillé.

Maynard était content de lui, à son corps défendant, et fier de Justin, et surpris d'avoir été si facilement séduit par les sensations qu'éveillait le tir : l'odeur du nitrate de potassium et des silicones, le toucher de la crosse dans la paume, la vue des trous apparaissant magiquement dans la cible à l'instant même où il pressait la détente.

En revenant vers le magasin, Baxter prit le bras de Maynard. Celui-ci eut un mouvement de recul, mais Baxter le retint de la main.

– Ce garçon est doué pour le tir.

Maynard fit oui de la tête.

– Il s'est bien débrouillé.

– *Bien?* Ce PPK est fait pour lui!

Maynard ne dit rien. Il était amusé de se sentir brûler du désir – un désir d'adolescent – de posséder le pistolet. Pépé l'avait élevé au milieu des armes, lui avait appris à s'en servir et à les respecter. De toutes les choses affectueuses que Pépé lui avait dites au cours des années, ce dont Maynard était le plus fier était le commentaire qu'il avait fait en lui offrant un pistolet pour l'anniversaire de ses dix-huit ans : « Je me fierai à toi pour tirer au pistolet bien avant que je me fie à tes amis pour conduire une voiture. »

Maynard savait que ce qu'il éprouvait était un mélange de nostalgie et d'atavisme – voilà que son fils apprenait les rites des armes à feu, se préparant à devenir un homme. S'il y avait quelque chose de primitif, de tribal, dans cette sensation, elle était néanmoins authentique. Maynard connaissait tous les arguments en faveur du contrôle des armes et était d'accord avec la plupart d'entre eux, bien qu'il fût convaincu qu'au niveau national, le contrôle des armes était une croisade sans espoir. Mais il n'avait jamais été d'accord avec ceux qui prétendaient que les armes ne servaient qu'à tuer. Maynard n'avait de sa vie jamais rien tué d'autre que des rats et des lapins malades. Une arme était un des rares engins qui pouvait donner à celui qui s'en servait un sentiment de défi, de satisfaction, de fierté et aussi de consternation. Il n'existait pas d'expérience plus frustrante que de viser une boîte de bière nichée dans le sable à une centaine de mètres, de presser la détente, et de voir la boîte encore là. Et il existait peu de choses plus prenantes que de voir cette même boîte jaillir du sable et tournoyer dans l'air, accompagnée d'un bruit de détonation et d'un sifflement.

Justin s'approcha de son père et lui prit la main.

– Mon vieux, ça serait rudement bien d'avoir ce pistolet!

Comme Maynard était sûr de n'avoir aucun moyen de satisfaire aux exigences légales permettant de se procurer une arme au poing, il pensa qu'il pouvait dire oui sans danger.

– Sûrement.

– Bien! (Le visage rayonnant de satisfaction, Baxter tapota l'épaule de Justin.) Il semble que monsieur Justin s'est offert un pistolet.

– C'est vrai?

– Il n'y a pas de danger... dit Maynard.

– Non! (Baxter s'arrêta.) Pourquoi?

– Nous n'habitons pas en Floride.

– C'est *vraiment* un problème.

– Je le savais.

Justin était déconfit.

– Même si nous pouvions l'acheter, mon petit, dit Maynard, nous ne pourrions pas le garder. Pas à New York.

– Nous pourrions le laisser chez tante Sally. C'est possible dans le Connecticut.

Baxter ne voulait pas rater sa vente.

– Vous n'auriez pas par hasard un permis de conduire en Floride?

– Non. (Poussé par la malice et la curiosité, Maynard décida de forcer Baxter à se découvrir un peu plus.) Je ne conduis pas. Seuls les conducteurs qui ont leur permis peuvent-ils acheter des armes?

Le regard de Justin lui apprit qu'il avait remarqué le mensonge, mais le garçon garda le silence.

– Non. Si vous pouvez prouver que vous résidez ici, ça suffit. Une quittance de loyer, par exemple.

Maynard sortit son portefeuille de sa poche.

– Laissez-moi vérifier. Il est possible que j'en aie une.

Il se dirigea vers le comptoir le plus proche. Justin suivit, mais Baxter resta en arrière, feignant de chercher dans un tiroir une boîte pour empaqueter le pistolet.

Penché sur le comptoir, le dos tourné à Baxter, Maynard arracha une page blanche de son agenda de poche. Il inscrivit en lettres majuscules : « Reçu de M. Maynard la somme de 250 dollars en paiement du loyer pour le mois de mai de l'appartement 206. » Il ajouta la date, une adresse fictive et signa le papier, d'une écriture tarabiscotée : « Molly Bloom. »

– J'en ai trouvé une, dit-il à Baxter.

– Formidable! (Baxter prit le bout de papier et, sans le regarder, le fourra dans sa poche.) Je m'occuperai des paperasses plus tard.

– Vous préféreriez que je ne me serve pas d'une carte de crédit.

– Ça pourrait être gênant.

– Un chèque?

– Très bien. Mais établissez-le « au porteur ». Plus simple comme ça. Mettez un chiffre rond.

Maynard sourit.

– Voyons... le pistolet, plus, disons, cent cartouches... établissez-le pour deux cents dollars. Je vous rendrai la monnaie.

Maynard se mit à rédiger le chèque.

– Oh! J'ai oublié un petit détail. Nous devons prendre l'avion demain.

– Pour New York? dit Baxter. Pas de problème. Mettez-le dans vos bagages enregistrés. Ils ne les passent pas à la radio.

– Non. Pour les Turks.

– Les Turks! (Baxter rit.) Pas l'ombre d'un problème! (Il fouilla dans un tiroir et en sortit un holster.) Portez-le sur vous. On n'est pas en sécurité dans ces avions.

– Et la douane?

– On fouillera vos bagages, mais sauf s'ils pensent que vous passez quelque chose en contrebande, ils ne vous fouilleront pas personnellement. Un conseil : passez autre chose et déclarez-le à l'aéroport.

– De quel genre?

Baxter s'approcha et murmura quelque chose à Maynard. Celui-ci dut faire un effort pour ne pas reculer devant l'haleine surie de Baxter, et il entendit très mal ce que l'autre lui disait. Mais il approuva de la tête comme si aucun mot ne lui avait échappé.

6

Katherine sortit pour sonner le dîner. C'était une belle soirée, d'une clarté éblouissante, avec une bonne brise du sud qui éloignait les insectes. Elle scruta le ciel, à la recherche de nuages, mais elle n'en vit pas. Il n'avait pas plu depuis deux semaines. L'eau était basse, dans le réservoir, et il fallait maintenant faire bouillir celle qu'on y puisait avec des seaux, car elle avait des reflets verdâtres et grouillait de choses vivantes.

Heureusement, avec ce temps sec, son arthrite l'avait moins fait souffrir que les autres années, et elle en était bien contente. Se sentant contente, elle se sentait égoïste, et, se sentant égoïste, coupable. Elle se promit de prier pour acquérir plus de force.

Le soleil avait effleuré l'horizon et descendait rapidement, se réduisant à une grosse boule en forme de potiron. Elle allait saisir la corde de la cloche quand elle retira sa main, décidant d'attendre encore quelques minutes. Aujourd'hui, ce serait une nuit idéale pour le rayon vert : l'horizon formait une ligne droite, sans un nuage. En une année passée ici, elle n'avait vu le rayon vert qu'à deux reprises, et par des nuits comme celle-là. Personne d'autre ne l'avait vu. Elle savait qu'on pensait qu'elle avait vécu une expérience tout à fait particulière, qu'elle avait eu une révélation réservée à elle seule. C'était peut-être le cas, bien qu'elle eût lu des récits de marins qui avaient vu le rayon vert.

Le soleil n'était presque plus visible. Katherine écarquilla les yeux pour ne pas cligner des paupières : le rayon vert était plus vif qu'un clignement de paupières. Ce qui restait de lumière jaune s'évanouissait aussi, et puis – apparu et aussitôt disparu – un point brillant couleur d'émeraude...

Maintenant la lumière abandonnait le ciel, se répandant sur l'horizon, à l'ouest, laissant derrière elle un manteau bleu-noir tacheté d'étoiles.

Katherine sourit, désireuse d'interpréter le rayon vert comme un signe favorable. Si le beau temps persistait, si la cargaison en valait la peine, si le moteur était en bon état et le capitaine assez sobre, le paquebot arriverait dans quelques jours et embarquerait les gens. Elle jouirait de deux semaines de tranquillité avant l'arrivée du prochain groupe. Plus personne à écouter, plus de leçons à donner, de pansements à mettre, de cuisine à faire. De nouveau, elle se sentit coupable d'avoir de telles pensées.

C'était, vraiment, un bon groupe, agréable, et plus indépendant que la plupart des autres. Mais, au bout d'un mois de broussailles et de bruyère, d'insectes, de guano et de chaleur, les enfants étaient devenus turbulents, comme tous les gosses. La prière pouvait calmer les adultes, mais se révélait insuffisante pour les enfants.

Elle sonna le dîner et fit demi-tour pour rentrer. Elle baissa les yeux et soudain elle poussa un cri perçant, fit un bond en arrière et tomba sur le sable. Un scorpion, tapi sur la marche supérieure, sa queue crochue donnant des coups d'avant en arrière, cherchait quelque chose dans quoi injecter son venin. Katherine jeta une poignée de sable sur l'animal qui battit en retraite dans les broussailles.

Elle frissonna. Elle ne s'habituerait jamais aux scorpions, toutes créatures de Dieu qu'ils pussent être. C'était une vermine répugnante, affreuse, imprévisible. Leur piqûre était plus que douloureuse, elle rendait malade et, parfois – pour ceux qui étaient allergiques, pour les vieux ou les très jeunes –, elle était mortelle. Deux de ces enfants avaient été piqués, et l'un s'était révélé sérieusement allergique. N'eût été la pharmacie de Katherine, il aurait pu en mourir.

Elle vit deux enfants qui couraient sur la plage en direction de la maison. Elle rentra.

Ils étaient tous membres d'une curieuse secte mystique : les fondamentalistes. Certains étaient polygames, d'autres, comme Katherine, célibataires et ascètes. Ils venaient des États-Unis et de Grande-Bretagne. C'était (particulièrement pour les polygames) leur seul havre de paix. Ils sollicitaient une place un an ou plus à l'avance, et, à tour de rôle, on leur permettait de passer un mois dans ce refuge.

La maison avait été bâtie vingt-cinq ans auparavant et c'était toujours le seul bâtiment de l'île. Cette construction en ciment de quinze mètres de diamètre avait la forme d'une étoile à cinq branches. Une de ces branches était occupée par l'intendante qui y séjournait en permanence. Cette partie comprenait une petite chambre et une chapelle privée. Dans chacune des autres branches, une famille entière pouvait vivre – à quatre spacieusement, à six confortablement, mais à dix ou douze on y était à l'étroit, on étouffait et c'était un vrai supplice, conséquence : les parents en devenaient plus vite irritables et les enfants impossibles.

Ce groupe était facile à diriger. En comptant Katherine, douze personnes résidaient dans l'étoile : deux couples qui avaient chacun deux enfants, et une femme avec des jumeaux.

Katherine était contente qu'il n'y eût pas de polygames pratiquants dans ce groupe. Malgré toute leur piété, ils avaient tendance à créer des difficultés – sensibles à toutes les nuances, toujours prêts à s'offenser, passés maîtres dans l'art d'imaginer qu'on leur infligeait des affronts. Les suggestions étaient considérées comme des critiques, et les critiques comme des condamnations.

Au centre de l'étoile, une grande pièce circulaire était divisée en deux par une natte en rotin. D'un côté, il y avait une demi-douzaine de fauteuils en bambou, deux lampes à kérosène et une bibliothèque remplie de bibles et d'autres ouvrages religieux. De l'autre, se situait la cuisine, qui consistait en une table faite de bois flotté et une cheminée si monumentale qu'on pouvait s'asseoir à côté du foyer. Le seul appareil électrique de l'étoile était un réfrigérateur, alimenté par un générateur à essence, qu'on utilisait pour conserver les médicaments et le lait.

Les trois femmes, assises à la table, préparaient une sorte de bouillabaisse d'escargots de mer. Les hommes, qui étaient sortis en barque et avaient plongé pour pêcher les escargots, étaient assis par terre, sur le ciment. Munis de hachettes et de couteaux, ils sortaient les animaux de leur coquille, les lavaient, les coupaient en tranches et passaient aux femmes les morceaux comestibles.

Les enfants rentraient, un par un.

Pendant que la bouillabaisse cuisait, la seule lumière qui éclairait la pièce provenait des braises de la cheminée. Quand le repas fut prêt, un des hommes alluma les deux lampes à kérosène et les mit sur la table.

– Tout le monde est là? dit Katherine en posant les bols de bouillabaisse sur la table.

– Josh et Mary sont encore dehors, lui répondit une voix d'enfant.

– A faire quoi? demanda un homme.

– Ils cherchaient des œufs.

– Ils ont entendu la cloche, dit une femme d'une voix sèche. Ils connaissent le règlement.

– Il y en a largement pour tout le monde, dit Katherine de bonne humeur. Ils n'iront pas se coucher le ventre creux.

– Ça leur servirait de leçon d'aller au lit sans manger.

Se donnant la main tout autour de la table, ils dirent le bénédicité.

Ils mangèrent bruyamment, mâchonnant la chair caoutchouteuse des escargots de mer et sauçant des morceaux de pain.

La porte s'ouvrit toute grande, et un jeune garçon, hors d'haleine, apparut dans l'encadrement de la porte.

– Il y a un bateau qui arrive, dit-il.

Katherine se figea. Les bateaux ne longeaient pas cette côte, et sûrement pas de nuit. Des rochers ciselés par la barre de la plage émergeaient comme des lames de couteaux sur des centaines de mètres en partant de la terre, et nombre d'entre eux se trouvaient à quelques dizaines de centimètres à peine de la surface. De jour, c'était une route dangereuse pour un bateau de croisière; de nuit, c'était un véritable suicide.

– Et alors? dit un homme.

– Un pêcheur, j'imagine, dit un autre.

– Assieds-toi, ordonna la mère du garçon.

– Chut! dit Katherine à l'adresse de tout le monde. (Puis, au garçon :) Est-ce qu'il passe, Joshua, ou est-ce qu'il vient par ici?

– Par ici, madame. Droit dans la passe.

– Je vais jeter un coup d'œil, dit un des hommes.

Il se leva.

– Restez ici, lança Katherine. Je vais voir.

– Mais ça ne me fait rien d'y aller...

– Restez *ici,* j'ai dit!

L'homme ne discuta pas. Il se rassit.

Katherine s'approcha du garçon et murmura :

– Où est Mary?

– Nous ramassions des œufs. Elle a trouvé un bébé oiseau. Elle a dit qu'elle voulait chercher son nid et le remettre dedans.

Katherine passa devant le garçon et sortit. Elle regarda vers la passe, un étroit goulet entre les rochers aboutissant à une plage miniature qui n'avait pas plus de vingt mètres de large. Elle vit la petite embarcation de l'île en carène sur le sable.

Le bateau était à une soixantaine de mètres au large, tache sombre sur l'eau noire, virant lentement en direction de la passe.

C'est peut-être un bateau de la région, se dit Katherine, un pêcheur qui se sera fait surprendre en mer par un vent contraire. Ou un braconnier haïtien en quête d'une cachette pour la nuit.

Mais quand le bateau entra dans une zone éclairée par la lune, ses espoirs s'évanouirent. C'était bien le même bateau.

Au cours des dix derniers mois, elle s'était efforcée –

par la force de sa volonté et par dévotion – de se convaincre que ce bateau n'était pas réel, que ce qui s'était passé ne s'était pas vraiment passé. Cela avait été une épreuve, un cauchemar métaphysique grotesque destiné à lui forger une foi plus solide. Elle en était presque arrivée à le croire. Maintenant la seule pensée qui lui venait à l'esprit était : ai-je tant péché?

Tandis qu'elle l'observait, la pirogue vira de bord. La voile latine vint au lof, et on l'amena. Des pagaies sortirent de l'avant et de l'arrière et balayèrent l'eau.

Katherine se précipita vers la pointe la plus proche de l'étoile et fouilla l'obscurité à la recherche de Mary. Elle n'osait pas crier.

Elle rentra, ferma la porte et la verrouilla.

Son cœur battait la chamade. Elle respira profondément, plusieurs fois, et dit aussi calmement et durement que possible :

– Écoutez-moi. Tous. Vous devez faire exactement ce que je vous dis. Pas le temps de poser des questions. Je vous préciserai seulement ceci : quiconque désobéit dit à Dieu « le temps est venu de me prendre ».

Elle tira la natte de rotin. En dessous, il y avait une trappe en bois, de niveau avec le ciment du sol. Elle la souleva et la rabattit sur le côté. Une échelle s'enfonçait dans un puits noir.

– Videz la table là-dedans, dit-elle. Tout.

La table fut dégagée, rapidement et en silence. Les bols, les assiettes et les tasses ne firent que peu de bruit en atterrissant sur le sable au fond du trou.

– Maintenant... tout le monde en bas. Vite. Ne tombez pas. (Elle aida un enfant à trouver le premier barreau de l'échelle.)

Un homme murmura d'un ton irrité :

– Je pense que nous avons le droit de...

– Fermez-la! dit Katherine. A moins que vous ne vouliez mourir, descendez dans ce trou.

– Mais où est Mary? dit une femme en pleurnichant.

– Elle est dans la brousse. Quand vous serez en bas, priez le Dieu tout-puissant et miséricordieux pour qu'elle n'approche pas d'ici.

Lorsqu'ils furent tous descendus, Katherine s'agenouilla par terre et leur dit encore :

– Restez bien tranquilles. Pas de toux, pas d'éternuements. Si vous priez, priez en silence.

Elle ferma la trappe et remit la natte en place.

Elle vérifia une dernière fois la table, enleva d'un coup de brosse les miettes de pain et épongea des gouttes de bouillabaisse avec l'ourlet de sa robe. Puis elle déverrouilla la porte d'entrée et resta debout sur la natte de rotin, les mains jointes en prière.

Des pas crissèrent sur le sable et raclèrent les marches de ciment. La porte s'ouvrit.

Ils étaient deux, silhouettes noires se découpant sur le ciel étoilé.

Elle ne pouvait voir leur visage. Elle ne savait donc pas si c'étaient ceux qui étaient déjà venus. Le vent s'engouffra par la porte, charriant leur odeur, et le souvenir qu'elle réveilla en elle la fit trembler.

Ils ne parlèrent pas.

Comme elle s'y attendait, comme ils l'avaient fait la dernière fois, ils l'allongèrent de force sur la table et la violèrent, chacun une fois. Ils ne se montrèrent pas gratuitement brutaux. Ils acceptèrent tranquillement sa faible résistance et la vainquirent aisément. Le couteau qu'on maintenait sur sa gorge était plutôt un geste machinal qu'une nécessité. Elle ferma les yeux, afin de ne pas le voir, retint sa respiration (aussi longtemps qu'elle le put) pour ne pas les sentir, et hurla intérieurement des prières pour ne pas entendre leurs grognements.

Tout était très prosaïque – ç'auraient pu être des

fonctionnaires venus relever un compteur – et quand ils eurent fini ils l'aidèrent à se relever.

Elle empoigna le bord de la table, avala de la bile et fit un effort pour ne pas s'évanouir.

– Mercure, dit l'un.

Elle fit oui de la tête. La dernière fois, elle n'avait pas compris ce qu'ils voulaient dire, et, selon leur coutume, semblait-il, ils l'avaient torturée tandis qu'ils essayaient de s'expliquer. Ils lui avaient tailladé l'intérieur des cuisses avec la pointe d'un couteau et avaient versé du jus de citron et du poivre dans les coupures. Finalement, en rassemblant les mots et les phrases, elle avait compris.

Elle les conduisit au réfrigérateur. Les flacons de médicaments étaient par boîtes de douze. Elle sortit une boîte de pénicilline et deux seringues.

– Cela s'abîmera si on ne le conserve pas au froid, dit-elle. Combien de malades?

– Beaucoup.

– Prenez tout.

– Alcool, dit l'autre.

– Je n'ai pas d'alcool.

L'homme l'écarta d'une poussée, fouilla dans le réfrigérateur et en sortit un petit flacon en plastique d'alcool isopropyl.

– Ne buvez pas ça, dit Katherine. Ça vous rendra très malade. Ça sert quand on a mal aux oreilles.

– Je suis un mâle. J'ai mal aux oreilles.

L'homme rit bruyamment. Il dévissa le bouchon du flacon, se versa de l'alcool dans l'oreille en faisant pas mal d'éclaboussures, puis il en but une longue gorgée à la bouteille. Sa poitrine fut parcourue d'un frisson. Il toussa et cracha.

– Aïe, c'est costaud.

Il reboucha le flacon et le fourra sous sa chemise.

– Partez, maintenant.

Katherine referma le réfrigérateur. Elle entendit un bruit – léger, indistinct. Elle ne savait pas d'où il venait, si c'était de la trappe sous ses pieds ou de l'extérieur. Elle traîna bruyamment les pieds sur le sol recouvert de sable.

– Salut. Bonne nuit, dame, et Dieu vous aime.

Elle attendit, espérant qu'ils allaient partir.

Mais au contraire, ils restaient là, l'oreille aux aguets.

Elle entendit alors ce qu'ils entendaient : des pas légers courant sur le sable, et la voix d'une jeune fille heureuse qui criait :

– Regardez ce que j'ai trouvé!

Katherine poussa un gémissement viscéral de désespoir.

Mary était dans la pièce avant d'avoir vu les hommes.

– Un bébé oiseau! Elle le berçait dans ses mains. Regardez... Oh!

– Laissez-la! hurla Katherine. C'est un bébé!

C'était absurde, et Katherine le savait. Mary avait douze ans. Elle était grande pour son âge, et solide. Mais il y avait un espoir. Cela ne faisait que dix minutes que les hommes avaient pris Katherine.

Mary recula jusqu'au mur.

– Qui êtes-vous?

– Bonne question, dit un des hommes. Qui êtes-vous?

– Miss Katherine... murmura Mary.

Tête baissée, sans même réfléchir, Katherine se jeta sur l'homme le plus proche.

Sans vraiment se donner la peine de la regarder, il la saisit violemment à la gorge et l'envoya valser par terre. Il arracha l'oiseau des mains de Mary, l'écrasa et le jeta, puis la tenant par le coude, il l'entraîna jusqu'à la porte.

Elle fut prise de panique. Elle hurla et se débattit jusqu'à ce que l'homme la frappât en plein visage et dit :

– Reste tranquille, ou Dieu est mon juge, je te couperai la langue. Tu vas venir avec nous.

Katherine, qui était encore à terre, cria :

– Laissez-la, je vous en supplie!

L'homme qui tenait Mary s'arrêta à la porte.

– Laissez-la, m'dame? Ouais, si vous voulez. (Il saisit Mary par les cheveux, lui fit ployer la nuque, et lui mit son couteau de chasse sur la gorge.) En combien de morceaux, hein? En steaks ou en filets?

Les deux hommes éclatèrent de rire et, poussant Mary devant eux, ils quittèrent la maison.

Katherine gisait sur le sol, écoutant les cris perçants de l'enfant qui s'éloignait dans la nuit.

7

L'avion était un vieux DC-3 qui menaçait ruine, et le pilote un albinos nommé Whitey. Il avait des cheveux blancs bouclés, des iris roses et un teint terreux. Comme il ne pouvait supporter le soleil, il portait un pantalon blanc, une chemise blanche à manches longues, un chapeau à large bord et des lunettes de soleil. Même à une heure aussi matinale, alors que le soleil était à peine levé, il alla se mettre à l'ombre de l'aile gauche de l'avion pour surveiller le chargement de l'appareil.

Whitey désigna à Justin le siège du copilote et ouvrit pour Maynard une chaise pliante en toile qu'il installa juste derrière le cockpit.

– Pas de ceinture de sécurité pour moi? demanda Maynard.

– Si on ne transporte pas de passagers, on n'a pas besoin de ceinture de sécurité. Il n'est pas nécessaire d'attacher les poulets.

Derrière Maynard, l'avion était chargé à bloc – cageots de fruits, caisses de boîtes de conserves, armoires de produits surgelés, trois cages pleines de poulets vivants et un cochon dans un état comateux.

– Il faut vraiment les sonner, expliqua Whitey. J'ai transporté une fois une truie qui s'est réveillée à mi-chemin des Bahamas. La salope a commencé à fouiller... vous savez avec son groin. Elle a arraché un tas de plaques du pont et elle nous a presque balancés à la flotte. Finalement, je lui ai tiré dessus et je l'ai tuée.

– Vous avez des armes à bord?

– Ciel, non! (Whitey sourit à Maynard.) Mais on ne sait jamais ce qu'on peut trouver si on farfouille dans un vieux zinc comme ça.

A l'extrémité sous le vent de la piste, Whitey emballa ses moteurs, vérifia ses jauges et desserra les freins. L'avion bondit en avant.

A mi-piste, l'appareil était encore au sol. Tirant sur le manche à balai tout en le flattant de la main, Whitey parlait à l'avion : « Allons, mon petit... lève ton cul, bébé... allons-y... » L'appareil ne décollait pas. « Bon Dieu, monte! » dit Whitey, et il tira d'un coup sec sur le manche à balai.

Lentement, laborieusement, l'avion décolla, au moment où l'extrémité de la piste passait sous eux comme un éclair.

Maynard regarda les paumes de ses mains, luisantes de sueur. Il les essuya sur son pantalon. Sur la droite, dans un marécage, il vit trois ou quatre carcasses d'avion broyées qu'un bulldozer avait entassées là.

– D'où viennent-ils, ceux-là? demanda-t-il.

– On les appelle des surprises, dit Whitey. On roule sur la piste d'envol, on croit qu'on va décoller au poil, et, surprise! On ne décolle pas.

Whitey vira à gauche sur l'aile, en direction de l'est, et d'un soleil aveuglant.

– Il y a un Thermos à tes pieds, dit-il à Justin. Remplis-moi une tasse de café, tu veux?

Quand Justin lui tendit le café, Whitey lâcha les commandes et dit :

– Prends un instant les commandes! Bravo petit!

Justin obéit avec joie, empoignant le manche à balai et tendant le cou pour voir au-dessus du nez de l'appareil.

Whitey sortit un flacon de sa poche et versa de l'alcool dans la tasse. Il tendit le flacon à Maynard.

– Envie de vous ouvrir les yeux?

Maynard sentit l'odeur du bourbon. Il secoua la tête.

– Vous volez toujours... comme ça?

– Faut voler haut, mon vieux. C'est un voyage drôlement emmerdant.

Whitey remit le flacon à sa place et prit une carte dans une poche placée sous son siège. Il se pencha en arrière, posa les pieds sur le tableau de bord, et déplia la carte.

– Bon... voyons si nous pouvons trouver cette saloperie d'île. D'en haut, elles se ressemblent toutes.

Maynard respira profondément et ne réagit pas.

– Ça va ? dit-il à Justin.

– Oui. C'est formidable.

Ils volèrent perpendiculairement au Gulf Stream, vers Bimini et Cat Cay, virèrent vers le sud au-dessus de l'île d'Andros et continuèrent en suivant la chaîne des Bahamas. La journée était claire et sans nuage, l'eau offrant toute une gamme de teintes dans les bleus et les verts : turquoise dans les bas-fonds près de la côte, tachetée de brun sur les récifs de corail, d'un bleu profond au large des récifs, et sombre – presque noir – au-dessus des grands fonds.

A trois heures de Miami, Whitey se pencha en avant et scruta l'horizon, vers le sud. Rien n'en brisait la ligne, à l'exception d'un unique nuage qui semblait planer au-dessus de l'eau.

– Ça devrait être les Caicos, dit-il.

Maynard ne voyait pas trace de terre.

– Où ça ?

– Sous ce nuage. La chaleur de la terre monte, rencontre l'air froid et forme un nuage.

Bientôt apparut une mince ligne grise, miroitante. Lorsqu'ils s'en approchèrent, elle prit la forme d'une île.

Whitey poussa le manche à balai, et l'avion piqua du nez. Les aiguilles de l'altimètre se mirent lentement à tourner, descendant de cent pieds en cent pieds, de huit mille à quatre mille. Ils passèrent au-dessus de l'île aride à trois mille pieds.

En regardant par-dessus l'épaule de Justin, Maynard vit un bâtiment en forme d'étoile.

– Qu'est-ce que c'est?

– Des fanas de Jésus, répondit Whitey.

– Qu'est-ce qu'ils font en cet endroit abandonné de Dieu?

– Ils fanatisent, j'imagine.

Whitey vira sur l'aile à droite, et l'île disparut derrière eux.

A des kilomètres de là, vers l'est, Maynard aperçut plusieurs grandes îles. Ayant la carte marine en mémoire, il pensa que l'une devait être Navidad, l'autre, North Caicos, la troisième, Grand Caicos. Il y avait d'innombrables petites îles vers l'ouest, inhabitées, couvertes de broussailles, battues par les brisants sur les plages. Juste en dessous se trouvait le banc des Caicos, une plaine sans fin de sable et d'algues, profond de moins de deux mètres. A l'ouest, le banc s'arrêtait brutalement, s'inclinant jusqu'à une douzaine de mètres, puis descendant brusquement jusqu'à quinze cents mètres.

Maynard se souvint de ce que lui avait dit Florio : au temps de la voile – particulièrement au temps des bateaux à gréement carré, difficiles, pour ne pas dire impossibles, à manœuvrer – le banc des Caicos figurait parmi les plus traîtres de l'hémisphère. Les bateaux déroutés par la tempête croyaient se trouver dans la sécurité relative des grands fonds. Leurs sondes ne touchaient pas le fond. Puis, quelqu'un entendait, dominé par le hurlement du vent, un étrange grondement de tonnerre. On aurait dit le bruit des brisants sur une plage, mais ça ne pouvait être des brisants, pas en plein océan. Ils continuaient à avancer jusqu'à ce qu'enfin un homme de garde – les yeux brûlés par le sel – vît l'impossible, une explosion de brisants démesurés à l'avant. Il était trop tard. Des vociférations, des mélopées funèbres, des prières s'élevaient à bord. Le bateau heurtait les rochers et, en quelques minutes, disparaissait. La plus grande partie du bâtiment s'éparpillait sur le banc. Certaines pièces flottaient, et quelques survivants s'accrochaient à ces épaves. Vingt-sept hommes avaient survécu à un naufrage de ce genre, avait dit Florio. Ils avaient vogué sur un morceau de pont, parcourant cinquante kilomètres sur le banc, et étaient venus s'échouer sur l'île de Grand Caicos. Vingt et un étaient morts de soif ou de froid. Quatre s'étaient suicidés, rendus fous par les insectes. Deux avaient survécu.

On voyait un aéroport droit devant : Great Bone Cay. Whitey vida son flacon et vira sur l'aile carrément à droite, puis carrément à gauche, amenant l'appareil dans la ligne de la piste.

Aileron baissé, se dit-il et il enfonça un commutateur. « Aileron baissé ». L'avion ralentit. « Roues sorties ». Autre commutateur. Une lumière se mit à clignoter. « Roues sorties ».

L'appareil heurta la piste trop durement, rebondit, la heurta de nouveau puis finalement se posa. Whitey roula jusqu'à un bâtiment rectangulaire en béton, où attendaient deux camions et peut-être une dizaine de personnes, y compris deux hommes qui tenaient à la main des carnets à feuilles détachables et portaient des épaulettes sur leurs chemises blanches empesées.

Whitey coupa les moteurs et dit à Maynard :

– Si vous avez de l'herbe, débarrassez-vous-en tout de suite. L'herbe les rend complètement dingues, et il n'y a pas de moustiquaires aux fenêtres de la prison.

– Je n'en ai pas, dit Maynard, sentant en lui une décharge d'adrénaline et piquant une bonne suée. Il vérifia que sa veste était bien boutonnée, et tint son bras gauche collé à son corps. Il jeta son sac de voyage sur son épaule gauche.

– Vous voulez repartir aujourd'hui?

– Si vous repartez, oui.

– Bon Dieu, oui. (Whitey regarda sa montre.) Il est 11 heures, maintenant. Il me faudra une heure pour décharger, puis une heure pour déjeuner, puis encore une heure pour recharger. Nous partirons d'ici à deux heures.

– Nous serons ici.

– Je ne vous attendrai pas.

– Où serez-vous jusque-là?

Whitey montra le bâtiment.

– Là-dedans. Palais de l'Escargot et de la Tortue de

mer, chez Cyril. (Il sourit et mit son chapeau.) C'est à l'abri du soleil.

Entièrement vêtu de blanc, le visage caché par son chapeau et ses lunettes de soleil, Whitey ressemblait à l'Homme invisible.

– Ce climat doit être terrible pour vous, dit gentiment Maynard.

Whitey haussa les épaules.

– Ne vous en faites pas pour moi. Nous, les hippies, on attire tous les soucis dingues.

Il se glissa dans l'étroit passage entre les cageots et les cartons, et ouvrit la porte.

Maynard et Justin traversèrent l'aire d'embarquement et entrèrent dans le bâtiment, en suivant un homme qui s'était approché le premier de l'avion et à qui Whitey avait remis un exemplaire du *Herald* de Miami de dimanche. Dans le bâtiment, l'homme s'assit sur un banc et se mit à lire les bandes dessinées.

Vêtu d'un uniforme impeccablement propre que seule une couche de poussière sur ses chaussures noires venait déparer, un jeune officier de police se tenait derrière le bureau de la douane. Il tendit la main vers Maynard.

– Passeport, visa, billet de retour.

Serrant de la main gauche son sac de voyage contre son corps, Maynard chercha de la droite son portefeuille et farfouilla dedans jusqu'à ce qu'il eût trouvé sa carte de journaliste de *Today,* qu'il tendit à l'officier.

– Nous ne restons pas, dit-il, comme si cela expliquait tout.

Le policier examina la carte et la brandit sous le nez de Maynard.

– Vous venez dans un pays étranger avec *ça*? dit-il. Pour qui vous prenez-vous?

Maynard était inondé de sueur.

– Vous comprenez, j'ai téléphoné hier soir de Miami et...

– Vraiment, pour qui vous prenez-vous?

Effrayé, Maynard se dépêcha de détourner la colère du policier avant qu'elle ne conduisît à une arrestation et, finalement, à une fouille. Il se pencha sur le bureau et dit sur un ton de confidence :

– Je pense que vous êtes plus malin que vous ne feignez de l'être.

– Quoi?

– Ecoutez... vous savez ce que c'est qu'une carte de presse. Je suis envoyé ici par *Today* pour faire un papier. J'essaie de le faire discrètement, aussi j'aimerais beaucoup que vous n'en disiez rien.

– Quel papier?

– Entre nous, hein? (Maynard leva les sourcils et regarda à la dérobée autour de lui.) Nous savons de très bonne source qu'un millionnaire américain est sur le point d'acheter une île par ici. Il veut la transformer en station de repos. Des tas de gens pourraient s'enrichir, à la condition qu'on puisse obliger tout le monde à être honnête. C'est de ça que je suis venu m'assurer.

Maynard avait pensé si vite qu'au moment où il se tut il avait oublié la moitié de ce qu'il avait dit.

Le policier semblait impressionné.

– Et cela prendra combien de temps?

– Jusqu'à deux heures. Vous voyez? Pas de bagages, rien.

– Et celui-là, qui c'est? dit le policier en désignant Justin.

– Mon documentaliste. (Maynard ajouta à voix basse :) Il a un problème glandulaire. Ne lui dites rien. Il est très sensible.

– Ça alors!

Le policier avait l'air perplexe.

– De toute façon, j'ai téléphoné hier soir pour prendre rendez-vous avec M. Makepeace, mais je ne suis pas sûr qu'on lui ait transmis le message. Comment pourrai-je me renseigner?

Le policier se retourna vers l'homme assis sur le banc.

– Hé, Birds.

– Quoi?

L'homme ne leva pas les yeux de ses bandes dessinées.

– C'est le type. Il m'a sorti un tas de boniments à propos d'un article.

– Ce ne sont pas des boniments! dit Maynard.

– Mais si. Vous avez quelque chose à déclarer?

– Ma foi... (Se souvenant du conseil de Baxter, Maynard fit mine de perdre contenance.) Oui, maintenant que vous en parlez...

– De quel genre?

Avec beaucoup de circonspection, Maynard fouilla dans son sac de voyage.

– J'ignorais totalement que c'était illégal jusqu'à ce que le pilote me le dise. (Il lui remit un exemplaire de *Hustler*.) J'espère que vous ne pensez pas que je voulais violer vos lois.

– Vous avez de la veine de me l'avoir dit, répondit le policier. Si je l'avais trouvé dans vos bagages, vous auriez eu droit à une amende de cinquante dollars.

– Oui, monsieur, dit Maynard.

Le commissaire finit de lire sa bande dessinée, déplia son long corps maigre et se leva. Il avait, en gros, l'âge et la taille de Maynard, et il était maigre comme un clou. Si Maynard avait raison de se trouver mince, Makepeace, lui, était décharné. Son visage se réduisait à un crâne enveloppé de peau noire et ses mains à un tas d'os. Ses cheveux étaient coiffés dans le style afro et prenaient un tel volume que, pensa Maynard, si cet édifice était pris dans un vent contraire, le bonhomme serait renversé.

– Ravi de vous rencontrer, monsieur. Je m'appelle Blair Maynard.

Makepeace lui tendit la main avec précaution, comme s'il craignait qu'une trop vigoureuse poignée de mains ne lui arrachât les doigts.

– Burrud Makepeace, dit-il. Birds est plus simple. (Il regarda Justin.) Votre documentaliste?

– Justin.

Makepeace serra la main du garçon.

– Evvy ne m'a pas dit ce que vous veniez faire ici.

– Je n'ai pas pu le lui dire. La ligne a été coupée.

– La presse n'est pas toujours la bienvenue.

– Ah?

– Les journalistes peuvent venir. Ne comprenez pas de travers. Mais nous ne nous dérangeons plus. Nous l'avons fait quelquefois, mais tout ce que ça nous a rapporté, ça a été une paire de claques.

– J'ai du mal à croire...

– Croyez-le. Ils s'amènent, bien amicaux et bien polis, comme vous, et nous disent qu'ils vont écrire un article sur ce paradis épargné par la civilisation – comme si chacun d'eux nous découvrait. Ils se font nourrir à l'œil, balader en bateau à l'œil et abreuver à l'œil, et ils repartent pour écrire un papier sur la pauvreté, les moustiques et les négrillons. Qu'ils aillent se faire voir. Ils n'ont qu'à aller à Nassau. (Makepeace maîtrisa sa colère.) Alors, monsieur le reporter, quel papier préparez-vous?

– D'abord, dit Maynard, je ne veux pas faire un article touristique. Ensuite, je ne veux rien à l'œil.

– Votre seule façon de me convaincre, dit Makepeace, et il sourit, c'est de m'inviter à déjeuner.

Ils prirent la jeep découverte de Makepeace. La route avait été jadis pavée, mais on pouvait discuter le point de savoir s'il y avait des nids-de-poule dans les pavés ou bien des brimborions de pavés entourant des nids-de-poule remplis de poussière. Quand la jeep croisait une voiture, elle était noyée dans un nuage tourbillonnant de poussière.

Makepeace quitta la route principale pour s'engager dans une paire d'ornières parallèles escaladant une colline jusqu'à un ensemble de bungalows qui, selon une pancarte, constituaient le motel du Nid de Corbeau. Le plus grand des bungalows affichait : bar et salle à manger.

Makepeace leur fit traverser la salle à manger et les conduisit à une terrasse qui surplombait une petite baie en demi-lune.

– Je pensais que votre... documentaliste... pouvait avoir envie de se baigner.

– Qu'est-ce que tu en dis? demanda Maynard à Justin.

– D'accord. Est-ce que je pourrais avoir un sandwich viande et fromage?

Maynard lui tendit le sac de voyage.

– La cabine pour se changer est au coin, dit Makepeace. Les canots sur la plage.

Après que Justin eut galopé vers la plage et qu'ils eurent commandé à boire, Maynard confia à Makepeace pourquoi il était venu dans les îles. Il fournit les chiffres concernant les bateaux disparus et parla des explications données par le garde-côte. En conclusion, il dit que, sur la centaine de bateaux dont on restait sans nouvelles, la plupart semblait avoir disparu dans la région des Turks et des Caicos.

– Et personne ne sait ni comment ni pourquoi.

Pour éviter de blesser la sensibilité de Makepeace, Maynard décida de ne pas mentionner l'hypothèse de

Florio suivant laquelle quelqu'un s'emparait des bateaux.

Makepeace ne manifesta ni surprise ni inquiétude. Il ne faisait preuve que d'un intérêt poli.

– Evidemment, c'est une énigme, dit-il. Je le comprends.

– A votre avis, quelle en est la réponse?

– Mon avis, à moi? (Makepeace était amusé qu'on lui posât la question.) Pourquoi me le demander à moi? Je n'en ai aucune idée.

– Ça ne vous inquiète pas?

– Pourquoi devrais-je m'inquiéter?

– Vous avez la réputation... (Maynard s'arrêta, puis il ajouta prudemment :) ... pas *vous,* mais cette région... d'être une partie du monde qui est dangereuse. Ça n'est pas très flatteur.

Makepeace rit.

– Ça fait trois cent cinquante ans que nous sommes dangereux. Nous avons eu des contrebandiers d'alcool, des contrebandiers d'armes, des pirates, des braconniers et, maintenant, les trafiquants de drogue. Nous n'avons pas changé, *nous.* Les plaisanciers, eux, ont changé. Ils s'imaginent que c'est un terrain de jeu. Ma foi, ils sont complètement cinglés. Je peux donner une réponse simple à votre question : ces bateaux ont disparu et ces gens sont morts.

– Vous ne vous souciez pas de savoir comment?

– Non. Quelle que soit la façon dont on meurt, c'est du pareil au même. On est mort. C'est comme si vous me demandiez si je me soucie de savoir si l'URSS et les Etats-Unis vont se faire la guerre. Pourquoi devrais-je m'en soucier? Je n'y peux rien, et ça ne nous touchera pas tellement. Si demain les Etats-Unis partaient en fumée, beaucoup d'entre nous crèveraient de faim. Mais nous avons déjà crevé de faim. Il y a toujours quelqu'un qui survit.

– Mais votre responsabilité...

– Consiste en quoi? A veiller à ce qu'un homme vêtu d'une tenue de marin passe de bonnes vacances? Non. Je gouverne *ici*. Une île minuscule, – Makepeace tapa du pied sur le sol –, comme les mouches gouvernent un tas de merde. C'est ce que nous sommes, vous savez, un tas de merde. Presque partout dans le monde, on ignore que nous existons, et ceux qui le savent, pensent que nous sommes des pauvres péquenots absolument ignares. Ce n'est pas notre faute. Nous sommes venus ici comme esclaves, et on nous a maintenus dans l'esclavage en nous mettant dans la tête que tel était notre destin. Je me suis échappé quand j'étais gosse; ma mère m'a envoyé à Nassau pour étudier. J'ai appris. J'ai appris que le meilleur travail auquel je pouvais prétendre était d'être serveur, barman, chauffeur de taxi ou, si j'avais des relations, ouvrier du bâtiment. Puis les Bahamas sont devenues libres et tout le monde a espéré. L'espoir! (Makepeace sourit d'un air affecté.) Les gens du pouvoir blanc ont été remplacés par les gens du pouvoir noir, qui ont voulu prouver combien ils étaient fiers, et indépendants. Ils ont presque coulé le pays.

» Alors, je me suis dit : « Birds, tu retournes aux Caicos et tu leur montres comment il faut faire. » Je suis revenu et j'ai rassemblé quelques copains. Nous avons balancé, ici et là, des cocktails Molotov, et les Britanniques ont dit : « Au revoir ». Alors, me voilà, commissaire, mouche en chef sur un petit pâté. J'ai une centaine d'administrés. La plupart ne savent pas lire. Ceux qui ne travaillent pas pour le gouvernement sont pêcheurs. Tant d'hommes pêchent que les fonds se dépeuplent, et, dans quelques années, il n'y aura plus de poisson, non plus. Ils n'espèrent rien de meilleur, jamais, nulle part. Nous leur avons donné le droit de vote, et ils votent, mais pour quoi? Ils ont toutes les libertés qu'ils veulent, mais la liberté, ça ne se mange pas. (Makepeace fit une pause.) Et vous voudriez que je m'en fasse si un Américain au gros cul se fait tuer?

– Le tourisme, dit Maynard. Ce n'est pas une solution nouvelle, mais ça peut donner de quoi manger.

– Ça existe, un peu, mais nous n'avons pas grand-chose à offrir. La solitude et l'eau claire. Les insectes. Nous avons cent ans de retard.

– Les gens paient justement pour ça, rien que pour ça.

– Je sais. (Makepeace sourit.) Nous en avons quelques-uns. Et on entend toujours parler de grosses sociétés ricaines qui vont venir bâtir des terrains de golf, des courts de tennis et des clubs au bord de la mer. Si jamais cela arrive, quelques-uns s'enrichiront, et puis quelqu'un s'emparera du gouvernement et virera les Ricains et chargera les autochtones de tout gouverner. En cinq ans, ça redeviendra un tas de merde.

– Vous avez une façon réjouissante de voir les choses!

– Réaliste. Cet endroit n'est pas fait pour être peuplé, encore moins pour être une nation. La nature ne l'a pas peuplé, si ce n'est d'insectes.

La serveuse leur apporta à manger – soupe de clams, beignets d'escargots de mer et, pour Justin, une mince tranche de viande grise surmontée d'un barbouillis de fromage blanc, le tout enveloppé de pain.

Maynard regarda vers la plage et vit Justin apparaître sur un canot pneumatique au coin de la petite baie, et pagayer à toute vitesse en direction de la plage. Il siffla entre ses dents, et Justin lui fit un signe de la main.

– Vous n'aurez pas de réponse sur vos bateaux disparus, dit Makepeace, pas ici. La plupart des gens soit ne savent pas, soit se fichent de savoir. Ça ne sert à rien de poser des questions à propos de choses sur lesquelles vous n'avez pas de prise. Je ne dis pas qu'il est impossible que quelques personnes aient leurs petites idées là-dessus, mais elles n'ont aucune raison de vous parler. Si deux personnes savent vraiment quelque chose, elles le savent parce qu'elles y ont des intérêts, quels qu'ils soient, et vous parler ne leur servira à rien. Personnellement, je doute qu'il y ait quoi que ce soit à savoir. Il arrive des choses. Des bonnes, des mauvaises, des incompréhensibles. Elles arrivent. (Makepeace haussa les épaules.) La vie continue.

Justin se dirigea vers la table, drapé dans une serviette de bain. Il regarda, horrifié, la rondelle caoutchouteuse et dégoûtante posée sur son assiette. Il dit à son père :

– Qu'est-ce que c'est que *ça*?

– Tu as demandé un sandwich à la viande et au fromage.

– C'est vraiment *énorme*!

– Mange.

– Je vais mourir de faim, et ça sera ta faute.

– Mange.

– Ça va probablement me donner des coliques. (Justin poussa du bout du doigt le pain pâteux. Il regarda Makepeace.) Qu'est-ce que c'est que ce bateau là-bas?

– Je ne sais pas. Où?

– Derrière la pointe. Il y a un bateau à moitié enterré dans le sable.

Makepeace appela la serveuse. Tandis qu'il lui parlait, il reprit instinctivement le rythme chantant de la diction des îles.

– Qu'est-ce que c'est que ce bateau sur la plage?

– Je ne sais pas, monsieur. Il est là depuis un mois ou plus.

– Quelque chose d'intéressant à bord?

– Complètement dégréé, monsieur. Ça doit être un bateau abandonné.

– Personne n'abandonne un bateau.

– Quelqu'un a abandonné celui-là. On a gagné vers la côte et on l'a abandonné.

– Merci. (Makepeace renvoya la serveuse et dit à Maynard :) Nous pouvons y jeter un coup d'œil.

Après le déjeuner, ils descendirent vers la baie et franchirent, en cherchant où mettre les pieds, le promontoire rocheux qui donnait sur une longue étendue toute droite de sable blanc.

Ce qui restait du bateau était au-dessus du niveau de la mer à marée haute, enfoncé dans les dunes. Les brisants l'avaient jeté par le travers sur la plage et enterré sa quille dans le sable. Il était couché sur le flanc, le pont incliné vers la mer. Ç'avait été jadis un voilier de dix-douze mètres, avec un rouf (maintenant disparu) et un seul mât (disparu lui aussi). L'écoutille avant avait été arrachée, et le pont, tout autour, brisé à la hache – par des pilleurs d'épave, pensa Maynard, après que le bateau était venu s'échouer sur la plage.

Maynard débarrassa le cockpit du sable. Le gouvernail avait disparu; tous les cuivres et les chromes avaient été enlevés, et on avait été jusqu'à dévisser les taquets du pont. La coque était marquée de trous de vis. Maynard s'éloignait quand son regard tomba sur quelque chose de bizarre, et il regarda de nouveau. Un des trous de vis était plus grand que les autres, et il n'était pas vide. Il dit à Justin :

– Tu as ton couteau? Regarde si tu peux sortir le truc qui est là-dedans.

Justin s'agenouilla dans le cockpit et creusa dans le bois avec son couteau de poche. Il lui fallut quelques minutes pour élargir et approfondir le trou, et quelques minutes encore pour libérer, en faisant levier, l'objet du bois. Il travaillait avec régularité et patience, sans essayer d'en faire trop, trop vite.

– C'est une balle, dit-il. (Il la laissa tomber dans la main de son père.) Elle est lourde.

Maynard hocha la tête.

– C'est du plomb. (Il se tourna vers Makepeace.) Quelles sont vos lois sur les armes à feu?

– Simples. Elles sont interdites.

– Mais les armes anciennes? Les fusils à pierre, à percussion... ?

– La question ne s'est jamais posée. Pourquoi me demandez-vous ça ?

– Voilà une balle, dit Maynard, en la tournant entre ses doigts, de fabrication artisanale. On peut y distinguer les marques du moule.

– Qu'est-ce que ça vous dit?

– En soi? Pas grand-chose. Simplement que quelqu'un a tiré sur le bateau, ou sur quelqu'un qui était à bord, avec un pistolet d'ancien modèle.

Makepeace consulta sa montre et dit :

– Il faudrait que je vous ramène à l'aéroport.

Lorsque la jeep entra sur le terrain, Maynard vit le DC-3 sur la piste d'envol, en train de cuire au soleil de midi. La porte de la cabine était ouverte, mais les trappes de chargement étaient fermées, et personne ne s'affairait autour de l'appareil.

– Pourquoi ne charge-t-on pas l'avion? dit-il. Whitey a dit qu'il faudrait une heure pour le charger.

Pendant un instant, Makepeace sembla troublé. Puis il rit.

– Il vous a dit ça? Tout ce qu'on charge ici, c'est un paquet de courrier. C'est à Navidad qu'il embarque sa cargaison. Des escargots de mer surgelés. (Makepeace rit de nouveau.) Il a voulu dire qu'il lui faut une heure pour se charger lui-même, et une heure pour cuver sa cuite.

– Quoi?

– Il a des amis ici. Ils se rencontrent chez Cyril, et ils boivent du rhum et racontent n'importe quoi. Il se sent chez lui ici. De retour à Miami, c'est un inadapté. Ils l'appellent Kid Pâlichon ou le Décoloré ou, certains d'entre eux, le Nègre Blanc. Jadis, il faisait les Bahamas, mais c'était encore pire. On le traitait comme un lépreux – trop blanc pour être blanc, trop coloré pour être de couleur. Là-bas, les Noirs pensent qu'il porte la poisse. Ici, ils l'acceptent pour ce qu'il est, un débris humain comme un autre, comme eux.

– Quand décolle le prochain avion?

– Mardi, mais en direction d'Haïti. Ne vous inquiétez pas. Whitey est assez sérieux. Il dort toujours avant de voler.

Justin remarqua que son père avait l'air affligé, et il dit :

– Ne t'en fais pas, papa. Il m'a montré comment les choses fonctionnent. Je crois que je pourrais me débrouiller s'il le fallait.

Maynard sourit tristement et tapota l'épaule de Justin.

– C'est réconfortant.

Ils attendirent à l'ombre de l'aile du DC-3. Whitey sortit du bâtiment du Terminus, bâilla et mit ses lunettes de soleil.

– Vous voyez, il a dormi, dit Makepeace. Ça se passera très bien.

Une enveloppe de courrier sous le bras, Whitey se dirigeait vers l'avion. Il marchait droit, d'un pas assuré.

Un peu *trop* assuré, pensa Maynard. Whitey se concentrait sur chaque pas.

– Comment va? dit Makepeace à Whitey.

– En grande forme, chef. (Whitey précéda Maynard et Justin jusqu'à la porte de la cabine.) Tirons-nous d'ici. On dirait que le soleil vous presse comme un citron.

Makepeace fit un signe de la main à Maynard et dit :

– Revenez nous voir.

Maynard répondit à son salut. Devant la porte de l'avion, il hésita.

– Remuez-vous, mon vieux! dit Whitey. Je veux être rentré ce soir.

Plein de réticence, Maynard aida Justin à monter et le suivit dans le fuselage vide.

L'avion, qui n'était pas alourdi par la cargaison, décolla rapidement.

– Ailerons levés, dit Whitey. (Il ne toucha pas à la commande.) Ailerons levés!

Justin regarda Whitey, puis son père, puis, de nouveau, Whitey.

– Moi?

Whitey appuya sur la commande.

– Roues levées.

Il y avait quatre leviers en ligne, et Justin ne savait pas lequel pousser.

– Bon Dieu, petit! dit Whitey en remontant les roues. Combien d'heures de vol à ton actif?

L'avion prit de l'altitude.

– Bon, où allons-nous? dit-il en tendant la main pour brancher le pilote automatique. Navidad? Ouais, Navidad. (Il régla la route au compas et poussa un bouton.) Ouvre l'œil. Surveille les Fokker, dit-il à Justin. J'ai entendu dire que le Baron rouge cherche le Chevalier blanc. Mais ne te fais pas avoir par eux.

Un de ces Fokker peut bien être un Messerschmitt.

S'amusant comme un fou de sa petite plaisanterie, Whitey grogna et ferma les yeux, se préparant à dormir.

Justin se tourna vers son père. Il avait peur.

– Qu'est-ce que je suis censé faire?

– Rien. J'imagine que l'appareil se pilotera tout seul. (Maynard scruta le ciel pour voir s'il y avait des nuages.) Espérons que nous n'aurons pas de mauvais temps.

L'avion se dirigea vers le nord dans un bourdonnement. Même à douze cents mètres, il faisait froid dans la cabine qui n'était ni chauffée ni pressurisée. Chacun des ronflements profonds et sonores de Whitey dégageait un nuage de vapeur d'eau qui embuait la vitre latérale. Maynard vit Justin frissonner. Il ôta sa veste et en enveloppa son fils.

Justin désigna le pistolet dans le holster sous le bras de Maynard.

– Et ça?

– Si c'était notre seul souci, dit Maynard, en se demandant ce qu'il ferait si Whitey ne se réveillait pas.

Justin sentit l'inquiétude de son père.

– Si nous nous dirigeons nord-ouest, au moins nous savons que, par là, c'est la terre.

– Je sais. C'est très bien. (Maynard se força à sourire.) Tu vas avoir pas mal de choses à raconter à tes copains à l'école.

– Ils ne me croiront pas.

Maynard fouilla dans sa poche de chemise et trouva la balle en plomb du mousquet.

– Donne-leur ça. Ils seront bien obligés de te croire.

– Oui. (Justin était content.) As-tu fait ce que tu voulais?

– Vaguement, pas vraiment. Mais qu'est-ce que ça peut faire? Nous avons vécu une aventure, non? Plus drôle que les leçons de piano.

– C'est vrai. Qu'est-ce que tu diras à *Today*?

– Qu'il n'y a pas d'article. Pas encore, en tout cas. Ils y sont habitués.

Cependant, se dit Maynard, tu ferais bien de t'amener avec quelqu'un pour la couverture sur la mode d'automne. Même si tu feins de t'enthousiasmer pour Margaret Trudeau, cela montrera que tu y as pensé. Hiller signera la note de frais.

L'avion survolait le centre du banc des Caicos. Sur la gauche, Maynard pouvait voir la retraite religieuse de West Caicos. Navidad apparaissait à l'avant. Il distinguait une clairière en forme d'X : l'aéroport.

Il secoua Whitey par l'épaule. Le pilote se réveilla, reprit ses esprits et passa sa langue sur ses dents pâteuses.

– Navidad, dit Maynard.

– De première bourre.

Whitey battit des paupières, bâilla, débrancha le pilote automatique et prit les commandes.

Le vent soufflait du nord, frappant Whitey de plein fouet dans l'axe de la piste. Il regarda autour de lui pour s'assurer qu'il n'y avait pas d'autre avion en vue, et poussa le manche à balai. L'appareil piqua du nez.

L'avion était à environ soixante-dix mètres, prêt à atterrir, quand la minuscule silhouette d'un homme se précipita sur la piste en agitant les bras, avertissant Whitey qu'il fallait dégager le terrain. Whitey tira sur le manche à balai et remit les moteurs à pleins gaz. L'avion reprit de l'altitude et gronda au-dessus du terrain.

– Qu'est-ce qui l'emmerde, celui-là? dit Whitey. (Il fit deux fois le tour du terrain, en regardant la piste.) Pas de débris d'appareil, pas d'ânes, dit-il.

– Pourquoi ne demandez-vous pas à la tour de contrôle? dit Maynard.

– Excellente idée. Trouvez-moi la tour de contrôle. (Whitey gloussa.) Y a rien d'autre en bas qu'une baraque où on vend des hot dogs et un négro avec un chargement d'escargots de mer.

Whitey mit l'appareil en position pour aborder de nouveau la piste. L'homme était encore là continuant à agiter les bras comme un fou. Whitey secoua la tête.

– Ce type doit avoir un grain.

Whitey dirigea l'appareil vers la piste et réduisit les gaz. L'homme agita encore une fois les bras, puis, voyant que l'avion allait atterrir, détala en courant. Whitey rit et cria :

– Va te faire foutre, mec!

L'appareil descendit lentement, bien dans l'axe de la piste. Un atterrissage parfait.

Justin parcourut du regard le tableau de bord, et, soudain, il vit ce qui clochait.

– Les roues sont encore rentrées! cria-t-il.

Il fallut à Whitey une seconde pour comprendre, mais il était déjà trop tard. Les moteurs étaient coupés. La piste se rapprochait doucement, mais inexorablement.

– Bon Dieu de Bon Dieu! dit doucement Whitey.

Maynard fut projeté en avant et prit Justin dans ses bras, le plaquant contre le siège rembourré.

La roue de la queue de l'appareil se posa, et, l'espace d'une seconde, l'atterrissage se passa normalement. Puis le ventre du fuselage toucha la piste. Le métal frotta le revêtement de pierre à chaux pilée, avec la stridence d'une hache émoussée qu'on aiguise sur une meule rudimentaire. Les rivets furent arrachés, les plaques commencèrent à se tordre et à se détacher.

L'avion s'inclina sur la droite. Le bout d'une aile heurta le sol, fit tourner le fuselage sur lui-même et s'arracha. Continuant à tourner mollement en rond, l'appareil se redressa, puis s'inclina sur la gauche, broyant l'aile de bâbord.

Maynard, accroché à son fils et au siège, luttait contre la force centrifuge. Il entendit l'aile s'arracher et entraîner avec elle le fuselage. Il sentit une odeur d'essence.

L'appareil se mit à pivoter du côté de l'aile arrachée. Il piqua du nez, et l'avant laboura le sol, détachant de la piste de gros morceaux de pierre. Le pare-brise vola en éclats.

Maynard sentit une bouffée de chaleur et une odeur de cheveux brûlés.

L'avion finit par s'immobiliser. Il y eut un « houch » puis un éclair de lumière.

Maynard ne se retourna pas. Il fut projeté en avant par la chaleur. Il se débattit avec la ceinture de sécurité de Justin, la déboucla, et poussa son fils devant lui pour le faire passer à travers le pare-brise, là où celui-ci avait éclaté.

Justin atterrit au delà du nez de l'appareil et tomba sur la piste.

– Vas-y! hurla Maynard. Cours!

Maynard se glissa à son tour à travers le pare-brise, sans même sentir les arêtes de verre qui lui égratignaient les fesses et les cuisses. Il se laissa tomber par terre et courut pour rejoindre Justin.

Quand il se rendit compte qu'ils étaient assez loin de l'appareil en flammes pour ne plus rien risquer, Maynard s'arrêta et se retourna.

Whitey était coincé dans le trou du pare-brise. Les flammes avaient consumé tout l'arrière de l'appareil. Le revêtement de la coque fondait, et les taquets centraux étaient chauffés au rouge.

On avait l'impression de regarder un serpent avaler un lapin. Centimètre par centimètre, l'avion disparaissait dans le gosier du feu.

Whitey était coincé à la hauteur de la taille. Il poussait des deux mains, et son corps s'agitait par à-coups au rythme des coups de pied qu'il donnait pour se libérer.

Maynard repartit en courant vers l'avion. Il n'était mû ni par de nobles sentiments ni par le courage. Il n'avait qu'une seule pensée : peut-être que, s'il pousse et si je tire, il pourra se dégager.

Il monta tant bien que mal sur le nez de l'appareil et saisit Whitey sous les bras.

Whitey poussa, et Maynard tira, et le corps de Whitey se dégagea du pare-brise. Maynard tomba en arrière, Whitey par-dessus lui, et ils culbutèrent sur la piste.

Ils restèrent debout avec Justin – haletants, épuisés, le cerveau vide – à regarder le nez de l'appareil succomber au feu.

Justin portait encore la veste de Maynard. Il l'enleva et la posa sur l'épaule gauche de son père pour cacher le holster. Maynard tendit les bras et étreignit son fils.

Avec un grondement sourd qui ressemblait à un soupir, l'appareil s'écroula dans une mare de feu.

– Surprise! dit Whitey. Nous sommes encore en vie.

8

L'enquête dura une heure, et consista en une dizaine

de questions que le sergent Wescott, l'aîné des deux policiers de Navidad, posa surtout à Whitey.

Le sergent Wescott ne prenait pas bien du tout cet accident. C'était une intrusion fâcheuse dans son train-train. Ça ferait venir ici des fonctionnaires de Grand Turk qui critiqueraient la façon dont il avait rempli son rapport sur l'accident, qui outrepasseraient leurs droits, et fourreraient le nez dans des affaires qui n'étaient pas de leur ressort. Comme l'expliqua Whitey quand Wescott sortit de la pièce pour aller chercher d'autres formulaires, le sergent encaissait tous les droits de douane et toutes les taxes pour tous les passavants, et ne déclarait qu'une partie des sommes. C'était un bureaucrate installé – fier de sa position, arrogant quant à son pouvoir – qui s'était montré capable d'écrire son propre livre sur les modes de procédure dans l'île.

Il semblait à Maynard que l'apparence physique de Wescott était à elle seule une preuve de sa corruption. Il était d'une adiposité grotesque, portait une montre en or à chaque poignet, et empestait les parfums exotiques.

– Vous me faites un beau chambard ici, dit-il avec irritation à Whitey. Je m'en souviendrai.

– C'est encore pire que vous ne le pensez, Wescott. J'avais à bord une caisse de Drambuie pour vous.

Maynard supposa que Whitey mentait, car il avait répondu par des mensonges aux autres questions : l'accident était dû à une défaillance du système hydraulique; il avait vu l'homme lui faire signe de s'éloigner, mais il avait été forcé d'atterrir parce qu'il se trouvait à court de carburant; Maynard et le jeune garçon n'étaient pas des passagers, mais des hôtes du gouvernement qui avaient été obligés de rentrer précipitamment en Floride (une mission d'urgence) parce que le jeune garçon devait consulter un médecin.

– Et qui va payer pour enlever ce tas de ferraille de ma piste?

– Arawak paiera.

– Arawak ne paie jamais pour rien.

– La compagnie d'assurance d'Arawak. Envoyez votre beau-frère le balancer dans la brousse avec son bulldozer. Vous n'avez qu'à remplir le papier vous-même.

Wescott approuva de la tête.

– Le bulldozer n'est pas bon marché, c'est un fait.

Maynard posa la main sur le bras de Justin et en rajouta sur le dernier mensonge de Whitey.

– Il faut que nous allions consulter un médecin. Quand pourrons-nous partir?

– Mercredi, jeudi.

– Demain! insista Maynard. Je paierai pour affréter un avion.

Wescott réfléchit un instant, calculant ce qu'il pourrait prélever sur le prix du vol.

– Je téléphonerai demain matin.

– Appelez ce soir.

– Hé hé! dit Wescott d'un ton sec. Vous vous prenez pour qui, dites donc? On vient dans mon île, on casse un avion sur ma piste, et on me dit à *moi* à quel moment on partira. Vous partirez quand je vous dirai de partir.

– Excusez-moi, dit Maynard. Je suis bouleversé... le garçon.

Justin regarda son père d'un air narquois, mais ne dit rien.

– D'accord, dit Wescott, en se radoucissant. Suivez mon conseil. S'il est malade, peut-être qu'il ira mieux. Sinon, peut-être qu'il mourra. S'il meurt, peut-être que vous aurez un autre fils. C'est la vie. En plus, pas de téléphone ce soir. Ligne coupée.

Whitey avait une petite amie à Navidad, qui travaillait comme femme de chambre au Chainplates, la seule auberge de l'île. Elle était mariée, précisa Whitey, mais son mari travaillait comme homme d'équipage sur un transport ravitailleur des îles périphériques et était rarement chez lui. Contrairement à ses amies qui se trouvaient dans la même situation, elle refusait d'accorder ses faveurs aux indigènes, car de telles liaisons créaient toujours des problèmes d'ordre social. En entretenant des relations épisodiques avec Whitey quand il était de passage, elle arrivait à se satisfaire, tout en restant sentimentalement fidèle à son mari.

Whitey utilisa la radio de Wescott pour appeler cette fille, et elle s'arrangea pour que Maynard et Justin eussent une chambre pour la nuit au Chainplates.

Le taxi qu'ils prirent pour se rendre à l'auberge était une Corvair toute cabossée, qui devait sa survie à des pièces « empruntées » à d'autres voitures, à du matériel de construction et des moteurs de hors-bord... Elle n'avait pas deux pneus de la même dimension, et se traînait comme un infirme sur les routes poussiéreuses.

Malgré les cahots, le bruit du moteur que rien n'assourdissait et la poussière qui rendait l'air irrespirable, Justin posa sa tête sur les genoux de Maynard et s'endormit.

Maynard le porta dans la chambre – la moitié d'un bungalow pour deux familles, perché à flanc de colline et dominant une station de villégiature rudimentaire – et le mit au lit.

Le garçon ne se réveilla pas quand il lui demanda s'il voulait boire et manger quelque chose, et ne bougea pas plus quand Maynard nettoya avec une serviette de toilette humide la poussière qui avait formé une croûte sur son visage et ses lèvres.

Maynard l'embrassa sur le front et se rendit au bar en haut de la colline.

C'était une pièce carrée, lambrissée de bois, décorée – à la diable – de filets de pêcheurs, de bouées et de tableaux représentant des paysages « indigènes ». Le bar lui-même consistait en un comptoir en contreplaqué, taché et inachevé, qui courait sur toute la longueur du mur. Les tabourets de bar en plastique et chromes étaient bon marché, du matériel commandé par correspondance.

Un juke-box – qui jouait si fort que c'en était une cacophonie – déversait un fatras d'airs sans rapport les uns avec les autres – des reggae, « Cry » de Johnny Ray, « Heartbreak Hotel » d'Elvis Presley, et diverses chansons de Patti Page, Jo Stafford, Kate Smith et The Big Bopper.

La pièce était bondée de danseurs, tous jeunes et tous noirs. Certains portaient des bottes de motards, certains des sandales, et d'autres des chaussures à semelles compensées. Il y avait des mini-jupes, des shorts très courts, des caftans et des pantalons de marins. Côté coiffure : des afros, des bouclettes et des queues de canard pommadées.

C'était un kaléidoscope de cultures et d'époques, en même temps qu'une absence complète de culture. C'étaient des générations coupées de leur héritage africain et isolées des autres types de culture. Il n'y avait pas de modèles à imiter, pas de tics à copier. Les goûts étaient déterminés par les trafiquants de Miami. Tout ce qui était invendable sur le marché intérieur, ceux-là l'achetaient en gros pour presque rien et le transportaient vers les îles pour le vendre avec une marge bénéficiaire exorbitante. Si deux siècles s'étaient écoulés dans le temps, on n'avait progressé que d'un pas sur le plan du commerce depuis l'époque où l'on échangeait de la verroterie et des couvertures.

Maynard se fraya un chemin jusqu'au bar. Au travers d'une forêt de cheveux noirs, il repéra les boucles platine de Whitey. Il joua des coudes pour s'approcher de lui, mais s'arrêta quand il s'aperçut que le pilote était occupé à enlacer une fille qu'il embrassait avec la passion d'un ivrogne.

Le seul siège libre, au bar, se trouvait à côté d'un Blanc remarquable par sa longue tignasse argentée. Maynard s'assit et commanda un double scotch.

Il sentit que l'homme le regardait. Ce n'était pas un coup d'œil furtif ou discret. L'homme avait pivoté sur son siège et le dévisageait. Maynard essaya de détourner les yeux – de fixer le bar, son verre ou le plafond – mais il se sentait mal à l'aise.

Il se retourna, fit face à l'homme et dit :

– Salut.

L'homme leva les sourcils.

– Un phœnix renaissant de ses cendres.

– Quoi ?

– Purifié par le feu. Vous avez vu l'œil de Dieu et vous avez survécu pour le dire.

– *Quoi*?

– L'homme sourit.

– Vous l'avez échappé belle.

– Vous en avez entendu parler?

– Entendu *parler*? Je l'ai entendu. C'étaient les émotions fortes annoncées à son de trompe dans le tapage assourdissant de l'ennui qu'est notre vie. Qu'il y ait du sang pour nous faire trembler de peur, la mort pour nous faire apprécier notre chance, des souvenirs pour que nos enfants les recueillent. La tristesse engendre les vampires.

– Désolé de vous décevoir.

Maynard vida son verre.

– Chance pour vous. Malchance pour nous. Retour

à la soupe de poisson et à l'onanisme. Pour combien de temps êtes-vous ici?

– Jusqu'à demain, j'espère. Si je peux trouver un avion.

– Si vous dépendez de la bonne grâce de Wescott, demain sera pour vous sans grand lendemain. Il attendra de trouver un pilote à qui il pourra soutirer au moins un billet de cent dollars. Nubien naufragé. (Il frappa à grands coups sur le bar, et le barman remplit son verre de gin.) Et un autre pour mon copain.

Maynard hésita.

– Merci. Il faudrait que je dorme un peu.

– Foutaises, foutaises, mon vieux. Nous aurons bien le temps de dormir à la fin du voyage. Versez à boire à cet homme, Clarence, et je soutirerai de son cerveau embrumé des nouvelles du nirvana extérieur.

Maynard poussa son verre vers le barman.

– Merci. Je m'appelle Blair Maynard.

– Je sais. Et vous travaillez à *Today.* Avec les tambours, on sait tout.

Il sourit. Comme l'autre ne semblait nullement avoir l'intention de se présenter, Maynard demanda :

– Et vous, qui êtes-vous?

– Qui suis-je ? (Il prit un air faussement offensé.) Je suis le Personnage Pittoresque de l'Ile, celui qu'on s'attend à trouver quand on fait pour deux dollars le tour des bars clandestins des îles, la relique imbibée d'alcool des rêves brisés, le sage, adorateur du soleil, qui, pour un verre d'alcool, tissera de merveilleuses toiles sur ce qui aurait pu être si le Destin – cette catin inconstante – ne m'avait terrassé dans la fleur de mon âge. Je vous ennuie? Je vous en prie, n'ayez pas la frousse : il y a de l'art scénique dans mes discours. Vous saisissez? C'est un calembour, mon vieux, et pas si mauvais que ça.

Maynard rit.

– Comment vous appelez-vous?

– Un nom? Qu'est-ce qu'un nom? Qui vole mon nom vole de la camelote, mais qui vole ma bourse... aïe, voilà un voleur. Mettez-moi l'étiquette que vous voulez, et que vos fantasmes façonnent ma *persona*. Ma chemise de safari en dit long : voici un homme qui se prend pour un aventurier, un vagabond du veldt. Est-il un authentique romantique ou se contente-t-il de n'importe quel rêve de pacotille? Mon pantalon de toile blanche – exhale-t-il un parfum nostalgique d'oisiveté et de lucre ou l'ai-je fauché dans l'avion de ravitaillement? Mes sandales – sabots de souffrance, brodequins de rôdeur de grève, ou simplement les chaussures les moins chères que j'ai pu trouver? Mon nom? Windsor. Et là gît une autre énigme. Suis-je vraiment un lointain parent de Sa Majesté britannique – une brebis galeuse expédiée aux colonies pour éviter les ennuis – ou l'ai-je inventé, suis-je un Levantin basané essayant de se faire passer pour un membre de la famille royale allemande? Est-ce lâcher la proie pour l'ombre, ou tout cela n'est-il qu'une cornue pleine de conneries?

– Vous allez me le dire.

– Et gâcher votre plaisir? C'est à vous de décider. Est-ce vrai, ou est-ce un artifice teinté d'un reflet blafard de néant...

– A dire vrai... répondit Maynard d'un air las, mais en essayant de sourire.

Windsor leva la main.

– N'ajoutez rien. J'ai remis ça. (Il tapa sur le bar avec son verre.) Clarence, un autre cordial. Et un pour ma victime plongée dans les ténèbres de l'ignorance. Il acceptera si je promets de payer. Inutile de me jeter des regards sournois, espèce de mangouste! J'ai dit que je paierai, et je paierai. Ma parole est ma caution, vous le savez. Windsor fouilla dans sa poche et en retira une liasse de billets froissés qu'il étala sur le bar. (Il se tourna vers Maynard.) D'ordinaire, je peux dire : lorsque je m'ennuie moi-même, mon auditoire est comateux. Mais cela fait si longtemps que je ne me suis pas entretenu avec un homme de qualité. (Il s'arrêta et ajouta avec un sourire en coin :) Mon Dieu, j'ai l'air sincère!

Maynard rit doucement.

– Est-ce si rare?

– Chez moi? Sans précédents. Les Personnages Pittoresques sont censés être mystérieux, et qui dit mystère sous-entend beaucoup de mensonges.

– Vous appelez-vous vraiment Windsor?

– Je crois. Je veux dire oui. Je m'en suis persuadé depuis si longtemps que *c'est,* même si ça n'*est* pas... vous me suivez. Je débite tant de sornettes que j'en viens parfois à prendre pour réalité les fruits de mon imagination. Mais cela a été répété tant de fois que je suis pratiquement sûr de son authenticité. C'était précédé de Norman, mais je l'ai supprimé. « Norman Windsor ». Quelle jument, même dans son délire appellerait son poulain « Norman »?

– Depuis combien de temps êtes-vous ici?

– J'y suis né. Que vous le croyiez ou non, des gens y naissent. Des Blancs, je veux dire. Je suis parti, pendant dix ou vingt ans, pour chercher fortune. Mais Dame Fortune m'a tourné le dos. Ou plutôt, mes élèves m'ont tourné le dos. Alors je suis revenu à ce sceptique système sceptral.

– Vous étiez professeur ?

– J'étais pédagogue, je demeure pédant. Je suis licencié en anthropologie – levez les sourcils si vous voulez, mais c'est un fait – et je pensais pouvoir donner en partage mon savoir aux jeunes. Les merveilles des Mayas, la beauté primitive des Tasadays, l'habileté des Sumériens, le génie des cultes druidiques. Notre époque est d'une telle arrogance! Nous affirmons – indigne *hubris*! – que ce qui *est* est supérieur à ce qui a jamais existé : le sophisme évolutionniste selon lequel croissance et transformation signifient amélioration. Les tumeurs croissent et se transforment, elles aussi. C'est ainsi que la civilisation a progressé. Les sociétés naturelles, efficaces, sont envahies par les tumeurs de l'innovation, justifiée par des placebos politiques comme « la démocratie », « les droits de l'homme ». La dignité de l'homme! Où est la dignité chez un animal cupide, adepte du solipsisme, dont les objectifs sont la survie et l'assouvissement de ses désirs vitaux? L'homme sensible, l'homme estimable, prend ses congénères pour ce qu'ils sont et engage sa prétendue conscience sociale dans la mesure même où il tire son épingle du jeu : jusqu'à ce que ses désirs personnels soient assouvis.

– Je comprends pourquoi vous vous êtes attiré des ennuis lorsque vous étiez professeur, dit Maynard, toujours en souriant. C'est « bien » d'être un chrétien renaissant. Ce n'est pas « bien » d'être un Machiavel renaissant.

– Au diable, Machiavel! cria Windsor. Ce crétin de Rital, cet écrivaillon débile, n'avait pas le culot de mettre en pratique ce qu'il prônait. Personne ne l'a, ce culot. Je parierais que vous ne pouvez pas me citer une seule société qui fonctionne correctement, où tout le monde a droit à ce qu'il mérite et où personne n'a envie de balancer un pétard au plutonium sur son voisin.

Maynard réfléchit un instant.

– Que pensez-vous des Amish?

– Les Amish! (Windsor prit un air méprisant.) Ils en sont loin. Prisonniers d'une version abâtardie de l'éthique chrétienne. Non. Dans le monde entier, il y a

précisément trois sociétés et demie qui s
demie étant un groupe qui vit dans les for
des Ozards et qui parle encore un anglais
Ils ne le sont qu'à demi parce que l'Ang
béthaine à laquelle ils nous ramènent était
très organisée. Civilisée, si vous voulez.

» Les deux sociétés les plus pures vivent dans la jungle des Philippines. L'une, les Tasadays – qu'on a découverts en 1971 –, vit à l'âge de pierre. L'autre a été découverte l'année dernière – les Taotbatos, un peuple des cavernes dont la société primitive a survécu, inchangée, depuis Dieu sait combien de centaines, ou de milliers d'années. Leur découverte les détruira toutes les deux. C'est toujours ainsi.

– Et la dernière? Vous avez dit qu'il y en avait trois et demie.

Windsor regarda attentivement Maynard pendant un instant, et but une gorgée de gin.

– C'est sans importance. Je parlais encore pour ne rien dire. En tout cas, j'ai eu un poste d'enseignant, jusqu'à ce que le conseil d'université eût échafaudé une accusation calomnieuse contre moi.

– Qu'est-ce que vous faites maintenant?

– Différentes choses. Prendre un poisson. Louer un bateau. M'allonger sous un arbre en attendant mon billet d'aller simple pour un pays inconnu. Quels joyaux journalistiques *Today* vous a-t-il donné pour mission de découvrir ici?

– Je croyais que les tambours disaient tout.

– Quelquefois ils ont des ratés. Une anecdote piquante? Un profil de Navidad? Le carnaval aux Caicos? Les égouts au paradis – l'oratorio des horribles ordures? (Windsor cligna de l'œil.) Il se fait tard. Ne vous en faites pas. Ne me dites rien si vous n'y tenez pas. Les secrets sont des bagages dont je peux me passer.

– Ce n'est guère un secret, dit Maynard. J'aimerais en savoir assez pour que ce fût vraiment un secret.

Il parla à Windsor des bateaux disparus, de ses conversations avec Florio et Makepeace. Il passa sur les détails uniquement par souci de concision.

– Ce qui est frustrant, dit-il à la fin de son exposé, c'est que je ne crois pas qu'il y ait le moindre désir de dissimulation. Je crois qu'il s'agit de gens qui ne savent pas et qui s'en fichent.

– Vous avez raison. Windsor fit un large signe d'assentiment. Mes petits copains noirs sont incapables de dissimulation. N'importe quelle langue se délierait pour le seul plaisir d'envoyer un rival à la potence. Ce qu'on trouve, je vous l'affirme, c'est un voleur par-ci, un naufrage par-là, une connerie d'affaire de drogue ailleurs, et quand on fait le compte, on arrive à un chiffre considérable.

– Vous avez l'air convaincu.

– Je suis convaincu, dit Windsor. J'ai appris depuis longtemps à ne pas chercher la proie derrière chaque ombre. Maintenant – il vida son verre et se laissa glisser de son tabouret – je dois aller m'abandonner aux bras de Morphée. J'aimerais dire « au revoir », mais vous serez parti demain matin. Alors « adieu ».

– Merci pour les verres.

– Ç'a été un plaisir pour moi. (Windsor fit un pas, puis quelque chose l'arrêta dans son élan, quelque chose à quoi il ne put résister.) Dans tes prières, souviens-toi de tous mes gins.

Il ricana.

Maynard rit et leva son verre pour le saluer.

Windsor lui donna une tape sur l'épaule.

– Dommage que vous partiez. J'aime tellement qu'on m'apprécie à ma juste valeur.

Maynard fut tiré des profondeurs de son rêve par Justin qui le secouait par l'épaule et murmurait :

– Où est le pistolet?

– Sous mon oreiller. Pourquoi?

– Ce policier est dehors.

Maynard sauta du lit et ouvrit la porte. Le sergent Wescott se tenait dans l'entrebâillement, la sueur dégoulinant sur ses joues bouffies. Des moustiques tourbillonnaient autour de sa tête.

– J'ai votre avion, dit Wescott.

– Magnifique. A quelle heure?

– A 11 heures... demain.

– Qu'est-ce qui s'est passé aujourd'hui?

– Je n'ai pu trouver personne.

Maynard eut envie de discuter, mais il savait que ce serait vain.

– Bon. Mais il faudra que je téléphone aujourd'hui.

– Pas de téléphone. La ligne est encore coupée.

– Comment avez-vous appelé pour avoir un avion?

– Un gars s'est posé à l'aéroport ce matin.

– Il y avait un avion ici ce matin et vous n'êtes pas venu nous chercher.

– Le gars ne voulait pas vous prendre.

– Vous voulez dire qu'il n'était pas d'accord avec votre prix, hein?

– Dites donc! Pour qui vous prenez-vous? J'essaie de vous faire une faveur...

– J'aurais été, *moi,* d'accord avec votre prix.

– Trop tard, maintenant. Donnez-moi cent dollars.

– Pour quoi faire? L'avion ne sera pas ici avant demain.

– En gage de bonne foi. Ou le gars ne reviendra pas.

– Sergent... allez vous faire cuire un œuf pour la bonne foi.

Wescott tendit la main et prit Maynard par le coude.

– Je me demande si je ne vais pas vous foutre en taule jusqu'à l'arrivée de l'avion.

Maynard regarda la main de Wescott, puis plongea son regard dans les petits yeux du sergent.

– Si vous ne me lâchez pas, dit-il calmement, je vais vous casser la gueule.

Wescott laissa le bras de Maynard. Celui-ci rentra dans la chambre et claqua la porte.

– Tu n'aurais pas dû faire ça, dit Justin. Maintenant, il n'y aura jamais d'avion.

– Il y aura un avion. Ce salopard veut ses cent dollars. (Maynard se calma.) Allons... tu as tout entendu, petit. Qu'est-ce que tu veux faire aujourd'hui?

– Tu ne comprends vraiment pas, papa. (Justin semblait au bord des larmes.) Maman va me tuer!

– Justin... (Maynard l'embrassa.) Ne t'inquiète pas au sujet de ta mère. Ne t'inquiète de rien. Tu veux aller à la pêche?

– Je n'ai même pas de canne à pêche.

– Nous en trouverons une. Tu as ton couteau, nous en ferons une. Peut-être que nous louerons un bateau. As-tu déjà pris un barracuda? Qu'est-ce qu'ils se débattent!

Après le petit déjeuner, Maynard emmena Justin au bureau de réception et se renseigna sur la pêche. Sur le mur, une affichette en carton, taché de moisi et en piteux état, faisait de la publicité pour la pêche en mer à bord du *Mary Beth.*

Maynard montra l'affichette et demanda à l'employé :

– Ça coûte combien pour une demi-journée?

– Rien.

– Peut-être pourrais-je payer une partie des frais d'essence?

L'employé gloussa.

– Ça ne coûte rien parce qu'il ne va nulle part. Bateau brisé et toutes ses cannes à pêche brisées, alors le gars a abandonné et est rentré chez lui.

– Pourquoi laissez-vous cette pancarte?

– *Public relations.*

– Je comprends, dit Maynard patiemment. Où puis-je louer des cannes à pêche?

– On ne peut pas.

– Bon. J'en bricolerai deux. Comment avoir un bateau? Un Whaler. Même un Sailfish.

– Y en a pas. Doc Windsor en a, mais il ne les loue plus.

– Il m'a dit que si. Hier soir.

L'employé haussa les épaules.

– Alors peut-être qu'il les loue. Par ici, les choses changent trop vite pour moi.

– Où habite-t-il?

– En bas de la route.

– Quelle route?

– *La* route. Y en a qu'une.

– Comment reconnaîtrais-je sa maison?

– Vous l'entendrez, sa maison.

– Je l'entendrai?

L'employé acquiesça de la tête. Il prit quelque chose sous le comptoir.

– Si vous y allez, mettez une dose de ça.

Il tendit à Maynard un vaporisateur.

– Merci.

Maynard s'aspergea et aspergea Justin d'insecticide et rendit la boîte à l'employé.

– Vous avez cinquante cents? demanda l'employé.

– Cinquante cents la dose? demanda Maynard en souriant.

– Vingt-cinq. Vous en avez pris deux.

Maynard fouilla dans sa poche. Il n'avait pas de monnaie.

– Non. Excusez-moi.

– Tant pis. C'est encore moi qui trinque. L'employé hocha la tête. Ça m'aurait bien servi, ces cinquante cents.

La route se réduisait à un sentier de terre battue taillé dans une jungle de broussailles, de cactus, de figuiers de barbarie et de raisins de mer. Les moustiques y pullulaient. Ils formaient des nuages qui s'élevaient des marécages invisibles, et traversaient la route en nuées pressées. L'insecticide, épais, huileux, était efficace : les moustiques chargeaient, se stabilisaient à quelques centimètres de la peau dénudée, repéraient les émanations chimiques que dégageait l'insecticide, puis, comme s'ils se donnaient le mot, s'éloignaient pour aller vrombir au-dessus des broussailles. Le feuillage bruissait de toutes sortes de bourdonnements, de claquements et de chants d'oiseaux siffleurs.

Ils parcoururent plus d'un kilomètre. La sueur qui dégoulinait sur leurs visages commençait à diluer l'insecticide, et les moustiques solitaires qui venaient en éclaireurs s'enhardissaient.

Maynard était sur le point de faire demi-tour lorsqu'il entendit quelque chose qui ne ressemblait pas au bruissement des insectes – c'était un bruit aigu, insistant, mécanique. Un moteur électrique. Le son venait de la droite. Maynard se dressa sur la pointe des pieds et regarda par-dessus les broussailles. Il ne vit rien.

– Il y a un sentier plus haut, dit Justin.

Des grappes de simulies les encerclaient, plongeant dans leurs oreilles, s'insinuant dans le haut de leurs manches jusqu'à leurs aisselles, descendant en piqué sur leurs crânes, cherchant des endroits qui n'avaient pas été touchés par l'insecticide. Ils se grattaient, distribuaient des claques et couraient, dans l'espoir que cette activité délirante ferait d'eux des hôtes inhospitaliers.

Au bout du sentier, ils ne virent de prime abord qu'un cube d'acier où était installé le générateur duquel provenait le bruyant gémissement. Au loin, au-dessus de la crête des dunes, quelques bateaux étaient amarrés à un embarcadère branlant.

La maison de Windsor était souterraine, enfouie dans le sable jusqu'à son toit de ciment en terrasse. Un escalier solide conduisait à un énorme portail en teck orné d'un anneau de cuivre brillant. On avait fixé dans le béton, à côté de la porte, un interphone. Maynard souleva l'anneau de cuivre et le laissa retomber sur le teck.

La voix de Windsor grésilla dans le haut-parleur.

– Fichez-moi le camp, espèce de négro! Je suis en conférence. Si vous êtes vendeur, je ne suis pas acquéreur. Si vous êtes acquéreur, je ne suis pas vendeur. Ni acheteur ni marchand. Foutez-moi le camp!

Justin écouta la diatribe et dit à Maynard :

– Il loue des bateaux?

Maynard sourit et poussa un bouton sur l'interphone.

– Je suis porteur d'un télégramme pour une... relique imbibée d'alcool.

– C'est vous, Mencken? (Windsor poussa un cri aigu.) Quelles nouvelles de Sacco et Vanzetti? Ne perdez pas courage. On les sortira de prison, ces Ritals.

Il coupa l'interphone. On entendit un petit clic, et quelques instants plus tard, la porte s'ouvrait.

Windsor était vêtu d'un kimono et portait des pantoufles de soie pointues.

– Entrez! Entrez! J'étais en train de rêver d'un

pique-nique avec tous les gitons de Macédoine. (Il vit Justin.) Pardonnez-moi! Vous avez amené votre propre giton.

Maynard présenta Justin à Windsor. Le jeune garçon ouvrit de grands yeux, serra la main de leur hôte et demanda :

– Qu'est-ce que c'est un giton?

– Rien, petit, rien. Tu sais ce que c'est qu'une guitare? C'est du même genre. Entrez! Je vais vous offrir une coupe d'hydromel, et on saluera les dieux de la mer.

La maison était constituée d'une pièce unique de neuf mètres sur douze, lambrissée de teck et somptueusement meublée – en parties de styles différents. Le coin repas était Louis XV, le coin living-room en colonial espagnol, le coin chambre en danois moderne, la cuisine faite d'un fer à cheval d'acier inoxydable et d'une énorme planche à hacher. Il y avait des peintures à l'huile dans des cadres d'exposition, des documents anciens dans des vitrines scellées, des objets façonnés archéologiques, laqués et protégés contre les atteintes du temps et les détériorations, des casiers en acajou bourrés de livres.

Isolée par le sable, bénéficiant de l'air conditionné grâce au générateur, la maison avait une température de 20°.

Maynard, admiratif parcourut la pièce du regard.

– Mon petit havre dans les enfers, dit Windsor. (Il agita le bras.) Vous avez ma vie sous les yeux. Le palais d'un rat d'égout.

– Très joli. Pour un Personnage Pittoresque de l'Ile, vous vous êtes bien débrouillé.

– J'ai été économe. J'ai commencé avec un peu d'argent et ça a fait de l'argent, et, comme vous le savez, l'argent de l'argent fait faire encore plus d'argent. Mais, hélas – et je reprends mon masque tragique

– j'ai tout échangé contre une femme charmante et un tendre foyer. (Il rit.) Alors, dites-moi, messager, quelles nouvelles de votre lointain nirvana?

– Nous ne pouvons pas partir avant demain.

– Ça ne me surprend pas. Wescott ne vaut pas un clou. Mais ce retard fait mon bonheur. Nous allons déjeuner, et je vous enchanterai en vous racontant des histoires du temps où j'étais simple matelot.

– Merci, mais nous voulons louer un bateau.

Windsor ne bougea pas. Il regarda Maynard, fronça les sourcils et détourna les yeux.

– Pour quoi faire?

– Nous pensions aller à la pêche.

– Papa dit, intervint Justin, que nous pouvons prendre un barracuda.

– Impossible.

– Pourquoi?

– Il n'y a rien d'intéressant à attraper par ici. C'est trop chaud.

– Nous pêcherons en eau profonde, où l'eau est froide.

– Je n'ai pas de bateaux.

– Allons donc, dit Maynard. J'ai vu un tas de bateaux en bas, près du quai.

– Ils ne peuvent pas sortir en mer.

– Ecoutez... deux heures de pêche, et nous reviendrons vous raconter des mensonges sur ce que nous avons failli prendre.

Windsor regarda Maynard. Son masque d'affabilité avait disparu.

– Non.

– Bon, bon, dit Maynard, troublé. Désolé de vous ennuyer. (Il se tourna vers Justin.) Viens, petit. Allons voir si Whitey peut resquiller quelque chose pour nous.

– Non! dit Windsor d'un ton cassant. (Puis il se

radoucit.) Je vous en prie... ne vous mêlez pas de ça.

– Qu'est-ce qui ne va pas?

– C'est dangereux! C'est vous qui m'avez parlé *à moi* de tous les bateaux qui ont disparu. Pourquoi voulez-vous prendre des risques?

– Je ne vous demande pas de me louer un schooner. Je ne veux pas voguer vers Cuba. Je veux aller à deux kilomètres au large et lancer une ligne par-dessus bord, et c'est tout. En outre, je suis capable de prendre soin de moi tout seul.

– J'en doute.

– N'en doutez pas.

Mis au défi, poussé par un désir de bravade stupide, Maynard souleva le bas de sa chemise au-dessus de la ceinture de son maillot de bain et dévoila la crosse du Walther.

– Vous êtes cinglé.

– Je peux obtenir un bateau par l'intermédiaire de Whitey...

– D'accord, soupira Windsor. Je vais vous donner un bateau. Au moins, je sais qu'il flottera. Ce que Whitey vous trouverait, je ne laisserais pas Vlad l'Empaleur sortir dessus. Mais il faut que vous me promettiez d'appeler, pour contrôle, toutes les demi-heures, par radio.

– Marché conclu. Nous vous attraperons une épinéphèle, et vous pourrez préparer un pique-nique à la hawaïenne.

Cela n'amusa pas Windsor. Murmurant quelque chose sur les cinglés qui ne savent pas où ils mettent les pieds, il sortit avec eux de la maison.

A *Today,* à New York, Dena Gaines triait le courrier du matin – une dizaine d'invitations à des cocktails « en l'honneur de » nouveaux produits pour les moments de loisirs, des communiqués de presse extraordinaires concernant « une révolution » dans la mode masculine qui amènerait la résurrection de la cravate étroite, un spécimen gratuit de caleçon chauffé électriquement (« Bunny Warmers ») – quand le téléphone sonna.

– « Tendances ».

– Bureau de Mme Smith. Je voudrais parler à M. Maynard, dit la secrétaire de Devon.

– Il n'est pas là pour l'instant. Puis-je prendre un message?

– Attendez une minute.

Dena fut mise en « attente ».

Un instant plus tard, elle eut Devon au bout du fil.

– Où est-il? demanda Devon.

– Il... n'est pas au bureau, dit Dena pour le couvrir. Puis-je lui transmettre un message?

– Où est-il? Le savez-vous?

– Pas exactement, non.

– Mademoiselle Gaines, il y a quelques minutes, l'école de mon fils a téléphoné. Il n'est pas à l'école.

– Oui, madame.

L'autre téléphone de Dena se mit à sonner.

– Je veux parler au rédacteur en chef de Blair.

– Oui, madame.

Dena transmit la communication au bureau de Hiller, puis décrocha l'autre téléphone.

– « Tendances ».

– M. Maynard, s'il vous plaît. Michael Florio à l'appareil.

– Il n'est pas ici pour l'instant. Puis-je prendre un message?

– Savez-vous où je peux le joindre?

– Non, monsieur. J'aimerais le savoir.

– Je crois que je le sais.

– Pardon?

– Je fais partie des gardes-côtes. Je lui ai parlé pendant le week-end.

– Si ça ne vous fait rien, monsieur Florio, je vais vous passer le rédacteur en chef de M. Maynard. Je sais qu'il aimerait vous parler.

Dena passa la communication, raccrocha et enfila le couloir. Hiller était encore en train de parler à Devon. Un autre voyant s'était allumé et clignotait, indiquant que Florio était en « attente ». Dena s'assit dans le fauteuil en face du bureau de Hiller.

– ... Je ne le sais pas, madame Smith, disait Hiller, pas encore. Il rentrera probablement plus tard. Il est possible qu'il y ait eu une salade avec l'avion qui fait la navette avec Washington... Je ne le sais pas avec certitude. C'est la dernière chose qu'il m'a dite la semaine dernière... Je comprends, mais une journée d'école, ce n'est pas le bout du monde... Oui, dès que je saurai quelque chose. Je vous le promets.

Hiller raccrocha et dit à Dena :

– Pour qui me prend-elle, pour une mère poule? Le gosse manque l'école une demi-journée, et elle veut que je fasse intervenir les Marines.

Dena sourit.

– Ils sont sur l'autre ligne.

– Quoi?

Hiller appuya sur le bouton qui clignotait, se présenta et, pendant quelques secondes, écouta Florio.

– Et vous pensez qu'il y est vraiment allé? dit Hiller. Non, je ne l'ai pas envoyé... Oui, il travaille pour moi, et, oui, il étudiait l'affaire, mais je voulais qu'il passe par nos bureaux locaux. C'est pour ça qu'on les paie... C'est un grand garçon, capitaine... Je sais, mais tout de même, le fait qu'il ait le gosse avec lui devrait le rendre plus prudent... Vous voulez rire! Ce n'est pas moi le garde-côte. C'est *vous* le garde-côte. Je n'ai pas de bateau à envoyer, même si je le voulais, et je n'ai pas de raison de le vouloir... Ecoutez, capitaine... il y a quatre ans, un de nos rédacteurs sportifs n'est pas venu travailler. Tout ce que nous avons trouvé, c'était un mot de lui qui disait : « Je sors par la porte pour ne pas avoir à sortir par la fenêtre. » Sa femme ne savait pas où il était. Ses gosses ne le savaient pas non plus. Personne ne savait. Nous avons passé six mois et dépensé Dieu sait combien d'argent pour essayer de le retrouver, et nous ne l'avons jamais revu. D'après ce que je sais, Maynard a fichu le camp et est allé vivre comme un indigène... Ce que c'est censé vouloir dire? Il travaille pour moi, un point c'est tout. Ce n'est pas mon frère, Dieu merci. Oui, parfait... par tous les moyens... faites, je vous en prie.

Hiller raccrocha et hurla : « Bon Dieu! » Il lança pêle-mêle un paquet d'articles sur son bureau.

– Où est-il? demanda Dena.

– Ce type des gardes-côtes pense qu'il est dans un pays appelé Turks-et-je-ne-sais-quoi. Tout ce que Maynard m'a dit, c'était qu'il irait peut-être à Washington. Qu'est-ce qui lui a pris? Je lui ai dit de ne pas y aller. Je lui ai dit de rester ici et de faire son travail. Mais ça n'est pas suffisant. Il a le complexe de « l'homme de la Manche ». Eh bien, il aurait tout intérêt à revenir vite fait et à faire son boulot, ou il pourra s'en chercher un autre, de boulot. (Hiller fouilla dans les papiers étalés sur son bureau et en sortit une coupure de journal.) Vous voulez une histoire de bateau? (Il poussa la coupure vers Dena.) Voilà une histoire de bateau.

– Qu'est-ce que c'est?

– Brendan Trask démissionne. Il s'en va faire le tour du monde en bateau pendant un an. C'est un article de une, voilà ce que c'est! L'homme qui a pratiquement inventé les informations télévisées tourne le dos à l'ère électronique et retourne à la nature. Quelle critique de la société!

– Je parie qu'il veut seulement une augmentation de salaire.

– Trask ne joue pas ce genre de jeu. Lisez vous-même. On lui a dit qu'il devait lire les inserts publicitaires. Il a répondu que cela enfreignait les clauses de son contrat. On a insisté. Il a démissionné. Il est déjà parti.

Cela n'intéressait pas Dena.

– Vous avez dit que nous avions trois colonnes à remplir pour boucler le journal à temps. Comment allons-nous le boucler aujourd'hui?

– Vous allez m'aider à m'en sortir.

– Je ne suis pas rédactrice, dit doucement Dena. Je suis documentaliste.

– Aidez-moi à m'en tirer cette semaine, et nous verrons ce que nous pourrons faire à ce sujet.

– D'accord. (Dena sourit de nouveau.) Je suppose que je peux réécrire cette histoire réjouissante.

Elle se leva.

– Parfait. (Hiller fit une pause.) Vous savez qu'il n'y a qu'un seul poste de rédacteur disponible.

– Et c'est quoi?

– Celui de « Tendances ».

– Il n'est pas encore disponible, dit Dena. Maynard sera certainement de retour après le déjeuner.

9

Ils pêchaient depuis plus d'une heure, lançant tranquillement leur ligne dans l'eau bleu-vert, au delà de la limite des récifs. Ils n'avaient rien pris, n'avaient pas eu une seule touche, et Justin s'ennuyait. Il était assis sous la bâche qui couvrait une partie du bateau – un Mako de sept mètres –, sa canne à pêche posée sur le plat-bord.

Maynard était à la barre.

– Il n'y a probablement pas assez de fond ici, dit-il. (Il parcourut du doigt une petite carte marine de la région de Navidad, collée sur la console de bois.) D'après la carte, si nous contournons cette pointe, le fond baisse très près de la côte. Nous serions vraiment en eau profonde. C'est là que vivent les monstres. Qu'est-ce que tu en dis, petit?

– Si tu veux, répondit Justin d'un ton morne.

– Allez, secoue-toi! (Maynard sourit.) Ça ne serait vraiment pas drôle de pêcher si on attrapait quelque chose toutes les cinq minutes.

– D'accord. (Justin remonta sa ligne.) Mais, une fois par heure, c'est trop demander?

Maynard remonta sa propre ligne et poussa la commande des gaz. Le moteur de hors-bord, encrassé par la calamine, hésita, toussa, puis, avec une bouffée de fumée noire, se nettoya de lui-même et démarra. L'avant se souleva avant de se stabiliser. Le bateau se mit à glisser à la surface de l'eau calme.

Le vent et la marée se contrarièrent lorsqu'ils doublèrent le cap, et l'eau brassée se transforma en écume blanche. La ligne du récif s'étendait carrément à l'ouest de la pointe. Sur la gauche, à l'abri du récif, l'eau était d'un blanc verdâtre, moucheté de brun corail. Au delà, le fond descendait à pic, et l'eau y était d'un bleu métallique uniforme.

Quand il arriva en eau calme, Maynard ralentit et lança les deux lignes. Il consulta sa montre, mit la radio et parla dans le micro :

– Mencken à Relique... Mencken à Relique... Simple pointage.

– Où êtes-vous? répondit la voix de Windsor. Je ne vous vois pas.

Maynard décrivit son itinéraire d'après la carte.

– Ici, ça s'appelle Passe de Mangrove. Passe vers quoi, je ne sais pas. Il n'y a rien nulle part. Rien côté terre, rien côté mer.

– C'est assez loin. Faites demi-tour. Rebroussez chemin.

– Il n'y a pas de quoi s'en faire.. On dirait le bout du monde...

– Là n'est pas la question. La radio ne porte pas plus loin. Si le moteur vous lâche...

– Pas de problème. Je vous rappellerai plus tard.

Maynard remit le micro à sa place et coupa la radio.

Il poursuivit sa route vers l'ouest pêchant en eau profonde. A un kilomètre au sud-ouest, la terre aride – une bande de sable blanc en forme de croissant couronnée de broussailles d'un gris-vert – semblait miroiter, tandis que la chaleur était aspirée dans l'air limpide.

– Au secours! cria Justin.

Un poisson avait mordu à son appât. Il serrait le pommeau de sa canne à pêche entre ses jambes et l'extrémité – agitée de violentes secousses – cognait contre la barre d'arcasse.

– Lève le scion! (Maynard mit le moteur au point mort.) Ne lui laisse pas de mou, sinon il va se libérer d'une secousse!

– Je ne peux pas le tenir!

– Mais si, tu peux! (Maynard tendit une main pour assurer la ligne de Justin, mais il la retira.) Penche-toi en arrière, relève le scion... comme ça... maintenant, suis-le en avant et remonte-le!

– Regarde!

Le poisson fendait l'eau, à l'arrière du bateau – une feuille d'argent qui se tordait et étincelait au soleil.

– Remonte-le!

– J'ai des crampes dans les doigts!

– Alors, repose-toi... mais ne laisse pas le scion s'abaisser.

Appuyé contre le plat-bord, Justin tenait la ligne relevée de la main gauche et pliait les doigts de la droite.

– Qu'est-ce que c'est?

– Un barracuda. Huit à dix kilos.

La ligne se souleva, et Justin avança en vacillant. Le poisson filait à toute allure, dévidant avec force la ligne du moulinet.

– Laisse-le en prendre, dit Maynard. Quand il tournera, remonte-le en force.

Justin avait du mal à tenir sa canne. Ses doigts raides glissèrent et lâchèrent la manivelle.

– Prends-le!

– Bon Dieu, non! C'est ton poisson. Tu t'es très bien débrouillé. Ne lui laisse pas de mou.

– Je ne peux pas!

– Si, tu peux!

– Il va s'échapper.

– Peut-être.

Le scion se releva avec un bruit sec. La ligne redevint molle.

– Je te l'avais dit, fit remarquer Justin.

– Remonte-le, Bon Dieu! Il n'est pas parti!

Justin tourna le moulinet à tout rompre, et la ligne se tendit de nouveau.

Maynard se pencha au-dessus de la poupe.

– Il vient vers le bateau. Doucement... doucement. (L'avançon de la ligne sortit de l'eau. Maynard l'attrapa et balança le poisson sur le pont par-dessus la barre d'arcasse.) Eh bien, voilà un joli petit morceau de poisson. (Il se retourna vers Justin.) Bravo!

Justin était joyeux.

– Regarde ses dents!

Maynard trouva une paire de pinces sur une étagère sous la console du gouvernail et enleva l'hameçon de la gueule du barracuda.

– Bravo! répéta-t-il.

– Est-ce qu'on peut le naturaliser?

– Tu veux le donner à ton professeur de piano?

– A maman. Elle n'y croira pas.

Ils rirent ensemble.

Maynard vira à l'est et revint en pêchant vers la pointe, puis vira de nouveau à l'ouest. Ils suivirent un vol d'oiseaux de mer qui plongeaient pour chasser. Les plus gros poissons qui obligeaient les petits poissons-appâts à monter vers la surface ne s'intéressaient pas à la cuillère d'acier brillant qui traînait derrière le Mako. Un marsouin émergea et joua à se rouler dans le sillage du bateau. Un petit requin lézarda à la surface jusqu'à ce qu'alerté par le bruit du moteur qui approchait, il donnât un coup de queue et disparût.

A une heure, Maynard prit un contact radio avec Windsor. Il parla de la prise de Justin et promit de rentrer dans l'heure.

– J'ai faim, dit Justin.

– Moi aussi.

– Et j'ai soif.

Maynard opina de la tête.

– Et puis zut. Rentrons. Le téléphone est peut-être réparé.

Tandis que Justin remontait les lignes, Maynard laissait son regard errer sur l'eau. Il aperçut quelque chose sur l'avant, vers l'ouest : un petit point brun, bas sur l'eau. Il vérifia que les lignes étaient bien rangées dans leurs fourreaux, mit le moteur en route et se dirigea vers l'ouest.

– Je croyais que nous rentrions, dit Justin.

– Oui. Dans une minute.

Maynard lui montra la tache brune.

– Qu'est-ce que c'est?

– Je ne sais pas. Une tortue de mer, peut-être, ou un requin. Nous allons bien voir.

– Pour quoi faire?

– Parce que... (Maynard sourit.) Dans la 78e Rue, tu peux passer des jours, des semaines même, sans voir un seul requin. Reconnais-le.

Le point prit rapidement forme.

– C'est un bateau, dit Justin.

– Plutôt un canoë.

– Comment est-il venu ici?

– Il a dû dériver de là-bas... de West Caicos.

Maynard désigna une masse grise qui se dessinait à l'ouest.

Le bateau était constitué d'un tronçon de bois creux effilé aux deux extrémités. Maynard en fit lentement le tour. Il était vide, à l'exception d'une pagaie grossièrement taillée.

– Regarde! dit Justin. Là-bas.

Maynard cligna des yeux. Le soleil était haut, et la surface plate de la mer transformée en miroir.

– Qu'est-ce que tu vois?

– Quelqu'un qui nage.

– Tu crois? (Maynard était encore aveuglé par la réverbération du soleil.) Du bois flottant, je pense.

– Le bois flottant ne fait pas de signes de la main.

Maynard s'accroupit à côté de Justin sous la bâche et s'abrita les yeux. Il distingua une silhouette minuscule. Un bras, qui faisait des signes.

– Bon sang. Il a dû tomber par-dessus bord.

C'était une jeune fille, soutenue par un gilet de

sauvetage orange. Elle faisait des signes, mais de façon si singulière que cela frappa Maynard : on n'y décelait ni affolement ni désespoir. Son bras allait d'avant en arrière avec la régularité d'un métronome. Et, même quand ils s'approchèrent, elle n'appela pas, ne cria pas, ne prononça pas un mot.

Maynard mit le moteur au point mort, laissant le bateau s'approcher lentement de la fille.

– Etes-vous blessée? cria-t-il.

Elle ne dit rien, mais elle secoua la tête : non.

Il coupa le moteur pour que l'hélice ne risque pas de causer un accident. Il s'agenouilla à l'arrière au moment où le bateau s'approchait en glissant de la fille et lui tendit la main pour qu'elle s'y agrippât.

– Une chance que nous soyons passés par là. Vous auriez pu flotter pendant une semaine sans rencontrer personne. (Ses doigts touchèrent le poignet de la fille. Elle était blonde, avec une jolie peau et, pensa-t-il, elle ne devait pas avoir plus de douze ou treize ans.) Comment avez-vous fait tout ce chemin?

Il la saisit par le poignet, s'appuya contre la barre d'arcasse pour garder son équilibre et tira. Quelque chose n'allait pas : elle était trop lourde. Et, dans son regard, il vit un éclair de panique, de terreur.

– Qu'est-ce que...?

Elle fut brusquement tirée en arrière et échappa à la prise de Maynard. Il vit un tube de caoutchouc qui sortait de sa robe, derrière sa tête.

Il y eut des éclaboussures, un jaillissement d'eau, une forme vague, et on lui lança quelque chose à la figure. Il tomba à la renverse... une hache vint se planter dans le pont.

Maynard s'éloigna de l'arrière et se mit péniblement debout. La fille avait disparu. Maintenant, un homme se tenait accroupi dans le bateau, haletant, de l'eau lui dégoulinant de la bouche et du nez. Ses longs cheveux étaient collés à son crâne et à ses épaules. Des morceaux d'algues tombaient de sa barbe. Sa chemise était déchirée et tachée, son pantalon en loques, ses pieds enveloppés dans des peaux de bêtes brutes attachées à ses jambes par des lanières de cuir cru. Il était édenté.

Tenant la hache au-dessus de sa tête, sans quitter Maynard du regard, l'homme tendit la main derrière lui et se pencha. Il hissa un garçon à bord – brun, maigre, avec des yeux noirs au regard vif.

L'homme passa la hache au jeune homme.

– Maintenant, gars. (Il désigna Maynard du doigt.) *Finis-le*!

– Justin? (Maynard tourna brusquement la tête. Justin était tapi derrière la console du gouvernail.) Reste où tu es!

Le garçon tenait maladroitement la hache.

– *Finis*-le, je dis! cria l'homme.

Le garçon ne bougea pas.

L'homme tira de sa ceinture un mince poignard à double tranchant. Il le piqua sous l'oreille du garçon, faisant jaillir un peu de sang.

– Toi, salaud de Portugais! Tu fais ce qu'on te dit!

Maynard passa la main sous sa chemise et sortit le Walther PPK. Il l'arma et le braqua sur l'homme.

– Laisse tomber ça.

Le pistolet tremblait dans la main de Maynard. Il n'avait jamais pointé une arme chargée sur un être humain. Son éducation, sa formation, son expérience l'avaient incité à éviter de braquer une arme sur une chose vivante. Si jamais tu pointes une arme sur un homme, lui avait dit son père, mieux vaut avoir envie de le tuer.

Il mit sa main droite dans le creux de la gauche pour assurer son tir.

L'homme se roula en boule, se contorsionnant comme un cobra, tout en faisant passer le couteau d'une main dans l'autre.

Maynard prit l'homme dans sa ligne de mire, et essaya de braquer le canon de l'arme sur la bouche ouverte de son adversaire.

L'homme cria et bondit. Maynard l'atteignit en plein visage.

La balle de 32 était trop petite et trop rapide pour renverser l'homme. Aussi, bien qu'atteint de plein fouet – la balle avait pénétré dans l'œil gauche et était ressortie derrière l'oreille droite – continua-t-il à avancer. Son cadavre heurta le plat-bord et rebondit sur le pont aux pieds de Maynard.

Celui-ci glacé d'horreur regardait fixement le visage tourné vers le ciel, l'œil unique dénué d'expression et le trou sanglant où s'était trouvé l'autre. Quelques secondes plus tôt, cette chose était un homme. Maintenant, c'était une charogne. Il avait suscité cette métamorphose en déplaçant son doigt de seulement trois millimètres.

– Papa! cria Justin.

Durant les quelques fractions de secondes nécessaires pour que l'avertissement pénétrât l'esprit troublé de Maynard, le garçon basané bondit sur lui comme un gibbon – les jambes s'accrochant à sa taille, la main agrippée à son visage, les bras faisant tournoyer furieusement la hache, les dents cherchant à le mordre au visage et au cou.

Aveuglé, Maynard essayait de repousser le garçon, mais ses membres nerveux étaient de véritables tentacules. Dès qu'il se dégageait d'une jambe ou d'un bras, l'autre griffait, donnait des coups de pied ou lui balafrait le visage. Le pistolet lui échappa des mains.

Maynard recula en titubant. Il parvint à saisir une

poignée de cheveux, mais, avant qu'il pût les tirer, le garçon tourna la tête et lui mordit les doigts jusqu'à l'os. La hache s'enfonça dans son dos – petits coups cisaillants qui lacéraient sa chair. Une main se porta à ses yeux, doigts tâtonnants pour arracher le globe oculaire. Il arrêta cette main, retint l'autre, puis il sentit des dents s'attaquer à ses joues et en arracher la peau. Il libéra une de ses mains et cogna sur la bouche qui le mordait, mais la main qu'il avait été obligé de lâcher enfonça profondément un ongle acéré dans son oreille.

Son cerveau lui hurla : par-dessus bord! Va dans l'eau et il devra lâcher prise. N'y voyant plus, il fit quelques pas chancelants, prit une profonde inspiration et bondit.

Il entendit un bruit étrange, et pourtant familier – un grondement sourd, explosif, semblable au bruit qu'avait fait l'autobus scolaire où il se trouvait quand il avait dérapé sur le verglas et heurté un arbre... Le grondement se transforma en bourdonnement... il était à une soirée où l'on fêtait le départ de quelqu'un à *Today*. Pourquoi y avait-il un bourdonnement à cette soirée? Quelqu'un essayait de lui parler, mais sa voix était couverte par ce bourdonnement... Puis la soirée se déroulait dehors en plein hiver, et il avait très froid.

Puis le bourdonnement s'évanouit aussi, et il n'y eut plus rien...

Le garçon se dégagea en se tortillant du corps de Maynard et laissa celui-ci sur le pont, la tête barbotant dans le fossé d'écoulement sous le moteur du hors-bord. Sur le moteur lui-même, un morceau de cuir chevelu, avec une touffe de cheveux, pendait à l'ancre métallique que Maynard avait heurtée de la tête. Le garçon, penché à l'arrière, aida la fille à monter à bord. Elle frissonnait d'être restée si longtemps dans l'eau.

Elle tendit la main derrière sa tête pour dégager le tuyau de caoutchouc de sa robe, mais sans y parvenir. Le garçon mit la main sous sa robe et tira le tube par le bas. Il avait la forme d'un « Y » retourné. L'homme et lui s'étaient accrochés aux jambes de la fille et avaient respiré par les branches de cet « Y ».

Justin se tenait derrière la console, regardant le corps de son père. Le sang de sa blessure à la tête coulait goutte à goutte de son cou dans le fossé d'écoulement, se mêlant à une mare d'huile et d'eau avant de se déverser dans la mer. Justin avait envie de courir vers son père, de soigner sa blessure et de le supplier de se réveiller. Il avait envie que son père s'assît, sourît, et lui dît que tout cela n'avait été qu'une plaisanterie. Il frissonnait, bien qu'il n'eût pas froid, et claquait des dents.

La radio était sur la console, à portée de sa main droite. Il fit glisser sa main de quelques centimètres sur la gauche, brancha la radio et décrocha le micro. Il baissa la tête et appuya sur le bouton « parlez » du micro. « Au secours! murmura-t-il. Au secours! Ils ont tué mon père! » Il leva les yeux, juste à temps pour voir le poing du garçon décharné s'abattre en décrivant un large cercle. Il tenta d'esquiver, mais le point l'atteignit derrière l'oreille et l'envoya s'étaler les quatre fers en l'air au milieu du pont.

– Personne ne vous aide maintenant, dit le garçon. Personne ne vous aidera plus jamais. Vous êtes tout seul, fils de salaud!

Le garçon prit le micro qui se balançait.

– Dis, Mary, chantons-leur la chanson.

Assis dans la cuisine, Windsor écoutait la radio. La réception était à peine audible et inégale, mais il n'avait aucun mal à déchiffrer les mots. Il y avait deux voix, toutes deux hautes, jeunes et très gaies. Elles chantaient :

Il vole à son ami sa dernière guinée
Il tue le moine et aussi le prêtre... bon sang!
Il coupe la gorge du bambinet,
Le flibustier assoiffé de sang!

Windsor n'attendit pas l'éclat de rire qui, il le savait, allait suivre. Il coupa la radio et dit tristement :

– Puisse le vent venir par le travers de ta voile, mon ami.

10

Pourquoi le tiraient-ils? Il leur dit qu'il n'avait pas envie de danser, mais ils n'écoutaient pas. Maintenant, ils l'allongeaient de force par terre et le tiraient par les bras et les jambes. Ils lui faisaient mal, mais ils ne s'en souciaient pas. Plus ça lui faisait mal, plus ils étaient joyeux. Je vous en prie, quelque chose à boire. J'ai tellement soif. Juste une gorgée. Puis il essaierait de danser. Promis.

Les danseurs partirent, le rêve prit fin, et seule resta la douleur – de violents élancements dans la tête et, pis encore, la sensation qu'on lui avait désarticulé les bras et les jambes.

Il ouvrit les yeux et vit le ciel. Il était sur le dos, mais il ne sentait rien en dessous de lui, si ce n'était une atroce douleur dans les épaules et les hanches. Il releva la tête, mit son menton sur sa poitrine, et vit ses pieds – des cordes enroulées autour de ses chevilles lui suspendaient les jambes à deux poteaux de bois. Sa tête retomba mollement en arrière et il regarda ses mains – attachées à deux autres poteaux. Chaque corde aboutissait à des roues à rayons.

Il était sur un chevalet de torture.

Il tourna la tête à droite, puis à gauche. Il se trouvait dans une petite clairière de sable, entourée de broussailles. Seul.

Il entendit de la musique à la radio, un orchestre et un chœur, un hymne : « Son amour est plus grand que la mer étincelante, plus grand que vous et moi, plus grand que le pouvoir de l'amour, et Il est avec nous, comme une main dans un gant. »

L'hymne prit fin. Une voix dit : « Et maintenant, camarades de bord... » La voix se tut, et une autre – plus proche, vivante – entonna : « Les âmes des justes sont dans la main de Dieu, et ils ne subiront aucun supplice. Ainsi notre camarade, Roche Sansdents, un homme juste, un homme véritable, est maintenant dans le sein de Dieu. Tous les hommes ont une seule occasion d'entrer dans la vie, et une seule aussi d'en sortir. Quand le reverrons-nous? Qui peut compter les grains de sable de la mer, les gouttes de pluie, et les jours de l'éternité? »

« Amen », murmuré par une foule obscure.

Autre voix, sonore, autoritaire :

– Goody Sansdents, de par la convention, tu es l'héritière des biens de Roche, et ils deviendront tiens. Egalement, de par la convention, tu recevras de la nourriture prise sur les provisions de la communauté, les vêtements dont tu auras besoin, et le dixième du plus beau butin dont nous nous saisirons. Egalement de par la convention, c'est à toi qu'échoit le droit de disposer de celui qui a fait passer Roche de vie à trépas.

Une femme poussa un cri féroce, vengeur.

Maynard banda les muscles de son ventre, et, retenant son souffle pour se préparer à la douleur, il arqua

Nau sourit avec fierté.

– Oui. Il ne supportait pas le silence de ses prisonniers.

– Les Indiens l'ont découpé en morceaux.

– Oui, et ils avaient tellement peur que les morceaux se regroupent et viennent les hanter qu'ils les ont brûlés et éparpillés aux quatre vents. Voilà un homme qui a su mourir!

Le garçon décharné réapparut, tenant Justin en laisse avec une corde. Les mains de Justin étaient attachées derrière son dos.

Maynard tourna la tête. Il s'attendait à ce que Justin manifestât une peur hystérique, mais le garçon, les yeux vitreux, avait l'air absent.

– Tu vas bien? dit Maynard.

Justin ne répondit pas.

– Hizzoner, dit Nau au vieil homme, parle-lui.

L'homme mit une main sur la tête de Justin et dit :

– Il y a un temps pour vivre et un temps pour mourir. Le père meurt et le fils porte son nom. Un homme peut mourir, mais son nom continue à vivre. Un homme peut mourir, mais ses actions seront à jamais célébrées. Tu assisteras au rite du passage, et, quand ça sera fait, ton nom deviendra le reflet de la gloire du passé. Tu seras Maynard Tue-Barbe!

Nau leva les bras.

– Maynard Tue-Barbe!

– Tue-Barbe, Tue-Barbe, Tue-Barbe...

Le chant s'enfla parmi les hommes rassemblés autour de la clairière et se noya dans les applaudissements.

Le bruit sembla réveiller Justin. Il regarda son père, puis Nau, et il dit doucement :

– Ne le tuez pas... je vous en prie.

– Chut! dit Nau.

Il se pencha, souleva Justin et le balança sur ses épaules.

– Ce n'est pas encore un homme, dit Hizzoner.

– Bientôt. (Nau s'adressa à la femme.) Goody Sansdents, comment voudrais-tu que ça se fasse?

– Je ne veux pas mourir! cria Maynard.

Il leva les yeux et vit son fils se balancer sur les épaules de l'homme. Justin le regardait fixement et pleurait en silence.

La femme bredouilla :

– Arrachez-lui les yeux!

– Non! (Nau rit.) Je n'arracherai pas les yeux à un homme noble.

– Alors, je les lui arracherai moi-même. Donnez-moi la courroie. Et par plaisir, je les mangerai quand ils sauteront de l'orbite.

– J'ai dit que je ne voulais pas qu'on lui arrache les yeux. Il ne peut affronter la mort sans ses yeux. Il doit voir quel est son destin. Faites un feu sur son ventre, et voyons de quelle race il est.

La femme présenta ses arguments :

– Il a arraché l'œil de Roche.

– Oui, mais Roche n'était pas de sang noble. Une ratatouille de Portugais et de Zambo.

– S'il est si noble, laissez-le moi. J'ai besoin d'un mâle pour me faire un gosse.

– Il y a des gitons pour des femmes comme toi. Ne te gêne pas pour en prendre un.

– Des gitons! (La femme cracha dans le sable.) Celui-là peut me donner ce que Roche ne pouvait pas : un fils noble.

Le sourire s'effaça du visage de Nau.

– Il doit mourir.

Il sollicita du regard une confirmation d'Hizzoner.

– C'est ainsi, approuva Hizzoner.

La femme arracha un poignard de la ceinture de Nau, se jeta derrière le gros homme et se précipita sur Maynard, l'arme brandie au-dessus de son aine.

– La convention dit que c'est moi qui en dispose. Alors, j'en dispose.

La main de la femme s'abattit.

Maynard ferma les yeux, dans l'attente d'une douleur qu'il ne pouvait imaginer.

D'un seul coup, la femme fendit le maillot de bain de Maynard de la ceinture à la fourche. Elle saisit son sexe.

– Ça, je l'aurai! (Elle jeta un regard de défi à Nau, puis à Hizzoner.) J'engendrerai une lignée qu'on célébrera dans l'avenir. C'est mon droit.

Dans la clairière, le silence régnait.

Maynard sentait le sang battre dans ses tympans. La douleur montait et refluait, par vagues. Il voyait la main de la femme enfouie entre ses cuisses, mais il ne la sentait pas serrer son sexe. La douleur cuisante qu'il éprouvait dans les épaules et les hanches annihilait toute autre sensation.

Hizzoner parla le premier.

– La convention décide. C'est son droit.

– Mais la façon... commença Nau.

– La façon est coutume, la convention est loi. La convention dit qu'elle peut en disposer.

– Mais disposer ne...

– ... ne veut pas dire tuer, pas au pied de la lettre.

Nau était furieux. D'une main, il fit descendre Justin de ses épaules et le laissa tomber sur le sable. Il dit à la femme :

– Il peut vivre jusqu'au jour où tu seras reconnue enceinte. Il est ta chose. S'il enfreint une seule fois notre loi, la malédiction s'abattra sur toi. De ces mains-là, – il leva ses poings devant le visage de la femme – je t'éventrerai et je jetterai tes entrailles à la mer.

Enhardie par le rhum et le triomphe, la femme serra plus fort le sexe de Maynard.

– Et si ça ne remplit pas sa fonction, je le jetterai dans la mer.

Elle s'esclaffa, et une vague de rire de soulagement courut dans la clairière.

– Tu ne meurs pas bien, dit Nau à Maynard. Que faisais-tu dans la vie?

– J'écris.

– Un écrivain? Peut-être alors que tu rendras un double service. Nous n'avons plus de scribe depuis Esquemeling.

– Esquemeling? Vous connaissez Esquemeling?

Hizzoner intervint, agitant le doigt en signe de remontrances sous le nez de Maynard.

– Tu dois savoir que cette femme a autorité sur toi. Rends justice à la veuve. Esdras, II, 20.

– Libérez-le, dit Nau, et il s'éloigna.

Justin ne le suivit pas. Il resta près de son père tandis que deux hommes coupaient les liens de Maynard et le laissaient tomber sur le sable.

De l'extrémité de la clairière, Nau ordonna :

– Viens, jeune homme! Ce n'est plus ton père. Ce n'est plus que le giton de la vieille sorcière.

A peine conscient, Maynard vit Justin hésiter, et comprit son dilemme.

– Vas-y, murmura-t-il. Fais n'importe quoi. Accommode-toi de tout. Reste vivant.

Maynard parvint à garder les idées claires jusqu'à ce qu'il vît Justin obéir. Puis il s'évanouit.

Il ne savait pas combien de temps il avait dormi, car son sommeil était agité et troublé par des rêves de mutilation d'un réalisme terrifiant. Parfois, il avait chaud, et il sentait qu'on lui aspergeait le visage, et une odeur de vinaigre lui piquait les narines. Parfois, il avait froid, et il sentait un tissu rugueux fait de grosse toile sur sa peau à vif.

Il se réveilla une nuit, allongé nu sur le dos à plat sur une natte de lianes tressées. Il se trouvait dans une hutte faite d'herbes et de boue, un cercle de deux mètres cinquante de diamètre. Lorsqu'il essaya de bouger, il se sentit entravé, et vit alors ses bras et ses jambes recouverts de cataplasmes de plantes. Sa souffrance s'était transformée en douleur sourde.

La femme était assise à côté de lui, les jambes croisées sur le sol en terre battue, en train de remuer quelque chose dans un bol. Elle avait échangé son manteau noir contre un poncho gris, lavé son visage qui, maintenant, ne portait plus de traces de charbon de bois, et coupé ses cheveux cosmétiqués : il ne restait plus qu'un duvet touffu de trois à cinq centimètres d'un blond châtain. Maynard était incapable de lui donner un âge. Son visage anguleux était fripé et buriné par l'air marin et le soleil. Ses doigts avaient la raideur des arthritiques, et ses articulations étaient enflées. Mais, sous un climat humide, l'arthrite frappait souvent les très jeunes gens. Ses seins – ou ce qu'il pouvait en voir se dessiner sous le poncho – étaient hauts et fermes, et ses jambes maigres. En tenant compte de la possibilité que le temps et la vie primitive l'eussent précocement vieillie, il estima qu'elle pouvait avoir entre trente et trente-cinq ans.

Dans la hutte, la lumière venait d'une torche électrique, à gaine de caoutchouc, coincée entre deux briques sur le sol.

Il désigna la torche électrique et demanda :

– D'où cela vient-il?

– Un butin. Roche l'a pris. Un bon butin, c'était. Deux boîtes entières de « 6-12 ». Des pêches. Des noix, aussi. Et du rhum. Il a été soûl pendant une semaine. Tous l'étaient.

– Que se passe-t-il quand les piles rendent l'âme?

– Elles rendent l'âme. Comme toute chose. D'autres suivent. Elle lui tendit quelque chose. Mange.

C'était une tranche de poisson, cru, salé et séché, mais encore gluant.

– Vous ne faites pas cuire la nourriture?

– Tu es fou. Tu crois que je veux perdre ma langue?

– Je ne comprends pas.

– Les feux sont dangereux. Un feu de bois vert dans la journée nous vaut d'être fouettés. Pour un feu de nuit, on vous coupe la langue.

– Pourquoi les feux sont-il dangereux?

– Tu es aussi ignorant que lâche. Ils nous verraient.

– Qui ça « ils »?

– Ils, dit-elle. Les autres.

Maynard porta le morceau de poisson à sa bouche. Il retint sa respiration, se forçant à le mâcher. C'était caoutchouteux et farci de grains de sable. Il ne pouvait pas avaler. Il sortit le poisson de sa bouche et le laissa tomber par terre.

– Je n'ai pas très faim.

– C'est ce que je pensais, dit-elle. Je verrai ça tout à l'heure.

Maynard s'allongea sur le dos et remua ses membres. La douleur diminuait.

– Qu'est-ce qu'il y a là-dedans?

Il tapota un des cataplasmes.

– Spirea.

Elle prit une cruche en terre, versa un liquide dans le bol qu'elle tenait sur ses genoux et se remit à touiller.

Spirea, pensa Maynard? Où avait-il lu quelque

chose sur la spirea? Morison, Ernle Bradford, Homère? Aucun d'eux, mais Homère suscita en lui une réminiscence. La spirea était un arbrisseau dont les Grecs de l'Antiquité utilisaient l'écorce comme analgésique. De nos jours, on en extrait l'acide salicylique. L'*aspirine*. Où avait-elle appris les vertus de la spirea?

Sur un ton prudemment désinvolte, il demanda :

– Est-ce une... retraite religieuse, ici?

– Quoi?

– Etes-vous des gens... tu sais... membres d'un culte quelconque?

– Quoi?

Maynard cessa de tourner autour du pot.

– Mais, Bon Dieu, quel est cet endroit?

– Tu es encore abruti par la souffrance.

– Qui sont ces gens?

– Cet endroit est notre foyer, dit-elle comme si elle s'adressait à un enfant. Ces gens sont mon peuple.

– Depuis combien de temps es-tu ici?

– Toujours.

Il la regarda dans les yeux, cherchant à déceler si elle mentait, plaisantait ou le taquinait.

Elle lui sourit. Elle ne mentait pas.

– Es-tu née ici?

Elle hésita, apparemment pas très sûre de sa réponse.

– J'ai toujours vécu ici.

– Quel âge as-tu?

– J'ai été femme cent fois, dit-elle. On l'a célébré.

– Qu'est-ce que tu...?

Maynard s'arrêta. Peut-être faisait-elle allusion aux cycles menstruels. Cent règles, cent mois, un peu plus de huit ans. Elle avait dû avoir ses premières règles, à, disons, douze ans. Elle pouvait donc en avoir vingt.

– Tu n'as pas d'enfants.
– J'en ai eu deux, mais on les a tués.
– Pourquoi?
– Ils n'étaient pas bien portants. Ça se voyait. (Elle s'arrêta de remuer la mixture et posa le bol à terre.) Roche prenait des précautions, mais il avait toujours la vérole. (Elle cracha.) Le cochon.

Elle tendit la main pour prendre quelque chose derrière elle dans l'obscurité. C'était un ustensile en étain d'environ trente centimètres de long, avec un piston en bois à l'une des extrémités.

– Tu es ma dernière chance.
– Pour un enfant?
– Un enfant bien.
– Mais si tu ne...

Elle fixa une canule sur l'ouverture du récipient et la vissa soigneusement.

– ... Alors je cesserai d'être une femme. J'irai rejoindre la communauté.
– De quoi? De nonnes?
– De nonnes! (Elle rit.) De prostituées.
– On vous force à vous prostituer?
– On ne nous force pas. C'est ainsi.

Elle plongea la canule dans le bol et tira sur le piston pour faire monter le liquide épais dans le broc.

– Retourne-toi. A genoux.

Maynard ne bougea pas.

– Retourne-toi.
– Qu'est-ce que tu fais?
– Tu n'es pas bien. Tu ne peux pas manger. Tu es intoxiqué. (Elle brandit le broc.) Ça te nettoiera.

Maynard recula et alla s'appuyer contre le mur de la hutte.

– Tu veux mettre ça... Oh non! merci bien.
– Tu as besoin d'une purge.

– Tu ne vas pas coller cette chose...

Dans la demi-obscurité de la hutte, il ne la vit pas se déplacer avant qu'elle ne fût sur lui. Elle lui posa un genou osseux sur le sternum, lui mit un couteau à lame courte sous le menton et l'obligea à reculer la tête.

– Tu es vivant grâce à moi, dit-elle. Les autres voulaient te tuer. Tu ferais bien de t'en souvenir. J'ai besoin de toi, mais je ne peux pas te prendre à deux doigts de la mort, te ramener à la vie, et te retrouver à deux doigts de la mort. Je peux t'apprendre ce qu'est la douleur. (Elle s'écarta de lui.) Tourne-toi.

Lentement, il se mit à plat ventre et ramena ses genoux sous lui.

– Qu'est-ce qu'il y a dans cette chose? demanda-t-il d'une voix éteinte.

– De l'huile de poisson et des médicaments. (Elle lui souleva les hanches et lui écarta les fesses.) Les anciens disent que ça guérit tout – la maladie de Parkinson, le strabisme, même la variole. (Elle rit tout bas en prenant un air doctoral.) Mais ce sont des idées de vieux. Un clystère est un bon dépuratif et débarrasse des poisons. Sans plus.

Maynard ferma les yeux et appuya fortement sur ses tempes. La canule, effilée, froide, glissa dans son rectum. Le bout lui piqua la prostate, et il ressentit une brûlure dans le pénis. Tandis que le tuyau le pénétrait de plus en plus profondément, la gratitude qu'il avait éprouvée pour la femme, le soulagement d'être en vie, commencèrent à s'estomper.

Elle poussa le piston. Maynard eut l'impression que ses entrailles étaient noyées.

– Voilà, dit-elle quand la pompe fut vide.

Elle lui donna une claque sur le derrière, et il s'effondra sur la natte.

Il gisait, souffle coupé, le visage dans la poussière.

Une vision fugitive de Dena Gaines lui traversa l'esprit. Faisait-elle ça? Pour *s'amuser?*

Ses boyaux étaient parcourus de spasmes et rejetaient l'huile de poisson. Il se mit péniblement à genoux.

– Où...?

La femme avait prévu ses besoins. Elle s'était postée à l'entrée de la hutte, soulevant la peau de bête qui tenait lieu de porte.

– Suis-moi.

Les mains serrées sur le ventre, luttant désespérément pour empêcher son sphincter de se relâcher, Maynard sortit en titubant dans la nuit. Il suivit la femme dans les broussailles jusqu'au moment où elle s'arrêta et lui montra une tranchée de soixante centimètres de large sur sept à huit mètres de long. Une symphonie de bourdonnements d'insectes montait de la fosse.

Maynard ne savait comment utiliser cette tranchée, mais il n'eut pas le temps de poser des questions. Il se mit au-dessus à califourchon et s'accroupit. Son intestin entra en éruption.

La femme se tenait à côté de lui, mains sur les hanches, admirative.

La dignité, pensa Maynard, en regardant la femme au travers d'un brouillard nauséeux. Mourir avec dignité, mais vivre comme un cochon. Des spasmes agitaient ses entrailles, il gémissait. De l'air jaillit de son intestin, comme si quelque chose explosait.

– Maintenant, tu es d'attaque, dit la femme.

– J'ai l'impression que je vais mourir.

– Pas encore. Il faut encore que tu te rendes utile. Viens.

Elle lui prit la main et l'aida à enjamber la tranchée.

– Tu plaisantes, dit-il. L'huile lui dégoulinait sur les jambes.

Elle le conduisit à travers un labyrinthe de sentiers

étroits envahis par la végétation. Les insectes les suivaient. Des moustiques se précipitaient sur son dos; des mouches bourdonnaient autour de ses jambes et se collaient aux coins de sa bouche, s'abreuvant de sa salive. Il était trop faible pour les chasser. Il entendit des voix dans le lointain – une conversation tranquille –, mais il ne vit personne.

Ils émergèrent des broussailles et se retrouvèrent sur une plage. Elle le fit entrer dans l'eau, le lava, frottant ses jambes souillées avec du sable humide, et le rinça dans l'écume.

Elle le ramena à la hutte et lui ordonna de s'allonger sur la natte. Elle ferma la porte avec la peau de bête, emprisonnant à l'intérieur des myriades de moustiques.

– Pas de vent, ce soir, dit-elle. Le vent est la seule chose qui empêche cette terre de devenir un asile de fous. Elle prit quelque chose dans un pot et s'agenouilla près de Maynard.

Inquiet, il demanda .

– Qu'est-ce que c'est que ce truc?

– De la graisse de porc.

– Où vas-tu en mettre?

– Partout. (Elle rit.) C'est tout ce que j'ai pour lutter contre les moustiques. Roche aurait pu prendre une ration de « 6-12 » sur le dernier butin. Il avait largement le choix. Mais il a préféré le rhum.

Elle enleva son poncho et, nue, elle s'enduisit tout le corps de graisse. Sa peau brillait à la lueur de la torche électrique.

Pour Maynard, la graisse de porc avait l'odeur des dimanches matin de son enfance, lorsque son père faisait cuire du bacon et des saucisses, et frire des œufs dans le reste de la graisse.

– Où est mon fils?

– Avec les autres gamins.

– Sont-ils nombreux?
– En ce moment deux, seulement. Et la fille, Mary. Ça varie.
Elle s'assit et essuya la graisse qui lui coulait entre les cuisses.
– Que vont-ils faire de lui?
– Faire? Rien. Ils lui apprendront à agir par lui-même.
– Y en a-t-il d'autres comme moi?
Elle fit non de la tête.
– Tu es le seul, le seul à être jamais resté en vie.
– Pourquoi?
– Selon la convention, tout homme adulte, toute personne adulte, est corrompu. Seuls les jeunes sont purs.
– De quelle convention parles-tu?
– Tu l'apprendras... si tu vis assez longtemps.
Elle puisa dans le pot et commença à enduire doucement le visage de Maynard. Elle frictionna son cou, sa poitrine, ses jambes et ses pieds, jusqu'entre les orteils. Elle n'oublia rien. Ses doigts étaient apaisants, et, quand elle lui pétrit les cuisses, il sombra dans le sommeil. Il se mit à ronfler.
Elle le frappa d'un revers de main sur la bouche. Des crevasses s'ouvrirent dans les lèvres desséchées de Maynard. Elle vit de la frayeur dans son regard. Elle reprit de la graisse et l'étala copieusement sur son sexe.
– Tu ne dormiras pas encore.
– Mais... je ne pourrai pas!
– Mais si, tu peux. Je te montrerai.
– Es-tu...
– Dans un de mes jours de fécondité? Non. Mais nous devons nous préparer à ce jour-là...

11

– On dirait de la bouillie de farine de maïs, dit-il en regardant à l'intérieur du bol de terre cuite.

– C'est de la bouillie. De la bouillie de racine de manioc et de bananes. Excellent pour toi.

– Je n'ai pas très...

Il s'arrêta quand il la vit poser son ouvrage et tendre la main vers la pompe à clystère. Il mangea. Elle sourit et se remit à coudre.

Le manioc était blanc, pâteux et insipide. Les bananes étaient trop mûres, presque du sucre pur. Seule une noix de muscade râpée donnait du goût à la bouillie.

Si cette bouillie avait un goût agréable, ce qu'elle cousait lui donnait la nausée. Munie d'une grosse aiguille de voilier, elle confectionnait un vêtement avec des lambeaux de peaux de bêtes fraîchement tuées qui n'avaient pas été salées et dégageaient une puanteur fétide.

– Qu'est-ce que tu fais?

– Un pantalon. Pour toi. Je ne veux pas que tu te rôtisses le derrière.

– Tu ne sales pas les peaux?

– Pourquoi? Le soleil et l'eau les salent. Quand elles sèchent sur celui qui les porte, elles lui vont mieux.

Elle cousait ensemble les bords de deux peaux, et le jus coulait sur ses doigts.

L'odeur faisait grimacer Maynard.

– Elles sentent la mort.

– Oui. (Elle leva les yeux.) Quoi encore?

Quelqu'un souleva la peau qui tenait lieu de porte. C'était Nau. Il baissa la tête pour entrer dans la hutte. Il portait un coffre en bois muni d'une poignée de cuivre de chaque côté. Une longue chaîne était entassée dessus. Il posa le coffre par terre et lança la chaîne à la femme.

Elle regarda la chaîne puis Nau. Maynard eut l'impression qu'elle avait envie de discuter, mais elle se contenta de dire :

– Comme tu voudras...

– Je ne mettrai pas en péril soixante personnes, dit brutalement Nau, uniquement pour que tu puisses te prêter aux caprices de ton... chouchou. (Il se tourna vers Maynard et frappa sur le coffre.) Tiens scribe! Mets-moi de l'ordre là-dedans. Nos descendants t'en remercieront.

– Où est mon fils?

– Tu n'as pas de fils. Tu n'as rien. Bientôt, tu ne *seras* rien, du moins en ce monde.

Le regard de Nau, froid, dénué de charité, incita Maynard à détourner les yeux.

– Je veux le voir, insista-t-il.

– Un jour ou l'autre, peut-être, s'il le veut. Je le lui demanderai. (Nau recula jusqu'à la porte et dit à la femme :) Mets-toi au travail, Goody. Quand tu seras une putain, tu pourras vivre comme une putain. Tant que tu seras une femme, tu travailleras comme une femme.

Il sortit de la hutte.

Maynard vit ses mains trembler tandis qu'elle faisait un dernier point dans les peaux. Furieuse, elle les jeta dans la poussière.

Il aurait voulu dire quelque chose pour la consoler, mais il ne savait pas quoi. Il fit une tentative.

– C'est un joli nom, « Goody ».

– « Goody » n'est pas un nom, dit-elle. C'est un diminutif affectueux qui vient des temps anciens : de « Good Wife ». Je m'appelle Beth. (Elle souleva la chaîne par un bout.) Viens ici.

Elle l'enroula deux fois autour du cou de Maynard, se leva et en laissa filer l'autre extrémité dans l'armature du toit, puis elle joignit les deux bouts avec un cadenas à combinaison flambant neuf. Elle fit claquer la branche du cadenas et tourner les trois petites roues de la combinaison.

– Crois-tu vraiment... commença Maynard.

– Il est inquiet. Or, il a besoin de ne pas être inquiet. Si tu essayais de fuir, il faudrait que tu emportes la maison avec toi.

– Et *toi*, as-tu jamais pensé à fuir?

– Pour quitter quoi? dit-elle. Pour aller *vers* quoi?

– Ce n'est pas une vie pour toi.

– Je n'en ai pas d'autre.

– Il y a plus...

Maynard fit un geste vers un vague au-delà.

– On nous apprend que « plus » est pire, pas mieux.

– Je pourrais te dire...

– Oui, intervint-elle, et je pourrais écouter, et le temps passerait, et le travail ne serait pas fait et, comme récompense, je m'attirerais les foudres de l'Ollonois. En tant que Jean-David Nau, c'est un homme tel que Dieu l'a créé. En tant qu'Ollonois, c'est une créature du seigneur des ténèbres.

Elle prit un panier d'osier, une houe de métal à manche court et une machette rudimentaire, et quitta la hutte.

Beth partie, Maynard s'assit sur le sol de terre battue et écouta. Il entendit le bruissement du vent dans les feuilles sèches, le crissement et le bourdonnement des insectes, les plaintes rauques des oiseaux de mer, et, très loin, des bruits de marteaux et de scies auxquels se mêlaient des voix d'hommes.

Il examina le cadenas qui joignait les bouts de la

chaîne. Il ne portait pas d'éraflures. Nullement terni, il était encore couvert d'une pellicule de silicone. Maynard constata que le cadenas n'avait jamais servi. Sans doute venait-il d'un bateau récemment capturé et l'avait-on laissé dans son emballage d'origine en carton et plastique.

Le mécanisme comportait un millier de combinaisons possibles. La seule que Maynard pouvait éliminer à coup sûr était celle que Beth avait composée : 6, 4, 8. Il tourna les molettes pour obtenir les chiffres 1, 1, 1. Puis il essaya 1, 2, 1, puis 1, 3, 1, puis 1, 4, 1. Il arriverait forcément à trouver la combinaison, mais cela pourrait prendre des jours, ou des semaines, car il ne pourrait tripoter le cadenas que lorsqu'il serait seul. Or, il n'avait aucun moyen de savoir si on le laisserait souvent seul, et pour combien de temps.

Alors qu'il tirait sur la branche après avoir essayé la combinaison 1, 9, 1, il remarqua un trou minuscule sur un côté du cadenas. Tout d'abord, ce trou n'évoqua rien pour lui : à quoi pouvait-il servir? Puis, une image lui vint à l'esprit, celle de Justin enfermant l'argent de son anniversaire dans un coffre-fort. Il en renforçait la sécurité avec un cadenas à chiffres. Contrairement aux cadenas auxquels Maynard était habitué – où les combinaisons étaient fixées définitivement par le fabricant – la combinaison de celui-là pouvait être établie et modifiée par l'acquéreur. Maynard revit Justin introduire un mince stylet dans un trou du cadenas et composer les trois derniers chiffres de leur numéro de téléphone. Lorsqu'il retirait le stylet du trou, ces chiffres devenaient la combinaison.

Maynard se mit à jongler avec des suppositions : supposons que ce cadenas ait des combinaisons modifiables, supposons qu'il n'ait, en fait, jamais été utilisé quand on l'a pris sur le bateau, supposons que ces gens aient trouvé trop compliquées les instructions portées sur la notice et n'aient pas pris la peine de changer les chiffres...

Néanmoins, le fabricant avait dû choisir une combinaison. Quelle était la plus simple, la plus logique? Il composa 0, 0, 0 et tira sur la branche.

Le cadenas s'ouvrit.

Maynard se sourit à lui-même, heureux de sa débrouillardise. Il eut envie d'enlever la chaîne, de quitter la hutte et de rôder dans l'île en quête d'un bateau sur lequel s'échapper. Non, se dit-il, il est trop tôt. Il en savait trop peu sur l'endroit où il se trouvait et sur ces gens. Le risque d'être repris était trop grand, la punition pour tentative d'évasion inconnue de lui. Il ignorait où était Justin. Ce qu'il venait d'apprendre lui donnait un atout, mais il ne devait pas gaspiller ses cartes avant qu'il pût jouer au maximum.

Il claqua le cadenas pour le refermer et remit la combinaison 6, 4, 8.

Il rampa jusqu'au coffre qu'avait laissé Nau et l'ouvrit. Il était bourré de papiers – certains vieux, abîmés et jaunis, d'autres attachés ensemble par des ficelles de fibres de plantes tressées, d'autres encore froissés et déchirés. Ils étaient tous manuscrits, et, sur beaucoup, l'encre avait passé et était presque effacée.

Il se traîna jusqu'à la porte, écarta la peau de bête et la bloqua avec une pierre. Tirant le coffre dans la lumière qui entrait à flots, il y plongea la main et en sortit un document. C'était un parchemin grenu, cassant et craquelé par le temps. L'encre était brune et délavée.

Ce semblait être une apostille sur un journal de bord – ou un journal intime, griffonné à la hâte. Mais l'homme qui écrivait avait pris soin de respecter certaines règles : « Un récit des événements du 7 septembre 1797, écrit avec le sang d'un quarteron en raison de la négligence du quartier-maître, qui a brisé l'encrier en mille morceaux.

« Aux premières lueurs du jour, repéré un deux-mâts goélette et pris en chasse. Trop rapide pour notre vaisseau en mauvais état. Au début bonne tenue en mer du planchéiage, calfaté avec colle de bœuf. Failli couler, mais pu atteindre le rivage.

« Plus d'alcool. Notre équipage malheureux, bien sobre, *trop* sobre. Une fichue confusion parmi nous! Des pendards complotent – on parle beaucoup de se séparer – aussi, je cherche avec acharnement un butin, n'importe quel butin pourvu qu'il y ait de l'alcool à bord. Capturé un, un navire marchand transportant beaucoup d'alcool, alors l'équipage s'est soûlé, drôlement soûlé, alors tout va de nouveau bien. »

Le document était signé d'un parafe hardi : « L'O.V. »

Tout en exhumant les papiers du coffre, Maynard entreprit de les ranger par ordre chronologique les disposant en cercle autour de lui. Il mit, sur sa gauche, les documents les plus anciens, datés des années 1680, et, sur sa droite, les plus récents, certains écrits sur une feuille arrachée à un bloc et datés de 1978. Pour l'instant, il s'efforçait de ne prêter attention qu'à la date de chaque document, mais des mots et des phrases frappaient son regard et l'obligeaient à lire.

« La tempête a rabattu un vaisseau sur la côte, lut-il sur un papier daté de 1831 et signé : " l'O.VI. " (l'arrière-arrière-grand-père de Nau). Troqué de l'alcool avec le capitaine. Il avait l'air d'un vieux boucanier, un gaillard courageux qui joue tout à pile ou face, un trimardeur, un cabochard. Mais il posait des questions insidieuses et il avait des idées derrière la tête, alors je l'ai passé par le fil de l'épée, et son équipage avec, qui a refusé de dire ce qu'ils cherchaient exactement, même sous la torture. Hizzoner s'en est lavé les mains et a dit que nous serions tous damnés, alors je l'ai passé lui aussi par le fil de l'épée, après lui avoir dit que ses paroles n'étaient pas celles d'un ami, et que, s'il n'était pas mon ami, il était mon ennemi, et que, s'il était mon ennemi, je voulais bien être damné s'il n'allait pas rendre son dernier soupir. »

Maynard discerna dans les documents une sorte de constante : plus ils étaient récents, moins ils étaient détaillés, soignés et bien rédigés. Les récits concernant les bateaux pris dans les années 1920 rendaient compte des méthodes de capture (« ... percé un trou au fond de leur cale, l'avons bourrée de poudre, et fait sauter le bateau... »), de la cargaison et du nombre de tués; ceux des années 1950 ne comportaient plus que de simples listes des objets de valeur récupérés et des prisonniers faits. Quant au récit le plus récent, il se bornait à un morceau de papier à lettres sur lequel était noté : « Bateau de pêche *Marita,* tués : 2, pris vivant : 1. Fruits, alcool, etc. Sabordé le bateau. »

Maynard fouilla au fond du coffre et en retira ce qui paraissait être plusieurs fragments volumineux d'un livre : des pages froissées, avec des marques de doigts sales, attachées par des courroies de cuir crevassé qui semblaient sur le point de casser. Il défit les courroies et se pencha sur le frontispice délavé : Il portait : LES BOUCANIERS D'AMERIQUE, avec en sous-titre : « Récit véridique des attaques les plus remarquables perpétrées au cours des dernières années sur les côtes des Indes Occidentales par les boucaniers de la Jamaïque et de Tortuga (à la fois Anglais et Français), par John Esquemeling (l'un des flibustiers témoin de ces tragédies) ».

D'après les indications à peine lisibles de l'imprimeur, il s'agissait d'un exemplaire de la première édition anglaise, traduite du hollandais, et publiée en 1684.

Maynard avait lu l'ouvrage d'Esquemeling quelques années plus tôt dans sa réédition en livre de poche. Un de ses amis qui était historien, lui avait vanté ce livre en lui disant que c'était le seul texte sérieux et intelligible sur les premiers temps de la soi-disant *Terre Ferme*, et que le fait que ce livre existât – eût été écrit – prouvait la hardiesse et l'extraordinaire chance de son auteur.

Esquemeling s'était embarqué pour le Nouveau Monde en 1666 comme mousse, mais dès que le bateau était entré au port, dans l'île de Tortuga, on l'avait vendu comme esclave. Il avait été acheté par le commandant en chef de Tortuga, qu'il décrivait comme « le tyran le plus cruel et l'homme le plus perfide à qui une femme ait jamais donné le jour ». On battait Esquemeling et on le laissait mourir de faim. S'il échappa à la mort, c'est que son maître comprit que si le garçon mourait, il aurait jeté par la fenêtre les trente pièces de huit (le salaire mensuel d'un bon marin était en gros de deux pièces de huit) qu'il avait investies pour l'acheter. Il revendit Esquemeling à un médecin qui le nourrit, le traita bien, lui apprit les rudiments de la médecine et, finalement, lui rendit sa liberté contre la promesse que si jamais Esquemeling se trouvait en fonds, il lui verserait cent pièces de huit.

Esquemeling décida de devenir boucanier. Pendant les années qui suivirent, il servit sur plusieurs bateaux comme médecin, poste dont l'importance et le salaire étaient proportionnés à l'état des connaissances médicales de l'époque – c'est-à-dire qu'on ne le payait pratiquement pas et que hiérarchiquement, il était l'inférieur de presque tout l'équipage. Mais il avait l'oreille très fine et une plume alerte, et il entreprit de rédiger la chronique de l'ère des boucaniers. Il put survivre à la maladie, aux combats, à la barbarie, aux embuscades et, en 1672, il rentra en France et publia son livre.

L'ouvrage connut un succès immédiat, circula dans le monde entier, rendit Esquemeling célèbre, lui valant même d'être poursuivi en justice par des gens comme sir Henry Morgan, qui prétendit qu'il ne ressemblait en rien au génie brutal, opportuniste et despotique que dépeignait Esquemeling.

Ce qui, chez les boucaniers, avait tout d'abord attiré Maynard et l'avait incité à poursuivre ses recherches était leur qualité de survivants – des hommes sans grand talent et sans hautes aspirations qui avaient bâti leur vie sur du sable (métaphore, pensait Maynard, qui s'appliquait à nombre d'entre nous). Ils n'avaient cessé de harceler la plus puissante nation du monde. Beaucoup étaient morts de mort naturelle; beaucoup d'autres avaient été tués dans les combats ou exécutés par leurs ennemis; quelques-uns s'en étaient sortis riches, respectables, voire célèbres.

A l'origine, c'étaient des esclaves en fuite, des mousses abusés, des marins naufragés et des détenus évadés, tous proscrits – par hasard ou volontairement – du monde civilisé. Au milieu du XVIIe siècle, ils fondèrent des communautés dans les îles d'Hispaniola et de Tortuga, et devinrent chasseurs. Ils tuaient du bétail sauvage, salaient et fumaient la viande sur des grilles qu'on appelait des *boucans*. D'où leur nom de *boucaniers*. Ils ne dérangeaient personne, et, en fait, contribuaient à la survie d'innombrables équipages, car ils les ravitaillaient en produits vitaux – viande, peaux de bêtes et suif – en échange de vêtements, de poudre à fusil, de mousquets et d'alcool.

Quand un homme devenait boucanier, son passé était effacé. Il prenait un nouveau nom, qui pouvait venir de son pays d'origine (comme Bartholomew Portuguès ou Roche Brasiliano), ou d'une particularité physique (tel Louis Vilain-Cul, qui avait perdu une fesse dans une bataille, ou Amure Bâbord qui avait eu une narine aplatie d'un coup de poing). Ils ne se posaient mutuellement aucune question, et tout ce qu'ils demandaient au monde extérieur était qu'on les laissât tranquilles.

Les rois d'Espagne avaient toutefois décrété que la totalité du commerce avec le Nouveau Monde devait être assuré par des vaisseaux espagnols. Peu importait que la flotte venue d'Espagne n'arrivât qu'une ou deux fois par an, et, lorsqu'elle arrivait, transportât si peu de nourriture que c'en était une pitié. Qu'importait que, pour obéir à la lettre de la loi, les colons dussent se condamner à vivre sans matériaux de construction, sans vêtements ni nourriture. Juridiquement, les colons n'avaient pas le droit de se livrer à l'agriculture, de fabriquer leurs propres chaussures, ou de commercer avec qui que ce fût pour quoi que ce fût.

Par leur existence même, les boucaniers étaient donc des hors-la-loi objets de fréquentes attaques des Espagnols qui les massacraient quand ils pouvaient les attraper, et les repoussaient quand ils n'y arrivaient pas. Avec leur sage entêtement dans l'erreur, les Espagnols réussirent à priver leurs colons et leurs marins d'une source vitale d'approvisionnement, en même temps qu'à engendrer chez les boucaniers – hommes rudes, habiles, qui aimaient la mer et connaissaient le désert – une haine invétérée à l'égard de l'Espagne.

Incapables de survivre comme chasseurs, les boucaniers devinrent des prédateurs de la flotte espagnole. Ils possédaient de petits voiliers rapides qui pouvaient l'emporter techniquement sur les galions espagnols plus gros et plus lents. Recourant plus à la ruse qu'à la force, ils utilisaient des armes choisies pour leur rapidité, leur facilité d'accès et leur efficacité en combat rapproché : couteaux, sabres briquets et haches propres à trouver le défaut de la cuirasse de l'Espagnol et qui le dépeçaient tandis qu'il tâtonnait pour pointer sa lourde arquebuse.

La réputation des boucaniers se répandit dans la flotte et les colonies espagnoles comme un virus, d'abord en proportion avec les actes de sauvagerie qu'ils commettaient et, par la suite, hors de proportion avec toute réalité. Ainsi, lorsqu'un marin espagnol voyait des corsaires soûls et hurlants, des canailles au regard fou, attaquer son bateau, il s'écriait : « Que Dieu nous bénisse! Ce sont là des démons! »

D'après tous les récits que Maynard avait lus, le plus sauvage des boucaniers était Jean-David Nau, qui avait tiré son nom de son lieu de naissance, Les Sables-d'Olonne, en France. Pour les Espagnols, c'était un personnage de cauchemar dont la cruauté dépassait de loin celle d'Henry Morgan. De la part de Morgan, on pouvait s'attendre parfois à quelque clémence. C'était un homme à lubies. Un Espagnol, entre les mains de l'Ollonois, n'était plus qu'un homme ayant vécu.

Maynard feuilleta les fragments du livre d'Esquemeling. « C'était, lut-il, une habitude chez l'Ollonois. Quand il avait torturé des gens qui avaient refusé de parler, il les dépeçait instantanément avec son couteau de chasse et leur arrachait la langue – rêvant de faire, si possible, la même chose à tous les Espagnols du monde. »

Plus loin, dans la même liasse de pages, Maynard trouva une référence à l'événement qui avait donné à l'Ollonois une stature mythique. Nau, après avoir capturé des Espagnols, avait essayé d'obtenir d'eux une information – information qu'ils ne possédaient pas. Et alors, lut Maynard : « L'Ollonois se mit dans une colère démentielle, au point qu'il tira son couteau de chasse et ouvrit de haut en bas la poitrine d'un de ces malheureux Espagnols, et lui arracha le cœur de ses mains sacrilèges, puis il se mit à y donner des coups de dent et à le dévorer comme un loup affamé, en disant aux autres : « Je vous traiterai tous de la même façon... »

Maudit par les Espagnols, l'Ollonois était populaire parmi ses compagnons. Il avait la réputation d'être courageux et juste. Il appliquait strictement le code qui régissait le partage des butins. Plus important encore, il remportait de grands succès. Pour un boucanier, une expédition avec l'Ollonois était la meilleure garantie de s'assurer un butin important et de pouvoir dépenser sa part en se livrant à une orgie mémorable dans les bars et les bordels de Port-Royal, à la Jamaïque.

Maynard pensait que, pour écrire sa chronique, Esquemeling s'était, par nécessité, fortement appuyé sur des ouï-dire; il avait cessé d'avoir des renseignements de première main lorsqu'il était parti pour l'Europe en 1672. Et d'autres historiens, voyant de plus loin encore ce dont ils parlaient, étaient plus arbitraires et moins fiables. On disait que l'ère des boucaniers s'était terminée avant la fin du XVIIIe siècle. L'Espagne n'était plus alors une redoutable puissance au Nouveau Monde, mais un dinosaure assiégé par des furets venus de tous les horizons. La guerre de Succession d'Espagne, qui dura jusqu'en 1714, enleva toute raison d'être au métier de boucanier. Plutôt que de se mettre hors-la-loi, un capitaine pouvait s'allier à l'une ou l'autre des parties et piller les bateaux « ennemis » sous l'égide du souverain qu'il avait choisi.

Après 1714, l'ordre avait été rétabli dans une assez large mesure pour qu'un homme qui se livrait à un coup de main sur un bateau eût bien du mal à prétendre agir dans un but noble ou politique : c'était un pirate. Et, même le fabuleux « âge d'or de la piraterie » qui avait déchaîné une telle grandiloquence romantique n'avait pas duré plus de dix ans. En 1724, Edward Teach (Barbenoire), Calico Jack Rackham, Samuel Bellamy et les autres étaient tous morts ou s'étaient retirés pour se livrer à des occupations plus prosaïques.

Mais, maintenant, assis nu sur la terre battue, enchaîné au toit d'une hutte, le responsable du service « Tendances » de *Today* comprit que la plupart des historiens avaient fait preuve d'une négligence insigne.

Il mit de côté les pages d'Esquemeling, empila les autres papiers par ordre chronologique et poursuivit sa lecture. Il ne lui fallut pas longtemps pour trouver la pièce manquante. Elle se trouvait dans un journal de bord tenu par le premier Ollonois jusqu'à son dernier voyage.

Vers le début des années 1670, les boucaniers avaient commencé à attaquer les comptoirs coloniaux espagnols d'Amérique Centrale et d'Amérique du Sud. Ils prenaient la population en otage, ou la ville elle-même, les rançonnaient au maximum, puis filaient vers leurs sanctuaires dans les îles.

Mais l'accueil réservé à l'Ollonois par les boucaniers dans leurs refuges était déjà mitigé. C'était un individu recherché par les autorités, et s'associer avec lui était un crime suffisamment grave pour vous valoir une demi-tonne de pierres sur la poitrine, une pointe de bambou à travers les tympans ou la joie de vous balancer à une potence. Même selon les normes de ses compagnons, la soif de sang psychopathique de l'Ollonois était considérée comme exagérée. Un sanctuaire lui fut fermé après que, dans une fureur d'ivrogne, il eut amputé des bras une putain qui avait refusé de boire du vin provenant d'un tonneau couvert de champignons vénéneux.

« Ce qu'ils appellent la société, avait-il noté dans son journal de bord, est devenu trop joli pour moi. Je garderai ma liberté. Je ne deviendrai pas un boutiquier. » Il fit voile vers un chapelet d'îles inhabitées connues vaguement sous le nom de Caicos.

« Dieu n'aime pas cet endroit, écrivait-il, donc je l'aimerai. Ce qu'on dit aimé de Dieu me porte malheur, et ce que j'aime est péché au regard de Dieu. Les Espagnols affirment que Dieu les aime. S'il en est ainsi, alors Dieu est un imbécile. »

Maynard comprit que les îles pouvaient, pour nombre de raisons, séduire un homme qui fuyait la société. Il n'y avait là ni nourriture, ni eau, ni bois d'œuvre, ni gibier, et donc pas de raisons pour qu'un bateau y fît escale. Elles ne recevaient pour toute visite que celle des naufragés, dont on pouvait confisquer les biens et les provisions, dont on pouvait prostituer les femmes (s'il y en avait), et qu'on pouvait soit garder en vie – si le captif possédait un talent utilisable – soit mettre à mort sommairement sans crainte d'un châtiment.

Inhospitalières comme elles l'étaient, les îles promettaient une moisson inépuisable de naufrages, car elles se situaient près de deux des passages en eau profonde les plus fréquentés de Cuba, Porto Rico, l'Amérique du Sud et l'Atlantique.

« Nous aurons des visiteurs, écrivait l'Ollonois, et, ceux que la Nature n'arrêtera pas, je m'en chargerai. »

Il emmena vingt hommes avec lui – des meurtriers dont il avait acheté la liberté à la veille de leur exécution, en soudoyant les autorités et en leur promettant qu'elles n'entendraient plus jamais parler d'eux; des ivrognes qu'il avait ramassés dans les ports en leur faisant des promesses fallacieuses; des jeunes gens qu'il avait séduits en leur faisant miroiter aventures romanesques et fortune; et six putains kidnappées – dont deux se révélèrent enceintes – toutes malades. Il considérait que les putains étaient aussi essentielles à sa mission que la nourriture ou la poudre à fusil. Il voulait que sa communauté demeurât hétérosexuelle. Il disait que l'homosexualité était comme le scorbut : elle se déclarait lors des longs voyages et détruisait la capacité de travail d'un équipage.

« Si Dieu et moi sommes d'accord sur un point, disait-il dans son journal, c'est que nous avons la pédérastie en horreur. Un sodomite est pire que la peste. Il noue d'étranges alliances, oppose l'homme à l'homme, exige des faveurs de qui veut jouir de ses orifices. On peut s'attendre à une telle conduite de la part des femmes. De toute autre façon, ce comportement crée le désordre. »

Le 2 juillet 1671, l'Ollonois découvrit une île qui lui convenait : « Elle est située vers le milieu de l'archipel – une malheureuse petite île d'environ une lieue de long sur une demi-lieue de large – et couverte de broussailles qui pourront assurer la subsistance d'un bétail robuste. Vers l'est, des bancs peu profonds sans route maritime et qu'aucun vaisseau ne peut franchir; vers l'ouest, l'eau bleue et une petite anse en forme d'hameçon qui nous dissimulera aux regards et nous permettra de tendre des embuscades. Partout, des marais salants et des creux qu'on pourra transformer en citernes.

On pourra y mener joyeuse vie, si les putains veulent bien cesser de faire du charivari. »

Dans son journal, l'Ollonois avait dessiné une carte rudimentaire de la région. Maynard essaya de la comparer au souvenir qu'il gardait des cartes marines.

Il y manquait Navidad – Maynard présuma que l'Ollonois ne l'avait jamais vue – West Caicos et South Caicos n'y figuraient que sous des formes grossières, en bordure du banc des Caicos (une étendue marquée de X pour indiquer les hauts-fonds). L'île de l'Ollonois avait la forme d'un rognon. Elle se trouvait hors du trajet des lignes aériennes, hors des routes maritimes, et faisait l'objet (sur les cartes marines modernes) d'avertissements marins à passer nettement au large.

Pendant plus de trois cents ans, l'île était demeurée inconnue, et ses habitants y avaient vécu en paix. Personne n'y était venu de son plein gré, et, évidemment, aucun de ceux qui y étaient venus n'en était reparti vivant.

Si la vie de l'Ollonois sur l'île avait eu ses agréments – et rien n'indiquait dans son journal de bord qu'elle eût été agréable –, elle fut également brève. La dernière apostille sur le journal datait du 6 janvier 1673 : « Je partirai à l'aube sur la pinasse avec une douzaine de garçons. J'avais pensé qu'on aurait de quoi vivre sur ce trou infernal, mais certains articles indispensables sont diablement rares, à savoir : le mercure... car toutes les putains – les gredines! – ont la vérole; le citron – les dents d'Hizzoner branlent comme des dés dans un cornet; et les mousquets, pour remplacer ceux dont les platines sont abîmées; et le rhum; et même l'or, car il y a des bateaux dont je ne peux pas m'emparer avec ma petite équipe et avec qui je dois faire du troc; et enfin quelques jeunes garçons et une fille ou deux en bonne santé – s'il en existe sur terre! Trop d'enfants sont mort-nés ou meurent peu de temps après leur naissance de la vérole ou d'autre chose.

« J'ai laissé le commandement à mon jeune fils, c'est-à-dire celui que la putain vérolée me dit être mon fils, bien que son fourreau eût reçu toutes les épées du groupe, mais j'ai besoin d'un fils, alors je n'ai pas discuté. C'est un petit diable scrofuleux, et il est possible qu'il ne vive pas longtemps. J'ai désigné le chaman Hizzoner comme régent – une belle suffisance, je me prends pour un roi. Eh bien, je suis prince, comme tout homme libre. Si l'enfant meurt, Hizzoner gouvernera, jusqu'à ce que je revienne engrosser une autre putain. Je lui fais confiance parce qu'il me craint énormément. Il tuera pour faire observer mon ordre, car il sait que je le poursuivrai jusqu'aux entrailles de l'enfer et que je l'écorcherai vif. La peur est toute-puissante. »

Selon les documents, Hizzoner attendit un an pour annoncer la mort de l'Ollonois. Il prit alors le commandement – un commandement total, tyrannique –, prêtant une obéissance symbolique au fils de l'Ollonois qui ne brillait pas par son esprit, et qui portait, comme un héritage de sa mère, une raie blanche de syphilis dans les cheveux. Hizzoner édicta une convention sur laquelle il s'appuya pour gouverner.

En 1680, un bateau sombra dans les récifs près de la côte. Parmi les survivants, se trouvait la fille du gouverneur de Porto Rico, trop jeune encore pour avoir pu contacter une maladie vénérienne. Hizzoner déclara que la fille serait sa pupille et décida de la soustraire aux attentions des autres boucaniers. Aux yeux de ces derniers, son but était purement égoïste. Il ne l'était pas.

Quand la fille eut quatorze ans, Hizzoner lui fit un enfant. Dès qu'elle eut donné naissance à un vigoureux garçon, Hizzoner prit ses dispositions pour que le fils de l'Ollonois démissionnât sans histoires. Au cours d'une cérémonie très élaborée, nuancée d'extravagance religieuse et mystique (ayant étudié la Bible, Hizzoner était capable de trouver dans les Saintes Ecritures une justification à pratiquement n'importe quel acte, si sauvage ou dépravé fût-il), il décréta que l'enfant devenait l'héritier légitime du pouvoir. Il demeurait régent jusqu'à ce que l'enfant eût l'âge de prendre le commandement. Les festivités furent arrosées de tant de rhum que pas une seule voix ne s'éleva pour soulever des objections.

Par précaution, Hizzoner eut trois autres enfants de cette fille. Puis, lassé d'elle et excédé par les allégations importunes des hommes émoustillés, il la leur abandonna.

Hizzoner tint bon jusqu'en 1690, année où son premier-né – qu'on appelait pourtant l'Ollonois II et qu'on déclarait être de la lignée du fondateur – eut quinze ans. Hizzoner passa le dernier mois de sa vie à faire étudier la convention au jeune homme. Lorsqu'il fut convaincu de ne pouvoir faire davantage – il avait, après tout, donné à la communauté une nouvelle génération de chefs en bonne santé, ainsi qu'un code de vie – il se dépouilla, une nuit, de ses vêtements d'apparat, partit nager en mer et ne revint jamais.

Maynard fouilla dans les papiers pour trouver un exemplaire de la convention. Il était si visible qu'il lui échappa par deux fois. Ce n'était pas du papier, mais un rouleau de parchemin, protégé de la décomposition par un épais vernis brillant.

« Attendu que nous sommes un peuple libre, lut-il dans le préambule, jouissant du droit de faire la guerre à un autre peuple ou la paix avec lui, mais, attendu aussi que nous sommes une communauté qui doit vivre selon certaines règles, nous établissons donc aujourd'hui la convention suivante, et nous jurons devant Dieu tout-puissant de vivre selon cette convention, sous peine de punitions codifiées dans chaque article énoncé ci-dessous. »

Suivaient les articles :

1. « Tout homme devra obéissance à l'Ollonois ou,

en son absence, à Hizzoner. La désobéissance est un crime capital. »

2. « Quiconque s'enfuiera ou tentera de s'enfuir, ou tiendra secrets des renseignements sur la fuite d'un autre, sera exécuté. La tentative de fuite est un crime capital. »

3. « Quiconque attaquera un autre membre de la communauté, sans l'en avoir loyalement averti, recevra le chat à neuf queues (trente coups). Si la victime meurt, l'assaillant sera fouetté à mort. »

4. « Quiconque perdra un membre au cours d'une bataille recevra cinq cents pièces de huit. S'il perd la vie, ses ayants droit recevront le dixième du premier butin important. »

5. « Quiconque enlèvera à une femme vertueuse son trésor de chasteté, sans sa permission, sera exécuté. Une femme vertueuse est une denrée rare, et la souiller est un crime capital. »

Le premier, Hizzoner avait prévu les changements que le temps pourrait apporter aux besoins de la communauté, et, aux articles, il avait ajouté un codicille : « Attendu que personne ne peut prévoir l'avenir, des additifs à la convention peuvent être nécessaires. Un article ne sera jamais abrogé. Les articles sont à tout jamais inviolables. Les additifs seront qualifiés d'amendements et figureront ci-dessous. »

Au bas du parchemin était attachée une liasse de papiers – les amendements. Ils étaient au nombre de douze : Quelques punitions pour des crimes qui n'existaient pas au temps où la convention avait été rédigée. Aucun individu, par exemple, n'était habilité à posséder un poste de radio. La communauté n'en détenait qu'un (tous les autres étaient détruits), et on ne l'utilisait que comme récepteur. Emettre un signal était un crime capital.

De même, un individu ne pouvait pas posséder ou

consommer de « produit pharmaceutique », « sinon la folie frapperait la communauté ». Toutes les pilules et les sérums étaient détruits, à l'exception de la pénicilline, qui était gardée par l'Ollonois et administrée à quiconque « a le feu dans ses urines ».

Faire de la fumée ou du feu – susceptibles d'être vus au passage par un bateau ou un avion – pendant la journée constituait un crime puni de châtiment corporel; de nuit, un crime puni de châtiment corporel et torture.

Les homosexuels avaient été admis dans la communauté, bien qu'à contrecœur, au milieu du XIXe siècle. Une jeune femme avait apporté la fièvre jaune dans l'île et l'avait transmise aux autres prostituées. En l'espace d'un mois, la population féminine tomba de vingt-six à cinq, et sans le secours d'une loi, les cinq survivantes n'auraient pas tardé à mourir par suite de « suremploi ».

« Attendu que tous les hommes n'ont maintenant plus la possibilité d'exercer leurs fonctions naturelles, disait l'amendement numéro 6, et attendu que leur vitalité et leur vaillance souffrent de cette privation, maintenant, donc, intervient la modification suivante : les plus beaux des garçons récemment capturés joueront le rôle de gitons. Ils auront tous les droits des prostituées et seront sujets aux mêmes restrictions car prostitués ils seront. »

Que l'expédient eût été considéré avec dégoût était démontré par un amendement à l'amendement : « Cet amendement sera supprimé lorsque la communauté de femmes sera reconstituée. Jusque-là, les gitons seront des gitons, et rien d'autre. Celui qui outrepassera son rôle sera exécuté. Un giton qui se montre effronté commet un crime capital. »

Un des plus anciens amendements décrétait l'inutilité de l'argent dans la vie quotidienne de la communauté de l'île. La nourriture et l'alcool étaient substitués aux pièces de huit comme compensation pour les blessures et récompense pour les prouesses. Les prostituées étaient autorisées à établir leur propre monnaie d'échange, et pouvaient recevoir des friandises (noix, olives et bonbons), de la lingerie et des parfums. Les divers changements apportés dans la monnaie d'échange étaient consignés dans une longue liste d'addenda. Actuellement, selon les récentes notations écrites de la main même de l'actuel Ollonois, les éléments les plus prisés étaient, dans l'ordre : « 1. L'insecticide 6-12, flacon de taille familiale. 2. L'insecticide Deep Woods OFF. 3. L'insecticide Culter (inefficace contre les simulies). 4. Le plomb. 5. Le rhum d'Haïti. 6. Les nouveaux fusils. »

Pourquoi, se demanda Maynard, les armes modernes venaient-elles si loin dans l'ordre des priorités? Et, s'ils ne s'étaient pas servis d'argent depuis deux cents ans, qu'avaient-ils fait de l'argent qu'ils possédaient?

Mais bien plus intéressant pour Maynard, était un amendement rédigé en 1900. De toute évidence, on lui avait accordé plus d'importance qu'aux autres, car il portait un titre : LE PROBLEME DES ENFANTS.

« Attendu qu'on peut dire que l'innocence a été corrompue chez tout homme au moment de l'adolescence, et attendu que la perte de l'innocence fait naître l'attachement aux choses du monde, et attendu que l'homme qui a l'expérience du monde est une menace pour la communauté, car il a des opinions et des connaissances qui mettent en question (et donc en péril) la vie que nous aimons, donc, à partir de maintenant, la communauté n'acceptera en son sein aucun individu ayant dépassé l'âge de treize ans. Tous les autres seront, dès leur arrestation, immédiatement mis à mort, car on peut dire qu'ils ont vécu pleinement leur vie, et qu'ils ne peuvent apporter à la communauté que l'éclatement et la désunion, en faisant de la propagande selon leur habitude pour l'évasion et la divulgation de notre secret. Un enfant est un dîneur affamé, dont on peut remplir l'assiette de nourriture utile pour l'esprit; l'assiette d'un homme qui a l'expérience du monde est déjà remplie d'aliments malsains. »

Une ombre franchit la porte, empêchant la lumière d'entrer dans la hutte. Beth déverrouilla les extrémités de la chaîne. Elle en détacha une du toit et laissa l'autre enroulée autour du cou de Maynard.

– Debout.

Maynard se leva. Elle ramassa le pantalon de peau de bête et l'aida à l'enfiler. L'intérieur des peaux était encore couvert de sang humide et d'une pellicule de graisse. Du liquide gicla du pantalon quand Maynard le tira jusqu'à sa taille. Des fibres de viande pleine de mucosités lui pendaient sur les rotules, et une puanteur putride lui monta au nez.

Elle lui enduisit la poitrine et le dos de graisse de porc, lui montra la porte et dit :

– Dehors.

– Où allons-nous?

– Tue-Barbe a consenti à te voir.

– Qui est Tue-Barbe?

La douleur lui avait brouillé les idées. Le nom était comme une mite qui voletait dans le crépuscule de sa mémoire.

– Maynard Tue-Barbe, qui était ton fils.

Maynard la regarda.

– Consenti? Bien aimable de sa part.

– Souviens-toi, dit-elle, en secouant légèrement la chaîne pour le faire avancer jusqu'à la porte, qu'ici on honore les jeunes, parce qu'ils sont l'avenir. Les gens comme toi sont le passé. Morts.

12

Le tirant par sa chaîne, elle lui fit emprunter un sentier qui serpentait au milieu des broussailles. Alors qu'ils arrivaient à un tournant, Maynard entendit des rires.

Le sentier aboutissait à une clairière. Sur la droite se dressait un bâtiment rectangulaire, huit ou dix fois plus vaste que la hutte de Beth, qui ressemblait à une hutte de Navajos. Un petit arbre de Noël en plastique, comme on en trouve dans les grandes surfaces, sortait du sable à côté de la porte, décoré de paillettes, de pelures de fruits et de tissu de couleur.

– D'où est-ce que ça vient? demanda Maynard.

– D'un butin.

Beth pressa le pas, impatiente de se retrouver de l'autre côté de la clairière.

Il entendit un nouvel éclat de rire, et deux jeunes gens sortirent du bâtiment, se poussant et se donnant des claques. Maynard s'arrêta pour regarder. La chaîne lui meurtrit le cou.

L'un d'eux portait un sarong criard imprimé de fleurs, une demi-douzaine de bracelets à chaque poignet et des bagues à chaque doigt. L'autre était pratiquement nu. Ses cheveux blond platine étaient tondus presque ras. Son long corps mince était hâlé, huilé et glabre. Il portait en tout et pour tout un minimum en cuir noir de la taille d'un pamplemousse, gonflé à en éclater.

Quand les garçons virent Beth et Maynard, ils cessèrent de batifoler.

Beth les regarda, cracha dans le sable et tira d'un coup sec sur la chaîne.

Projeté en avant, Maynard se retourna et vit les

deux hommes rendre à Beth son salut méprisant.

Ils arrivèrent à une autre clairière. Beth s'immobilisa à quelques mètres avant le bout du sentier.

– Ne t'arrête pas ici, dit-elle, ou je te romprai le cou.

Elle baissa la tête, courba les épaules et pénétra dans la clairière.

Il y avait huit petites huttes, chacune occupée par une femme. Deux d'entre elles étaient vêtues de chemises de gaze diaphanes, qui ne laissaient rien ignorer de leurs corps. Une autre avait une longue jupe de soie tachée et rien au-dessus de la ceinture, n'était le rouge à lèvres qu'elle avait appliqué en cercle sur sa poitrine, transformant ses seins en cibles. Une quatrième portait des caleçons longs; lorsqu'elle vit Beth et Maynard, elle leur tourna le dos, se pencha, déboutonna le fond du sous-vêtement, et, exposant son derrière nu, lâcha un pet sourd.

L'une d'elles rit et lança à Beth :

– C'est *ça* ton sauveur, Goody? Il est maigre comme un clou.

Une autre ajouta pour la narguer :

– Je te trouverai un chien mieux monté que ça.

– Roche vaut encore mieux mort que celui-là vivant, dit une troisième avec un ricanement.

– Ta paillasse t'attend.

– On te verra ici avant la nouvelle lune.

Maynard rougit. Le regard fixé sur le sable, il ne s'aperçut que Beth s'était arrêtée que lorsqu'il la bouscula.

Elle s'était retournée pour regarder les putains, le visage cramoisi, furieuse.

– Espèces de vaches! hurla-t-elle. Je mourrai de vieillesse avant de vous rejoindre! (Elle posa brusquement la main sur le pantalon de Maynard et lui attrapa les couilles.) Si à vos yeux ce n'est rien, c'est que vous n'avez pas l'art d'en faire quelque chose qui en vaille le coup.

Elle retira sa main et tira la chaîne pour éloigner Maynard.

– Combien y a-t-il de femmes qui ne sont pas des putains? demanda-t-il en la suivant au petit trot.

– Douze, toutes mariées.

– Et combien d'hommes sans femmes?

– Peut-être deux douzaines.

– Pourquoi ne peux-tu pas en épouser un?

– Quand elle a été mariée, il y a deux solutions pour une femme : ou elle est mère, ou elle devient une putain...

– Même si tu as un enfant de... de moi, il grandira. Tu ne resteras pas toujours une mère.

– On peut être mère pendant treize ans.

– Après ça, tu devras de toute façon devenir une putain.

– Tu t'imagines connaître les réponses. (Elle rit.) Moi, j'ai les réponses.

– Tu ne finiras pas putain?

– Si je vis aussi longtemps? Non. Qui paierait pour sauter l'ancêtre?

– Et alors?

Elle s'arrêta, le regarda et dit sérieusement :

– Je serai vénérable. Sage. Consultée. Respectée. Nourrie, jusqu'à ce que vienne pour moi le temps d'être mise à mort. C'est cela que je veux. Et ceci, ajouta-t-elle en désignant la fourche de son pantalon, peut me le donner.

Le sentier débouchait sur une petite baie entièrement protégée par des falaises calcaires. C'était, comme la décrivait le journal de bord, une anse en forme d'hameçon. Pour gagner la pleine mer, un bateau devait suivre un chenal qui longeait un brise-lames naturel en direction du sud, puis contourner une pointe et mettre le cap au nord en suivant un autre brise-lames, puis finalement virer à l'est pour déboucher sur la mer.

Plusieurs bateaux étaient en carène sur la plage – deux pirogues, une épave de Boston Whaler, et quatre pinasses, avec leurs voiles ferlées.

Tout d'abord, Maynard ne reconnut pas Justin. Il se tenait au bord de l'eau, flanqué de Nau et de Manuel. Il portait de nouveaux vêtements, une chemise en coton blanc et une culotte de cuir comme celle de Nau – et, dans son holster, le Walther PPK.

Lorsque Beth et Maynard émergèrent du sentier, ils découvrirent Nau et Manuel campés dans une posture arrogante – jambes écartées, mains sur les hanches. Nau parlait d'un ton cassant à Justin qui essayait, maladroitement, d'imiter leur attitude.

Maynard voulut courir vers Justin, mais Beth le retint par sa chaîne et le fit descendre lentement vers la plage.

Lorsqu'ils arrivèrent à quelques mètres de Nau, Beth s'arrêta et tira la chaîne vers le bas. Maynard ne savait ce qu'on attendait de lui, et il résista. Elle tira d'un coup sec, violent, et l'obligea à se mettre à genoux.

Il leva les yeux vers les visages – celui de Nau lui semblait refléter la conviction de ses ancêtres selon lesquels puissance signifiait crainte; celui de Manuel rayonnait d'une arrogance précoce; et celui de Justin – nerveux, mal à l'aise, peiné de voir son père humilié devant lui.

Comme personne ne semblait vouloir dire quelque chose, Maynard demanda doucement :

– Comment vas-tu, petit?

– Bien. (Le mot resta dans la gorge de Justin. Il reprit d'une voix plus ferme :) Bien. Et toi?

Maynard fit signe que oui. Il ne pouvait détacher son regard de son fils.

Nau poussa Justin du coude. Le garçon chercha ses mots et dit :

– Où est le reste des balles?

Il tapota la crosse du Walther.

– Je les ai laissées dans la chambre. Tu le sais bien.

Justin regarda Nau, qui le poussa de nouveau du coude, et il ajouta :

– Où?

– Dans le bureau. Tiroir du haut.

– Je ne crois pas qu'il les ait emportées sur le bateau, dit Justin à Nau.

– J'enverrai quelqu'un les chercher, répliqua Nau, puis il s'adressa à Beth : C'est tout.

Elle tira Maynard pour qu'il se mît debout.

– Non! dit Maynard. Laisse-moi lui parler.

– Parler de quoi? demanda Nau.

– Je suis son père!

– Je t'ai dit...

Sans réfléchir, Maynard lança d'un ton sec :

– Va te faire foutre avec ta façon de jouer sur les mots! C'est mon enfant, et je veux lui parler.

Nau hésita. Il s'adressa d'une voix ferme à Beth.

– Modère-le ou je le tuerai. Je le jure (Puis il se tourna vers Justin.) Tue-Barbe?

Il fallut un moment à Justin pour comprendre qu'on lui demandait s'il acceptait de parler à son père. Il approuva de la tête, mal à l'aise.

– Tu as lu la convention, dit Nau à Maynard. Tu es un homme qui a l'expérience du monde et qui n'a donc pas sa place ici. C'est à nous de le former, pas à toi. Pour cette fois, tu peux lui parler seul à seul. Mais c'est la dernière.

Nau s'éloigna, suivi de Manuel. Beth hésita, ne sachant pas si elle devait rester ou les imiter. Nau lui fit alors signe de laisser la chaîne, et elle les suivit.

Maynard qui était encore à genoux se laissa rouler en arrière et s'assit. Il tapota le sable à côté de lui, pressant Justin de s'asseoir. Le garçon consulta Nau du regard. Tout en guettant sa réaction, il s'assit en face de son père.

– Tu vas vraiment bien? demanda calmement Maynard. Ils ne t'ont pas fait de mal?

– Non. Ça va.

– Il faut que nous nous accommodions de la situation, que nous fassions ce qu'on nous dit. Tant que nous vivrons, nous aurons une chance. Quoi qu'ils veuillent que tu fasses, c'est mieux que d'être mort. Sais-tu qui sont ces gens?

Justin secoua la tête.

– Ils parlent drôlement. Je veux dire qu'on ne penserait pas qu'ils viennent d'Amérique.

Maynard fit à Justin un bref résumé de ce qu'il avait appris. Quand il eut terminé, il demanda :

– Qu'est-ce que tu as entendu dire?

– Ils disent que je ne partirai jamais d'ici. C'est vrai?

– Non. Je trouverai un moyen de nous tirer de là.

– Ils disent qu'ils vont te tuer. C'est vrai?

– Ils le feront si on ne s'échappe pas d'ici avant. Tout ce que tu entendras dire, penses-y en fonction d'une fuite possible. Le moindre fait, tout. Dis-toi : pouvons-nous l'utiliser? Cela peut-il nous aider?

– Ils m'ont dit qu'il n'y avait pas de fuite possible.

– Qu'est-ce qu'ils t'ont dit exactement?

– Il n'y a pas de bateaux à moteur. Ils ne gardent pas de... comment les appellent-ils?... bateaux à longues bordées. (Justin inclina la tête vers les bateaux en carène dans la baie.) Ce sont les seuls de l'île.

Maynard regarda les pinasses.

– Si nous pouvions en sortir une et aller jusqu'aux routes de navigation...

– Les bateaux sont gardés. Même la nuit.

– Depuis combien de temps sommes-nous ici? (Maynard vit que la question laissait Justin perplexe.) J'ai dormi. Je ne sais pas pendant combien de temps.

– C'est le quatrième jour.

– Tu n'as rien entendu d'autre? Rien qui puisse nous aider? Réfléchis.

– Rien dans ce sens-là. Ils parlent de formation.

– Formation pour quoi?

– Pour devenir un homme, c'est ce qu'ils disent. (Justin jeta un coup d'œil en direction de Nau, puis il murmura à son père :) Comment puis-je être un homme? Je n'ai que douze ans! Ils doivent être cinglés!

Maynard sourit. Il prit la main de Justin et la caressa.

– Quel genre de formation?

– Ils veulent que je devienne un armurier. C'est pour ça qu'ils me le laissent porter.

Il tapota le baudrier.

En regardant Justin dans les yeux, Maynard sentit que son fils éprouvait une certaine fierté, comme si, malgré lui, le garçon était content qu'on lui eût fait autant confiance qu'à un homme. Mais il devait y avoir une nuance de reproche dans le regard de Maynard car Justin détourna les yeux.

– Est-ce qu'il est chargé?

– Il le faut. L'Ollonois dit qu'un fusil vide, c'est comme un eunuque... tout pour les yeux et rien pour le ventre. Qu'est-ce que c'est un eunuque?

– Sors deux balles du chargeur et cache-les quelque part.

– Pour quoi faire?

– Au cas où... On ne sait jamais à quel moment ça peut être utile.

– L'Ollonois dit qu'il faut économiser chaque balle.

– Justin... si tu l'écoutes, tu resteras éternellement ici. Ce n'est *pas* ton ami.

– Il dit que si quelqu'un n'est pas son ami il est son ennemi, et, s'il est son ennemi, il le tuera. Je ne veux pas être tué.

– Tu ne seras pas tué. Tu es trop important pour lui.

– Moi? Pourquoi?

– Je ne sais pas exactement. Je pense qu'il s'inquiète pour l'avenir. En tout cas... dis-moi où ils entreposent les armes.

– Ils en ont tous une. L'Ollonois garde les autres.

– Quel genre d'armes est-ce?

– Des fusils à pierre et à percussion. L'Ollonois a un vieux M-16, mais il est tout rouillé et ne fonctionne plus.

– Ils n'ont pas d'armes modernes?

– Non, en dehors de celle-ci, dit Justin en touchant le Walther. Ils ne les aiment pas, parce qu'ils ne peuvent pas les recharger. Quand ils n'ont plus de cartouches, ils ne peuvent pas s'en procurer d'autres, alors ils jettent les fusils. C'est pour ça qu'ils voulaient savoir combien de balles on avait pour celui-là.

– Et que fait un armurier?

– Des tas de choses. Il moule les balles. Il y en a de trois calibres : pour les pistolets, les mousquets et des chevrotines pour les petites proies. Il nettoie et graisse les armes... il les tient prêtes, comme ils disent. Il les monte. J'ai appris à démonter une platine et comment on la replace dans un nouveau ressort. C'est bizarre. (Justin sourit, content de faire partager sa surprise à son père.) Si on en prend soin, les fusils à pierre durent éternellement. Ils n'ont que trois parties mobiles en tout.

Maynard ne put lui rendre son sourire.

– Je me demande ce que maman fabrique, dit-il.

– Oui...

Justin avait tressailli.

– Ça ne t'intrigue pas?

– Si. Mais... je n'y ai pas pensé.

– Penses-y.

– Tue-Barbe! cria Nau.

Justin bondit sur ses pieds.

– C'est vrai que ton arrière-arrière-grand-père a tué Barbenoire?

– Non. C'était un autre Maynard.

– Ils disent qu'il l'a tué. C'est pour cela qu'ils m'ont appelé Tue-Barbe.

– Bon... ne discute pas. Sois accommodant. Je trouverai un moyen. Fais-moi confiance.

– D'accord. (Justin était nerveux.) Il faut que je m'en aille.

Il s'éloigna, et Maynard le regarda escalader la pente à toutes jambes.

Beth revint et souleva la chaîne qui traînait dans le sable. Maynard ne fit pas attention à elle; il suivit Justin du regard jusqu'à ce que Nau, Manuel et lui eussent disparu dans le lointain, à un détour de la plage.

– Il est parti, dit Beth.

– Il n'est pas bien loin.

– Je veux dire qu'il est parti. Qu'il t'a quitté.

– Je comprends ce que tu veux dire, mais...

– Plus vite tu l'accepteras, plus tôt la douleur se calmera.

– Je préfère la douleur.

Elle tira doucement sur la chaîne. Maynard la suivit.

– J'ai des styles pour toi, dit-elle.
– Pour quoi faire?
– Ils voudraient que tu consacres le temps qui te reste... (Elle s'interrompit, brusquement gênée par sa franchise...) ton temps à écrire une chronique. Comme Esquemeling.
– Une chronique? Tu veux dire une transcription. Je n'ai pas matière à une chronique.
– Tu en auras, bientôt.
– Qu'en sais-tu?
– Beaucoup de choses se font rares... l'alcool, l'insecticide, le citron. Beaucoup de choses. Il est question de manger du cuir. Bientôt, il faudra qu'on se procure un butin. Un gros butin.

Ils traversèrent le camp des putains, et échangèrent de nouvelles plaisanteries, passèrent devant la hutte des gitons qui les saluèrent de nouveau en crachant par terre. Alors qu'ils étaient presque arrivés à la hutte de Beth, Maynard lui demanda :
– A ton avis, combien de temps me reste-t-il?
– Oh, longtemps, dit-elle pour l'encourager. Je sens maintenant les signes avant-coureurs qui m'annoncent que le moment approche. Je voudrais te donner beaucoup de temps...
– Vraiment? dit Maynard, en calculant. Je me donnerais environ une semaine.

Il attendit que sa respiration se fît plus lente et plus profonde. Puis, pour en être bien sûr, il attendit encore quelques minutes. Elle se mit à ronfler. Ses lèvres bougeaient, des rides se formaient sur son front : elle discutait avec quelqu'un dans son rêve.

Il passa ses mains sur la chaîne et remonta jusqu'au cadenas. Il ne pouvait pas lire les numéros de la combinaison. Il rampa donc jusqu'à la porte, écarta la peau de bête et regarda le cadenas à la lumière du clair de lune. Il composa 0, 0, 0, le cadenas s'ouvrit.

Il synchronisa ses mouvements avec les ronflements de Beth pour qu'elle n'entendît pas les bruits de chaîne. Quand il se fut libéré, il réunit les extrémités de la chaîne, ferma le cadenas d'un coup sec et fit tourner les molettes de la combinaison. D'une certaine façon, il espérait vaguement que cela disculperait Beth si on l'accusait de l'avoir aidé à s'enfuir. Si, au matin, ils trouvaient le cadenas ouvert, ils pourraient l'accuser de l'avoir libéré; si le cadenas était bien fermé, ils pourraient attribuer sa fuite à la magie, ou à quelque tour de passe-passe, et s'estimer heureux d'être débarrassés de lui.

Il sortit à quatre pattes de la hutte et, une fois dehors, leva un doigt pour voir d'où venait le vent. Il y avait une brise du nord, douce et régulière. Il se dirigea donc vers le sud. Il ne connaissait ni les marées ni les courants, mais il savait qu'un vent de terre l'aiderait à s'éloigner plus facilement de l'île.

Il n'essaya pas de trouver ou de libérer Justin. Il était certain que le garçon devait être enfermé, sous bonne garde. Même s'il avait pu le libérer, il ne voulait pas l'exposer aux risques qu'il s'apprêtait lui-même à prendre : se laisser dériver en plein océan jusqu'à ce qu'il trouvât soit une terre, soit un bateau. Justin serait plus en sécurité ici, en attendant le moment où il pourrait revenir avec des gens armés pour lui porter secours. Il avait acquis la conviction que, malgré son évasion, Nau ne maltraiterait pas le garçon. Après avoir envisagé tous les moyens rationnels dont pourrait user Nau pour faire payer sa fuite à Justin, il en avait déduit qu'aucun n'avait d'utilité pratique. Et d'après tout ce que Maynard avait lu et observé, Nau n'usait de violence et de brutalité que dans un but d'utilité pratique.

Sur la plage, à l'extrémité sud de l'île, il trouva une

grosse planche. Il n'avait ni le temps ni la possibilité de confectionner un radeau, mais il voulait s'embarquer sur quelque chose qui puisse flotter et sur lequel il pourrait se reposer. Il mit la planche à l'eau et l'éprouva de la main, pour s'assurer qu'elle n'était ni pourrie ni détrempée au point de sombrer. Elle était sèche et légère, et dansait sur l'eau.

Maynard s'éloigna de la plage et, lorsqu'il eut de l'eau à hauteur de la poitrine, il serra la planche sous son bras, se laissant flotter pour apprécier le vent et le courant. S'il y avait du courant, il était très faible, mais le vent l'éloignait – lentement, mais de façon perceptible – de l'île.

Il était à environ cinquante mètres du rivage, lorsqu'en battant des pieds il éprouva une sensation de piqûre, de brûlure à la cuisse. Sous l'effet de la surprise, sa première réaction fut de crier ou de jurer, mais il serra les lèvres. Une méduse, se dit-il. Ou une petite bestiole urticante. Il n'avait pas été mordu, n'avait pas de coupure et ne saignait pas.

Il tendit la main pour toucher sa cuisse et, brusquement, il eut la main en feu. Il gémit sous le choc et la retira. Il ne savait pas ce qui le brûlait, mais cela lui donnait des douleurs atroces jusque dans l'estomac.

Il se retourna, et son menton heurta quelque chose de mou, de flasque, qui ressemblait à un ballon, à une poche blanchâtre qui échappait doucement à son contact en se balançant.

Une physalie.

Par réflexe, il agita les bras dans tous les sens pour s'en écarter et il attrapa l'écheveau de tentacules toxiques qui pendaient sous la calotte. Il se débattit, donna des coups de pied, mais les fouets empoisonnés se plaquèrent sur son visage et sa poitrine. Il avait l'impression qu'on lui arrachait la peau avec un couteau porté au rouge.

Il frappa l'animal avec le morceau de bois et réussit à l'écarter. Il fit un effort pour gagner une zone d'eau claire, se contraignant à refréner les cris prêts à s'échapper de sa gorge.

Il était libre et, un instant, il pensa qu'il arriverait à se contrôler et à continuer à nager. Mais de nouveaux filaments brûlants lui frôlèrent le dos, d'autres, plus nombreux, se glissèrent entre ses jambes, et il eut la sensation que l'intérieur de ses cuisses était en feu.

Il se retourna comme un fou et s'aperçut alors qu'une armada de vésicules d'un blanc opaque l'encerclait. Il se trouvait au milieu d'une colonie de physalies.

Alors, finalement, il hurla. Il frappa l'eau de ses mains, battit des pieds; chacun de ses mouvements provoquait une douleur plus atroce encore.

Sans cesser de hurler il progressa dans un mouvement désordonné vers la plage, au milieu d'un flot d'écume. Ses pieds touchèrent le fond, il essaya de courir, se griffant la poitrine des ongles, comme si cela pouvait arracher la sensation de brûlure.

Il se jeta sur la plage et se tordit de douleur sur le sable humide. Son agitation ne calmait pas la souffrance, mais il était incapable de rester immobile. Il se débattit, se roula dans le sable, agité de mouvements convulsifs comme une marionnette devenue folle furieuse.

Puis quelque chose le frappa à la poitrine et le cloua sur le sable.

Il entendit une voix lui dire :

– Espèce de pauvre cinglé!

Il se débattit.

– Reste tranquille! ordonna la voix. Crétin!

Pleuvait-il? Le liquide l'aspergeait dans un sifflement, un liquide chaud à l'odeur âcre. C'était agréable.

Dès que le liquide touchait sa peau, la douleur semblait exsuder de son corps.

Il essaya de parler, mais sa langue était trop épaisse. Son cerveau était englué dans un épais brouillard.

Il entendit une autre voix discuter avec la première. Un homme et une femme.

– On t'avait avertie.

– Il ne...

– Il aurait dû...

– Mais il...

Les voix devenaient de plus en plus faibles. Cela lui était indifférent, car pour lui, ces gens parlaient comme dans un rêve.

Un cri. Mais pas le sien. Un autre cri. Une femme. Pourquoi une femme criait-elle? Puis un hurlement qui s'élevait, s'élevait, s'élevait.

Il s'assit et secoua la tête. La douleur était toujours là, mais sourde, à présent supportable. Le hurlement ne cessait pas.

Il regarda dans la direction d'où venait le cri et vit Beth. Elle était attachée à des pieux, écartelée, nue sur le sable. Son ventre, sa poitrine et ses jambes étaient zébrés de coups de fouet. Une mince calotte transparente – une physalie – avait été posée de chaque côté de son corps. Elle était drapée de tentacules.

Quand elle le vit, elle cria :

– Pisse-moi dessus!

– Quoi?

– Pisse-moi dessus! C'est le seul moyen! C'est ce que j'ai fait pour toi!

Il s'excusa et, bientôt, les hurlements de Beth se transformèrent en sanglots, puis en cris plaintifs.

Leonard Hiller se sentait justement indigné, comme chaque fois qu'une personne détentrice d'informations refusait de se laisser interviewer – en particulier quand il s'agissait de quelqu'un qui prétendait appartenir à la confrérie des journalistes.

– Qu'est-ce que vous voulez dire, Trask a dit non? Pour qui se prend-il?

– « Non » n'est pas exactement le mot qu'il a employé, répondit Dena en vérifiant dans son bloc-notes. Il a dit qu'en ce qui le concernait il envoyait aux pelotes tous les gens de *Today*. Ce n'est pas *lui* qui l'a dit. C'est son directeur de *public relations*.

– Que lui avez-vous répondu?

Dena rougit.

– Je lui ai dit que j'étais prête à parier que sa seule façon de jouir, c'était de dire des cochonneries aux femmes.

– Où est Trask actuellement?

– A Nassau. Il est censé partir dans un jour ou deux. Pour les îles périphériques.

– Dites à Miami d'envoyer quelqu'un là-bas. Je veux que le type soit à bord de ce bateau. Si c'est nécessaire, qu'il loue un autre bateau et qu'il le rattrape. Je veux une interview de Trask, et je ne vais pas laisser tomber parce qu'il se met à jouer au sauvage. Enfin, c'est le père des média modernes! Il abandonne, et des sociétés d'un milliard de dollars en ont dans la chiasse. L'homme en qui on a le plus confiance aux Etats-Unis ne croit plus en la télévision! Deux cent trente millions de gens prennent pour parole d'évangile chaque mot qui sort de sa bouche, et, tout d'un coup, il estime que rien ne vaut la peine d'être dit. Ça, c'est du *sensationnel*!

– Le sensationnel, c'est qu'il ne veut pas se prostituer. Par les temps qui courent, ça fait de lui un véritable Messie.

– Miami peut affréter un avion si nécessaire.

Dena approuva de la tête.

– Le type des gardes-côtes a rappelé.
– Quel type?
– Au sujet de Maynard.
– Oh, Bon Dieu!...
– Il dit qu'il a parlé à un pilote qui a emmené Maynard et le gosse dans une île. Le lendemain, ils avaient disparu.
– Je vous l'ai dit, il s'est barré et il a adopté la vie des indigènes.
– Ce qui est ennuyeux, c'est qu'il a emmené son fils avec lui.
– Et alors?
– Sa mère a téléphoné au bureau du président.
– Comment le savez-vous?
– On m'a appelée. Ils voulaient savoir ce que j'en savais.
– Si la société des Publications *Today* veut monter pour lui une opération de sauvetage air-mer, c'est leur affaire.
– Ce n'est pas exactement qu'ils le *veulent*. L'ex-femme de Blair est dans une affaire de publicité. Beaucoup de ses clients sont des annonceurs de *Today*. Et de tous nos autres canards, aussi : *TV Week, Health & Happiness,* pour ne citer que ceux-là.
– Elle nous *menace*?
– Pas aussi clairement que ça. Mais elle est... impatiente, disons... de retrouver son fils. Elle a déjà essayé de mettre le FBI dans le coup.
– A quel titre?
– Kidnapping.
– Bon Dieu...
– Elle va partir à sa recherche, et elle veut que nous l'aidions. Je ne peux pas dire que je la blâme.
– Je ne la *blâme* pas non plus. Mais qu'est-ce que je suis censé faire?
– Nous parlions d'affréter un avion...

– Oui, mais... d'accord. (Hiller soupira.) Télé-nez-lui.

13

Chaque jour, à l'aube, les pinasses quittaient la baie, et chaque soir, au crépuscule, elles rentraient, vides. Deux fois, les hommes, se sentant frustrés, avaient attaqué et coulé les sloops des indigènes et tué les pêcheurs, mais ces victoires étaient si vaines et leurs avantages si insignifiants – quelques boisseaux d'escargots de mer, quelques douzaines de langoustes – qu'ils cessèrent de s'attaquer aux bateaux des indigènes et naviguèrent à une distance respectueuse des pêcheurs.

Les hommes commençaient à s'ennuyer et à s'inquiéter, et ils avaient de plus en plus envie d'une nourriture plus savoureuse que le poisson séché et les pâtes de manioc. La demi-douzaine de vaches n'avait pas encore vêlé, aussi le bœuf était-il rare, et les quelques cochons qui restaient – décharnés et coriaces dans les meilleurs des cas – étaient atteints d'une maladie qui leur faisait gonfler les yeux, plisser la peau, et perdre l'équilibre. Le souvenir d'une épizootie de déshydratation génératrice de diarrhée restait assez présent à l'esprit de Nau pour lui avoir fait déclarer inconsommable toute nourriture suspecte.

L'alcool était rationné. C'était une disposition que Nau avait prise à contrecœur, car l'alcool était un excellent remède au mécontentement. On pouvait contrôler un révolté soûl, sa révolte lui passant en dormant; un révolté maussade, sobre, avait l'esprit trop clair, ourdissait trop de complots, et devenait imprévisible. Mais la communauté était à court d'alcool, et Nau avec son esprit pragmatique décida qu'il valait mieux que la moitié de la communauté fût à moitié éméchée la moitié du temps plutôt que de courir le risque de voir tous les hommes perpétuellement à jeun.

Pourtant, le rationnement fut bientôt contesté par une requête de putains. La communauté pouvait souffrir politiquement d'une abstinence totale, disaient-elles, mais en attendant, elles souffraient physiquement quand elles étaient entre les mains d'hommes d'une humeur massacrante. Soûls, leurs clients étaient malléables; à jeun, ils devenaient impossibles. Aussi les putains renoncèrent-elles à leur ration d'alcool et exigèrent le même engagement des femmes mariées qui se trouvaient dans de meilleures conditions qu'elles, puisqu'elles n'étaient victimes que d'un seul homme. Nau accepta le marché et rétablit pour les hommes la ration habituelle d'une bouteille par jour.

Les journées de Maynard glissaient dans une morne routine. Le matin, Beth l'éveillait et le cajolait pour qu'il lui rendît hommage. Quelles que fussent les réticences de Maynard – et il était toujours intellectuellement réticent, chaque acte sexuel étant, en puissance, celui qui donnerait la vie et, par voie de conséquence, lui retirerait la vie à lui –, elle usait de menaces, de cajoleries, d'attouchements, et de massages jusqu'à ce que, inévitablement, elle parvînt à ses fins.

Les sentiments de Maynard à l'égard de Beth étaient ambigus : elle lui avait sauvé la vie; il l'avait remerciée en essayant de fuir et en lui causant d'atroces souffrances. Pour cela, il se sentait coupable. Mais l'intervention de Beth en sa faveur avait été essentiellement égoïste, et, en lui faisant l'amour, il remplissait ses engagements. Il se sentait donc un homme d'honneur. L'intimité sexuelle avait donné naissance (si rien d'autre n'en était sorti jusque-là) à une certaine tendresse. Elle était exigeante mais pleine de sollicitude, impitoyable mais douce. Elle était simple, candide et totalement absorbée par la croisade qu'elle menait pour atteindre, au sein de la communauté, la position dont elle rêvait.

Soit par incapacité, soit de propos délibéré, elle refusait d'envisager de vivre hors de l'île. Elle prétendait n'avoir aucun souvenir de la vie qu'elle avait menée avant d'y arriver. Mais Maynard était persuadé que son amnésie venait d'une volonté obstinée d'éliminer ce qui pouvait entraver ses chances de survie, dans le cadre des lois et des coutumes locales. Les souvenirs déclencheraient des désirs qui, à leur tour, déclencheraient des aspirations stériles. Mieux valait ne pas avoir de souvenirs.

Elle interdisait à Maynard de lui parler du monde extérieur, sauf de ce qui concernait sa famille. Elle avait envie de savoir certaines choses sur sa femme – non sur ce qu'elle faisait ou portait, ni sur les endroits qu'elle fréquentait. Mais quel genre de femme était-ce : aimante ou froide, dure ou douce? Et elle voulait tout savoir sur la façon d'élever un enfant. La conversation en revenait toujours à ceci : comment réussirait-elle en tant que mère? Elle se souciait vraiment de cet enfant, avant même qu'il fût conçu, et Maynard trouvait cette inquiétude touchante.

Une fois, il lui avait demandé de l'aider à s'enfuir, de travailler avec lui, la nuit, à la construction d'un radeau ou d'un bateau. Il lui avait promis de l'emmener, avec Justin, pour que son enfant naquît dans le meilleur des hôpitaux, et de subvenir à ses besoins jusqu'à la fin de ses jours.

Elle avait réagi avec colère à sa proposition, et

l'avait accusé de violer un code. Il fut incapable de discerner si sa colère était réelle, ou si elle marquait son désarroi devant une situation imprévue : la plantation d'une graine importune dans le jardin bien ordonné de son esprit. Il essaya de lui expliquer que, pour lui, tout était bon si cela devait lui sauver la vie. Elle ne pouvait le blâmer de vouloir vivre. Elle lui répondit qu'il gaspillait sa salive, et elle lui interdit de soulever cette question, à l'avenir.

Il en conclut que sa réticence était basée, en partie du moins, sur une peur profonde de l'inconnu. Avant qu'il pût même espérer qu'elle prêterait l'oreille à une nouvelle proposition, il lui faudrait – et avec beaucoup de doigté – la convaincre qu'elle pourrait survivre en dehors de l'île.

Après ce qu'elle appelait « l'exercice de procréation du matin », elle le nourrissait. Maynard avait appris à ne jamais regarder ce qu'il mangeait, à toujours retenir son souffle avant la première bouchée (annihilant ainsi son sens du goût) et à fredonner quand il mâchait, afin de ne pas entendre – comme cela s'était produit une fois – le craquement d'une tête d'oiseau entre ses dents. S'il arrivait à Beth de regarder ailleurs, il se dépêchait de retirer de son bol les insectes et les limaces, mais, d'ordinaire, elle contrôlait chacune de ses bouchées. Elle ressemblait à une propriétaire de chat, exigeante, bien décidée à maintenir son chouchou au mieux de sa forme.

Ils faisaient toujours une promenade matinale, allant regarder les marins calfater les coques des bateaux et coudre les voiles; les femmes faire la lessive (les vêtements bouillant dans de l'eau de mer) et ramasser des racines et des œufs; le gardien du bétail gaver ses bêtes d'herbes, et les masser pour qu'elles mettent bas dans de bonnes conditions; le porcher – un jeune homme qui, avait-on dit à Maynard, était devenu aveugle après l'explosion d'une batterie qui l'avait aspergé d'acide – accroupi dans la porcherie, se lamenter sur l'état désolant de ses cochons malades; et Nau et Hizzoner, qui, assis, jambes croisées, sur un monticule surplombant la mer, attendaient que leurs éclaireurs leur fissent signe qu'ils avaient repéré quelque chose.

Beth l'emmenait près de l'armurerie – une hutte, toujours gardée, près de celle de Nau – mais seulement en l'absence des enfants. Il la suppliait de lui permettre de voir Justin, même de loin ou en se tenant caché, mais elle refusait toujours avec douceur. Il a disparu, disait-elle, c'est quelqu'un d'autre. Quant aux sophismes de Maynard – l'un étant : « Si je suis mort et s'il est quelqu'un d'autre, il ne me verra pas et je ne le reconnaîtrai pas, alors, où est le mal? » –, elle y répondait par un sourire silencieux.

Il passait l'essentiel de la journée enchaîné au toit de la hutte (on avait remplacé le cadenas à combinaisons par un cadenas à clef), et il écrivait. Plongeant une plume aiguisée dans un bol de sang de poisson (pour donner de la couleur à l'encre) mélangé au jus d'une baie (pour fixer le mélange), il gribouillait la saga de l'Ollonois sur un rouleau de papier d'emballage brun, pris, supposait-il, sur un bateau malchanceux. C'était un travail ingrat, mais, pendant qu'il écrivait, il cessait de penser au moyen de s'évader, idée qui, quand il n'écrivait pas, tournait à l'obsession.

Il croyait avoir tout envisagé, mais tout ce à quoi il avait pensé se réduisait à un fantasme, ou équivalait à un suicide. Il lui fallait d'abord opter pour un moyen de se libérer de sa chaîne. Il pouvait, soit en forcer le cadenas, soit, s'il le fallait, démanteler la hutte et traîner cette maudite chaîne. Voler un bateau était pratiquement impossible et, même s'il y parvenait, rien ne lui assurait qu'il pourrait libérer Justin. S'il réussissait à se procurer un bateau, à récupérer Justin, et à se pourvoir d'une petite réserve d'eau, il pourrait percer les coques des autres bateaux, et les rendre inutilisables pour un certain temps, puis prendre la mer. Mais il avait vu avec quelle rapidité un bateau endommagé pouvait être réparé et à quel point ces hommes étaient experts dans l'art de lire les vents et les marées. Il risquait d'être rattrapé avant d'avoir parcouru un mille.

Son plan devait être sans faille, car il ne pouvait prendre le risque d'un échec. On ne lui donnerait pas une autre chance. On le tuerait immédiatement. La perspective de sa propre mort l'inquiétait de moins en moins. Il avait pratiquement accepté l'imminence de sa fin. Mais sa fin signifiait aussi celle de Justin – non pas sa mort physique, mais la fin de ses espérances, sa condamnation à une vie dépourvue d'avenir. Maynard n'avait pas de prétention à l'immortalité et ne se serait pas senti chagriné de quitter le monde sans que celui-ci se fût amélioré depuis qu'il y était entré. Mais, au fond de lui-même, il n'aimait pas ces sentiments : il souhaitait *souhaiter* l'immortalité, il souhaitait *souhaiter* changer le monde. Et, par-dessus tout, il souhaitait que Justin eût cette chance.

De temps en temps, il lui venait à l'idée d'essayer de prier, mais il se sentait lamentablement hypocrite. C'était exactement ce qu'il se sentait poussé à faire quand il était gosse : « Oh, mon Dieu, si vous me permettez de réussir cet examen (ou d'avoir ce rendez-vous avec Susie, ou n'importe quoi d'autre), je jure que je... » Dès que la crise était passée, il oubliait la prière.

Que ferait-il s'il s'en sortait? Que changerait-il dans sa vie? Il ne le savait pas. Il l'apprécierait davantage, c'était évident, en considérerait chaque minute comme une chose précieuse – non pas à conserver, bien à l'abri, pour lui-même, mais à remplir d'expérience et de savoir. Il avait perdu sa faculté d'émerveillement. Il essaierait de la retrouver, et de la maintenir vivante en Justin. Mais toutes ces pensées étaient sans risques et de tout repos. Il lui fallait d'abord affronter la difficulté majeure : comment, diable, allait-il sortir de cette île?

Il avait pensé à tenter de s'emparer de la radio qui se trouvait dans la hutte de Nau. Si, comme il l'avait lu dans la convention, quiconque émettait des signaux était puni, cela impliquait donc que la radio pouvait émettre. Mais, en supposant qu'il arrivât à convaincre le garde – et, se demandait-il avec amusement, que pouvait-il lui offrir? – qui parviendrait-il à joindre? Que dirait-il? Il était possible d'envoyer un S.O.S. à tous les bateaux, en indiquant la longitude et la latitude (qu'il lui faudrait dénicher). Il était également possible d'alerter l'opérateur-radio de la Marine à Miami ou à Nassau. Mais pour pouvoir émettre sur une distance de cinq cents ou mille milles de pleine mer et de temps variable, il faudrait que ce fût une radio excellente, alimentée par une batterie d'accus...

Chaque fois que Maynard rêvait ainsi, il en venait à espérer vaguement que quelqu'un pourrait se mettre à leur recherche. Lorsqu'il se découvrait en train de se vautrer dans ce genre d'espoir, il savait qu'il était temps de cesser de gamberger. Personne ne partirait à sa recherche parce que personne ne se souciait vraiment de ce qui lui arrivait – pensée quelque peu déprimante, mais nullement surprenante. Il n'était engagé vis-à-vis de personne, et personne ne l'était vis-à-vis de lui. Sa disparition mettrait Hiller en colère, parce qu'elle le dérangerait, et ennuierait deux rédacteurs en chef d'autres magazines qui attendaient des articles de lui. Autrement, il ne manquerait à personne, ce qui ne l'ennuyait pas particulièrement. Mais le fait que cela ne l'ennuyait pas l'ennuyait. Il estima que, vraiment, il y avait mieux à faire dans la vie que de survivre, et il se moqua de lui-même d'avoir attendu si longtemps pour le découvrir.

Leur seule chance était Devon. A l'heure qu'il était, elle devait être complètement affolée. Elle devait avoir demandé la mobilisation de la Garde nationale, lancé des appels à la Maison Blanche et sermonné Hiller au point de le rendre fou. Ce qui inquiétait Maynard, c'était que toute cette agitation ne se concrétisât pas par des actes, quand il était encore temps.

En fin de journée, Beth faisait prendre à Maynard un bain dans l'océan, le nourrissait et l'emmenait faire une seconde promenade.

Un soir, ils trouvèrent Nau assis sur une falaise dominant la baie, regardant deux de ses pinasses se disputer les souffles d'air qui les ramèneraient au port. Beth tira sur la chaîne, pour que Maynard poursuivît sa route, mais il résista. Nau entendit le cliquetis de la chaîne et se retourna.

– Nous ne faisons que passer, s'excusa Beth. Nous partons.

Maynard s'attendait à ce que Nau fît un bref signe de tête et se remît à contempler la mer. Mais il dit :

– Comment vont tes griffonnages?

– Ça avance tous les jours.

– A présent, tu sais tout ce qu'il y a à savoir sur nous.

– Sûrement pas. Je connais quelques-uns des « comment » – ce que vous faites, la façon dont vous êtes venus ici, de quoi vous vivez –, mais je ne sais rien des « pourquoi »; par exemple, pourquoi vous restez ici, pourquoi vous faites ce que vous faites, pourquoi personne ne vous a découverts.

– Ça fait trop de questions. Commençons par la seconde : nous faisons ce que nous faisons pour vivre. La vie, ça consiste à rester en vie. Pourquoi personne ne nous a découverts? Nous faisons très attention. Personne ne vient à nous. Nous allons à eux.

Maynard désigna les pinasses de la main.

– Aucun de tes hommes n'a essayé de voler de ses propres ailes, de s'enfuir?

– Rarement, et jamais avec succès. Chaque homme est surveillé par un autre; dans chaque bateau, il y a toujours un homme – au moins un – à qui j'ai sauvé la vie à plusieurs reprises. Mais là n'est pas la question. Vers quoi s'enfuieraient-ils?

– L'inconnu. D'après tout ce qu'ils savent, ça peut être mieux qu'ici.

– Il n'y a pas d'inconnu. Ils savent ce qu'ils y trouveront. On le leur a appris. Certains – Tue-Barbe en fera partie – ont des souvenirs, mais, avec le temps, nous pouvons les replacer dans leur vraie lumière.

– Que savent-ils exactement du monde extérieur?

– Des gouvernements de gredins roublards et de foutus bandits, la moitié tout occupée à faire son beurre, et l'autre moitié décidée à les détrôner pour faire leurs sales coups. La misère, la faim, des abeilles qui servent des reines qu'elles ne connaissent pas. Il en a été ainsi depuis le début, et il en sera toujours ainsi.

– Qu'avez-vous ici? La misère, la maladie, un travail pénible...

– ... la liberté...

– De quoi faire? De tuer des gens?

– Tuer, tuer, tuer... pourquoi la mort t'inquiète-t-elle tant? Une montagne explose, et des milliers de gens meurent; un fleuve déborde, et des milliers de gens meurent; des nations se font la guerre, et des millions de gens meurent. Ces morts-là sont acceptées comme étant dans la nature des choses. Mais une mort administrative... (Nau se mit un doigt en travers de la gorge)... indigne les justes alors qu'en fait elle est aussi naturelle que les autres – un moyen propre, rapide, sûr, d'exciser une plaie, une intervention chirurgicale vitale. Celui qui néglige une blessure qui suppure et lui fait confiance pour se guérir toute seule, empoisonne le corps entier. Qu'on l'excise, qu'on la cautérise et qu'on en finisse.

– Je ne peux pas accepter ça, dit Maynard.

Nau éclata de rire.

– Ainsi parlait le chancre au chirurgien : « Je ne peux accepter ça. C'est l'incision la plus cruelle qui soit. » Ce que tu peux, ou ne peux pas accepter, est le cadet de mes soucis. Et ça ne te regarde pas. Ça sera fait.

– A quoi cela servira-t-il?

– Nous serons débarrassés de toi, et donc à l'abri des ennuis ou, pire, des perturbations.

– Et privés d'un chroniqueur, dit Maynard avec espoir. Vous avez besoin d'un chroniqueur.

– Pas d'un chroniqueur dont l'esprit est profondément corrompu, qui est prisonnier de ses habitudes. Si j'en ai besoin, j'en formerai un.

– Combien de temps penses-tu que tout cela peut durer?

Nau haussa les épaules.

– Un jour, un an, une ère. Qui sait? On dit que ça s'est terminé il y a trois cents ans, mais ça n'a pas été le cas.

– Ça se terminera.

– Bien sûr. Et quand ça finira, ça finira. Je suis un homme simple, et j'ai une fonction simple, comme l'avait mon père et comme l'aura mon fils : garder une génération en vie.

– Quel âge a ton fils?

– Je n'ai pas de fils.
– Alors, comment...
Beth coupa la parole à Maynard en tirant sur la chaîne.
Nay sourit à Beth.
– Ça ne fait rien, Goody. (Il dit à Maynard :) J'avais un fils. Sa mère est morte en le portant – le meilleur de tous les signes, car cela signifiait que toute sa force, et pas seulement une partie, était entrée dans le corps de l'enfant. Il a été tué au cours d'un combat.
– Quel âge avait-il?
– Dix ans. Il était prêt à...
– Dix ans. A dix ans, il se battait?
– Bien sûr. A treize ans, il aurait été un homme. Il se battait bien, mais sans prudence. Il était trop désireux de plaire. Alors il est mort.
Les pinasses entraient, l'une après l'autre, dans la baie. Nau se leva et se dégourdit les jambes.
– J'ai pensé à quelque chose, dit-il. Je n'ai pas besoin de te demander ton avis. Je n'ai pas besoin de t'en parler. Mais je crois que cela te fera plaisir, alors je vais te le dire.
Un sursis, pensa Maynard.
– Je t'en prie, dis-le.
– Quand tu auras rempli ton rôle auprès de Goody, et que tu auras suivi ta voie, je pense que j'adopterai Tue-Barbe. Je pense qu'il a une âme de chef.
Maynard abasourdi était incapable de parler.
Nau lui tapota l'épaule.
– Je pensais que cela te ferait plaisir, dit-il, et il descendit vers la baie.

Maynard s'éveilla dans l'obscurité. Il avait entendu un bruit. C'était un cor. Un son monotone, sourd, lugubre, qu'il imagina semblable à celui qui appelait les armées bibliques au combat.

Beth était déjà levée. Elle enroula précipitamment la chaîne autour de son cou et le poussa vers la porte.

– Qu'est-ce que...?

– La chasse. Allez!

– La nuit?

– Allez! (Elle lui donna un coup de pied.) J'ai droit à un dixième. Il ne faut pas que j'arrive en retard.

Elle avançait au petit trot dans les sentiers, il la suivait pas à pas.

La nuit touchait à sa fin; entre les broussailles, il distingua les premières lueurs de l'aube. Il entendit des bruits divers : toux, respirations sifflantes, jurons étouffés, craquements de branches qui se brisaient, tandis que d'autres gens couraient dans d'autres sentiers.

Ils parvinrent à une clairière, et Beth ralentit le pas. Les autres femmes firent halte à la lisière, mais on autorisa Beth – sans doute parce qu'elle avait son mot à dire dans les transactions – à avancer, et elle emmena Maynard avec elle.

Nau se tenait devant sa hutte, des cartouchières en bandoulière, un couteau de chasse et un poignard passés dans sa ceinture. Hizzoner était à côté de lui, et, devant eux Manuel et Justin. Une torche électrique était plantée dans le sable, et le rayon lumineux pointé vers le ciel éclairait le visage de Justin où se lisaient la frayeur et l'excitation.

Un énorme chaudron trônait au centre du cercle, et, quand tous les hommes armés furent là, Hizzoner fit un pas en avant, prit de la poudre à fusil dans un cornet et la versa dans le chaudron.

– Buvez, dit-il en remuant le breuvage, afin que la force de chacun de vous soit décuplée, afin que vous puissiez faire honneur à la communauté et à vous-même, et afin que vous ne respectiez pas le mal. Amen.

Solennellement, chaque homme puisa dans le chaudron, qui avec une coupe, qui un chapeau, qui avec ses mains. Ils toussèrent, bredouillèrent, rirent et se donnèrent de grandes claques dans le dos, avant de se remettre à boire.

Nau poussa les deux garçons en avant. Maynard se rendit compte que Manuel savait ce qu'il devait faire : il retint son souffle et but d'un seul coup. Il s'étrangla, et ses yeux se remplirent de larmes. A la stupéfaction de Maynard, Manuel but une seconde fois, comme s'il n'ignorait pas non plus qu'il aurait besoin du courage que dispensait l'alcool.

Maynard espérait que Justin le regarderait avant de boire, et qu'il pourrait échanger avec lui un sourire ou un clin d'œil. Il voulait, dans une certaine mesure, soutenir et encourager son fils, mais il voulait davantage encore se rassurer lui-même sur la force du lien qui les unissait.

Mais Justin ne le regarda pas. Il mit ses mains en coupe, les plongea dans le chaudron et avala ce qu'il put, avant d'être pris d'un haut-le-cœur qui lui fit restituer le liquide en une belle averse. Les hommes rirent, mais Justin ne rougit pas. Il but de nouveau, et, cette fois, il parvint à garder le breuvage.

Les hommes l'acclamèrent. Nau lui donna une tape sur l'épaule. Justin sourit avec fierté.

Maynard avait l'estomac noué, les oreilles brûlantes.

– Goody, dit Nau à Beth, ce sera ton héritage de Roche. Puisse-t-il être riche.

– Il ne peut être que plus riche que Roche, l'Ollonois. (Beth rit et but dans le chaudron. Un frisson parcourut ses épaules, elle toussa.) Que Dieu protège l'aubergiste! Mes tripes crient vengeance!

Elle rit et but de nouveau.

– Maintenant, à toi, scribe, dit Nau à Maynard. Tu

ne peux pas affronter cette journée sans avoir du cœur au ventre.

Lorsque Maynard se pencha au-dessus du chaudron, il jeta un coup d'œil à Justin. Le garçon lui souriait. Maynard répondit à son sourire et lui fit un clin d'œil. Puis il s'aperçut que les yeux de Justin étaient vitreux, son sourire figé, et son regard fixé, non sur son père, mais sur quelque vision lointaine, personnelle.

Maynard but. Il avala lentement, forçant le liquide à couler dans son gosier en un mince filet. Celui-ci lui brûla la gorge, se répandit comme une lame de feu dans sa poitrine et atterrit au fond de son estomac vide, telle une coulée de lave. Cela avait un fort arrière-goût de rhum, d'alcool brut et de soufre.

Nau leva les mains pour exiger le silence. Quelques hommes se précipitèrent sur le chaudron pour boire une dernière gorgée, puis rentrèrent dans les rangs.

– On nous avise, dit Nau, qu'un bateau lourdement chargé fait voile vers nous en venant du sud-ouest. Nous ne savons rien de sa cargaison, son équipage comprend une bonne douzaine d'hommes. Il est sûrement armé. S'il en est un parmi vous qui veut se retirer, qu'il le dise.

Au chœur des « non » succédèrent de nouveaux éclats de rire, de nouvelles visites rapides au chaudron d'alcool.

– Les parts seront les mêmes que d'habitude, à une exception près : Goody Sansdents aura droit au dixième, avant le partage du butin. Tout homme qui s'éloignera du groupe sera immédiatement mis à mort. (Nau posa une main sur l'épaule des garçons.) A chacun de ces jeunes reviendra une demi-part, car à eux écherra la tâche de mettre le feu au bateau capturé.

Un large sourire se peignit sur le visage de Manuel,

tandis que celui de Justin demeurait vide d'expression.

– Vous ne le prenez pas, *lui*! hurla Maynard, en désignant Justin du doigt.

– Mais si, scribe, et toi aussi! (Nau souriait, lui aussi.) Il doit apprendre la chirurgie, et tu en feras la chronique. Goody, le scribe et toi prendrez la pinasse d'Hizzoner. Les garçons resteront avec moi. Et maintenant – il éleva la voix pour s'adresser au groupe – préparons-nous! Si nous sommes peu nombreux, notre courage est grand, et moins nombreux nous sommes, plus unis nous sommes et plus grande est notre part du butin.

La dernière affirmation de Nau fut prononcée sur un rythme martelé qui amena Maynard à penser qu'il s'agissait d'un rituel. Quand Nau eut fini, Hizzoner s'avança et poursuivit du même ton.

– Inclinez vos misérables têtes, dit-il. Oh, Seigneur, vogue avec nous en ce jour, car nous allons au-devant d'épreuves que nous ne connaissons pas. Ne laisse pas fléchir notre courage ni s'affaiblir nos bras, car ce que nous faisons, nous le faisons en Ton nom, par l'entremise de Jésus-Christ Notre-Sauveur. Amen.

La bénédiction terminée, Nau ajouta :

– Excitez-vous, jeunes gens, excitez-vous à fond, car ce sera un jour semblable aux jours d'autrefois.

Chaque pinasse transportait six hommes. Les enfants étaient en surnombre, ainsi que Maynard et Beth. Ils étaient assis au milieu du bateau, devant le mât, à un endroit où l'on pouvait les surveiller de l'avant comme de l'arrière, et où aucun mouvement imprudent, aucun déplacement brusque de charge ne mettait en péril la stabilité de ce bateau qui avait tendance à chavirer facilement.

Le capitaine se tenait à l'arrière, à la barre. Son

second – dans le bateau de Maynard, le second était un jeune homme mal rasé qui avait limé ses canines pour les transformer en crocs et que Maynard avait entendu appeler Jack la Chauve-Souris – était accroupi entre les traversins et surveillait la voile. Sur le traversin avant se trouvait un tireur d'élite. Un fusil Kentucky à long canon et à fût plein était accroché à côté de lui. On avait taillé des niches dans l'avant du bateau, et le tireur y avait entreposé son cornet à poudre, ses balles et ses pierres de rechange. Les autres hommes se tenaient près des quatre rames, chacun armé d'un pistolet, d'un coup-de-poing, d'un couteau de chasse et d'un poignard. Ils étaient soûls mais calmes, assez disciplinés pour savoir jusqu'où ils devaient s'imbiber pour être au mieux de leur forme.

Ils sortirent de la baie à la rame. Arrivés en pleine mer, ils hissèrent les voiles, les pinasses glissèrent sans bruit par un léger vent arrière. Le soleil s'était levé dans leurs dos. Des petites taches dorées miroitaient sur l'océan grisâtre.

Le bateau de Nau ouvrait la route. Maynard regardait le dos des hommes, et il put repérer celui de Justin – raide et tendu – grâce à la courroie du holster qui barrait sa chemise.

L'île s'était éloignée jusqu'à n'être plus qu'une tache gris-vert sur l'horizon. Ce fut alors que Nau siffla. Son second largua la voile, et les seconds des autres bateaux firent de même. Il n'y avait pas d'autre bateau à l'horizon.

Ils attendirent, accroupis dans les pinasses, attentifs au clapotement de l'eau contre les coques en bois et au bruit d'éclaboussures que faisait de temps en temps un poisson qui brisait la surface de l'eau, poursuivi ou poursuivant. Le soleil, plus haut, devenait plus chaud. Maynard sentit qu'il commençait à prendre un coup de soleil sur le dos.

– Tu as de la graisse? demanda-t-il à Beth.

– Non. (Beth enfonça un doigt dans la chair de l'épaule de Maynard. Il se forma un rond blanc sur sa peau, qui reprit ensuite sa couleur rose vif.) Jack la Chauve-Souris, dit-elle, passe-moi le rhum.

Jack la Chauve-Souris ronchonna et sortit une cruche de grès de la cale. Avant de la faire passer à Beth, il la déboucha, en prit une bonne lampée et lui dit :

– Quand est-ce que tu seras prête, Beth? On manque de rhum.

– Bientôt, Jack la Chauve-Souris, bientôt.

Elle versa l'alcool sur les épaules de Maynard et le fit pénétrer.

– Donne-lui à boire, Goody, dit Hizzoner. Le feu de l'alcool lui fera oublier le feu du soleil.

Maynard but une gorgée à la cruche en grès. Son dos le brûlait encore, la peau était encore chaude et tendue. Mais, maintenant, il avait en effet, autre chose sur quoi concentrer son attention : le feu qui embrasait son estomac.

La cruche fit le tour de la pinasse, puis on la remit dans la cale.

Nau siffla et montra quelque chose du doigt. Les têtes se tournèrent vers le sud-ouest.

– Par le doux Jésus, dit Hizzoner. C'est un bateau magnifique.

Tout d'abord, Maynard ne vit que l'horizon. Puis une tête d'épingle sembla en briser la ligne grise, et, peu à peu, aussi lentement que la grande aiguille d'une pendule se déplace d'une minute à la suivante, la tête d'épingle prit corps et devint une moucheture, une tache, à la surface de l'eau.

– Une goélette, cria Nau. Une belle garce robuste.

Maynard jeta un coup d'œil, mais le bateau n'était encore qu'une tache indistincte.

– Vous souperez ce soir, jeunes gens, dit Nau. Qu'est-ce qu'on aura?

– Du bœuf! répondit quelqu'un.

– Du rhum! dit un autre.

– Des pêches pour moi!

– Du Salomon Grundy!

– Oui, c'est ça, dit Nau en riant. Une assiette de Salomon Grundy nous arrangerait bien. Echauffez-vous, jeunes gens, rangez vos cruches pour le moment, dites vos prières, et vérifiez vos armes. Il y a ceux qui souperont avec nous, et ceux qui souperont avec le diable, et rien entre les deux.

La cruche fit une dernière fois le tour des hommes, et on la rangea. A l'avant, le tireur d'élite chargea son Kentucky et le posa sur ses genoux. A l'arrière, Hizzoner enfilait des morceaux de fil à voile enduit de poix dans sa natte de cheveux. Voyant que Maynard le regardait d'un air moqueur, Hizzoner dit :

– Cela ne te rappelle-t-il pas de souvenirs, scribe?

– Des souvenirs de quoi?

– C'était le truc de Teach. Ça les démontait tous, sauf ton ancêtre.

– Qu'est-ce que ça faisait?

– Tu verras.

On hissa les voiles, et les petits bateaux se mirent à faire route en cercles, en attendant l'arrivée de la goélette. Elle était à environ un mille, mais sa silhouette se détachait nettement : un deux-mâts, à pleine voilure, une coque noire brillante. La goélette avançait à vive allure, profitant du moindre souffle de vent, l'étrave fendant la mer. Elle faisait au moins trente mètres de long. Maynard avait du mal à croire que les pinasses pourraient intercepter, sans parler de le gagner de vitesse, un aussi gros bateau.

Hizzoner cria à Nau :

– Qui sera le leurre?

– Toi. Je serai le pauvre pêcheur, trop ignorant pour savoir quel destin funeste l'attend. Tu seras le plus malin, puisque tu parviendras à t'en tirer. Il aura une haute opinion de toi, jusqu'à ce que tu lui joues un tour à ta façon.

Hizzoner donna un coup de barre à droite, s'écartant des autres pinasses, lesquelles continuèrent à voguer mollement en un charmant désordre, carrément sur le chemin de la goélette.

La goélette était maintenant si proche que Maynard pouvait entendre le mouvement de l'eau sur sa coque, et lire son nom : *Brigadier,* peint en lettres d'or à l'avant. Des hommes se tenaient accoudés au bastingage, et, à l'avant, deux d'entre eux criaient et faisaient signe aux pinasses de s'écarter. A l'arrière, on voyait l'homme de barre au gouvernail. Une sirène retentit, mais les pinasses ne se dispersèrent pas. Elles continuaient à décrire un cercle serré tandis que la goélette courait sur elles.

La pinasse de Hizzoner se tenait à l'écart. L'avant de la goélette passa à vingt mètres de lui, un grand mur noir qui défila majestueusement en déplaçant une montagne d'eau.

– En avant! cria Hizzoner.

Les rames jaillirent de chaque côté de la pinasse. La voile tomba en tas, et Jack la Chauve-Souris l'attacha rapidement à la bôme. Les hommes tirèrent sur les rames, la pinasse bondit en avant. Le tireur d'élite se tenait à la proue.

La goélette était déjà hors d'atteinte. Il n'y avait plus moyen de s'en emparer.

Puis, Maynard vit qu'on tournait le gouvernail, et la goélette eut soudain du largue. Pour éviter les trois autres pinasses, l'homme de barre avait, au tout dernier moment, viré brutalement à tribord. Le rythme du gros bateau était brisé et, pendant un instant, il fit du sur place.

L'homme qui se trouvait derrière le tireur coinça sa tête entre les jambes de son compagnon et l'assura avec ses épaules. Le tireur leva son Kentucky, tira sur le percuteur et pointa son fusil. La pinasse s'agitait dans le sillage de la goélette. L'avant se souleva de nouveau, le tireur retint sa respiration, et, lorsque le mouvement arriva en fin de course – en cette fraction de seconde impossible à mesurer où l'avant s'immobilisa – il pressa la détente. Il y eut un cliquetis lorsque la pierre heurta le métal, un sifflement lorsque la poudre, enflammée par étincelle dans le godet, passa par la lumière, et un *boom,* accompagné d'un éclair et d'une bouffée de fumée lorsque le coup partit. Le tireur chancela, reprit son équilibre et leva la tête pour voir si le coup avait porté.

Sur la goélette, les mains de l'homme de barre avaient lâché le gouvernail et semblaient s'être agrippées aux éclats d'os qui avaient sauté de son crâne. Il disparut à la vue, et le gouvernail se mit à tourner follement vers la droite; la goélette tangua, roula et prit encore plus de largue. Les rivolins de lof s'agitèrent dans les voiles.

– Souquez sur vos rames, jeunes gens! cria Hizzoner, et les hommes enfoncèrent profondément leurs rames dans les flots agités.

– Regarde, scribe! lança Hizzoner à Maynard qui se retourna.

Hizzoner approchait la mèche enflammée d'un briquet Zippo tout rouillé du fil à voile enduit de poix qu'il avait mis dans sa natte. Chaque morceau de fil se consumait avec une flamme graisseuse, fuligineuse, entourant sa tête d'un manteau de feu. L'homme ricana.

– Une vraie créature du diable, hein?

Maynard regarda la pinasse de Nau qui se glissait le long des bossoirs sous le vent de la goélette, ses rameurs halant comme des fous pour éviter d'être écrasés par la coque noire qui avançait. Levant les yeux, Maynard vit qu'on hissait un petit pavillon rouge en haut du mât.

Hizzoner vit aussi le pavillon et il cria :

– La *jolie rouge*(1) est hissée, les gars! Souquez ferme, et nous aurons de quoi nous réjouir!

– Qu'est-ce que c'est que ce drapeau? demanda Maynard à Beth.

– La *jolie rouge?* Pas de quartier...

– Je croyais qu'il ne faisait jamais de quartier.

– Ça donne du courage aux gars.

La pinasse se trouvait à un mètre ou deux de l'arrière de la goélette quand, sur un signal invisible, l'homme de tête rentra sa rame et la fit passer au tireur qui était à l'avant. Celui-ci leva la rame comme s'il s'agissait d'un harpon et la lança entre le gouvernail et l'étambot de la goélette. Le gouvernail se bloqua et, immédiatement, la goélette commença à rouler lentement, mollement.

Les hommes se mirent alors à crier, hurlant des imprécations sauvages, incohérentes contre l'ennemi, Dieu, la mer, et s'injuriant mutuellement. Ils sautèrent sur le gouvernail de la goélette et, comme des araignées, escaladèrent l'arrière à toute vitesse, puis enjambèrent le bastingage.

La chevelure en feu, les yeux brillants, un poignard entre les dents et une hache à la main, Hizzoner bouscula Maynard, sauta hors de la pinasse et cria :

– Nous avons établi une convention avec la mort, et avec l'enfer nous sommes en accord!

(1) En français dans le texte. (N.d.T.)

Des cris s'élevaient de la goélette, accompagnés de hurlements de frayeur, de bruits de pieds qui couraient et de coups de feu sporadiques.

– Allons-y, dit Beth.

Elle lança à Maynard l'extrémité libre de la chaîne, remonta sa jupe et sauta sur le gouvernail.

– Moi?

– Viens, ou ils te tueront sur place.

Elle désigna quelque chose derrière leur pinasse. Une autre embarcation bloquée ne pouvait pas accéder au gouvernail. Lancé par-dessus la masse de visages qui poussaient des hurlements et des jurons, un couteau jaillit, tournoyant sur lui-même. Maynard esquiva, et le couteau alla se planter dans le gouvernail où il continua à vibrer.

Maynard enroula la chaîne autour de son cou, sauta sur le gouvernail, et grimpa. Ses mains glissèrent, ses pieds patinèrent, et il dut s'accrocher des ongles aux boulons, aux arêtes et aux fissures de la coque. Centimètre par centimètre, il parvint à se hisser à bord.

Le pont arrière grouillait d'hommes courant et hurlant. L'homme de barre gisait aux pieds de Maynard, son crâne transformé en une bouillie grise et rouge.

Deux autres membres de l'équipage gisaient sur le pont, l'un pratiquement décapité, l'autre, appuyé à un plat-bord, regardant, ébahi, de ses yeux vides, ses viscères à nu.

Penchée en avant pour éviter les balles perdues, Beth tira Maynard pour l'obliger à avancer.

Nau monta à bord au milieu du pont, s'accota au bastingage et aida les deux garçons à grimper. Dès que les pieds de Manuel se posèrent sur le pont, il détala, se jetant de côté, s'arrêtant, regardant, esquivant – une belette cherchant sa proie, pensa Maynard.

Justin était figé de peur. Nau se pencha pour lui parler. Le jeune garçon sortit le Walther de son étui, introduisit une cartouche dans la chambre et avança avec précaution.

Maynard vit Manuel s'aplatir contre le rouf. Lentement, avec un soin et une patience infinis, il tira du bout des doigts un garrot de sa poche : deux poignées de bois reliées par une cinquantaine de centimètres de mince fil de fer. Il était à l'affût – Maynard ne pouvait voir de quoi –, tout bruit, tout mouvement étrangers à sa quête n'existaient plus pour lui. Son corps se déplaçait en souplesse, silencieusement, et, lorsqu'il avançait, ses pieds ne semblaient pas toucher le sol.

Une femme apparut au coin du rouf. Regardant derrière elle, fuyant, affolée, elle ne vit Manuel que lorsqu'il bondit sur elle et lui ceintura la taille de ses jambes. Et, même en cet instant, elle ne le vit probablement pas, car, avant qu'elle eût pu tourner la tête, il l'avait garrottée.

Maynard vit les yeux de la femme s'exorbiter et sa langue sortir de sa bouche, puis elle s'écroula, Manuel aplati sur elle, pompant sa vie comme une sangsue.

Le second de Nau cria et leva le bras pour désigner quelque chose. Un jeune homme aux cheveux longs, portant un short de coton en loques, grimpait aux haubans du mât – une fuite démente, désespérée. Le second tira son pistolet et visa l'homme, mais Nau lui fit lâcher son arme. Il s'agenouilla à côté de Justin.

– Non! cria Maynard.

Beth tira d'un coup sec sur la chaîne pour lui imposer le silence.

Nau sourit et dit :

– Chirurgie, scribe.

Maynard regardait, impuissant, tandis que, de grand cœur, Justin suivait les indications de Nau et pointait, en le tenant à deux mains, le Walther sur l'homme qui grimpait.

– Tire dessus, dit Nau. Tire lentement.

Justin fit un signe de tête, ferma un œil et pressa la détente. Le Walther lui sauta de la main. La balle passa avec un son plaintif au travers du gréement de la goélette et l'homme esquiva en baissant la tête.

Nau murmura quelque chose à Justin et mit sa main sous celle du garçon. Maynard l'entendit lui dire :

– Quand tu seras prêt.

Cette fois, il n'y eut pas de son plaintif, mais un *flack* quand la balle pénétra la chair. L'homme porta les mains à sa poitrine, le sang giclant entre ses doigts. Il tomba en avant, le corps tout droit, avec une certaine grâce. Son menton se prit dans un hauban. Ses pieds se balançaient dans le vide – un artiste de haut vol sur le point d'exécuter un saut périlleux – jusqu'à ce que son menton glissât du hauban. Alors, son corps tomba horizontalement, étendu comme s'il était prêt pour son enterrement, et heurta avec un bruit sourd le toit du rouf.

– Tue-Barbe! cria Nau.

– Tue-Barbe! répéta son second en écho.

Ils donnèrent des claques sur le dos de Justin, le félicitèrent chaudement et louèrent son nom. Le garçon rougit, puis il sourit, puis il fut transporté de joie. Il sautait d'un pied sur l'autre, et battait des mains, pris d'un accès de joie délirante.

Maynard, qui regardait la scène, eut envie de vomir : la dernière fois où il avait vu son fils dans un tel état, c'était lorsque le Père Noël lui avait déposé un petit chat sous l'arbre de Noël.

Il y eut encore un brouhaha à l'avant, en dessous des ponts, et Nau, accompagné de son second et quelques hommes, abandonna Justin pour se précipiter vers les écoutilles d'avant.

Justin se dirigea vers le rouf, grimpa sur le toit et regarda l'homme qu'il avait tué.

– Viens.

Beth tira sur la chaîne, impatiente de commencer à fouiller dans le butin.

– Un instant, dit Maynard. Je t'en prie.

Elle hésita, puis elle abandonna la chaîne et poursuivit seule son chemin.

Maynard s'approcha du rouf.

– Justin...

Le garçon ne tourna pas la tête.

Maynard entendit en dessous de lui un bruit de pas précipités qui s'arrêtèrent et repartirent, mais il n'y prêta pas attention.

– Justin...

La porte du rouf s'ouvrit brusquement. Maynard la reçut en pleine figure. Un homme – haletant, balatré et ensanglanté – recula sur le pont. Il tenait un fusil M-16. Il leva les yeux, vit Justin et braqua le M-16 sur sa poitrine.

Maynard donna un coup d'épaule dans la porte. Elle frappa l'homme dans le dos, il perdit l'équilibre, le M-16 fit feu une fois.

Justin pivota et s'accroupit, le Walther levé. Chancelant, l'homme se remit debout, pointant son M-16 vers le haut. Maynard lui sauta dessus; il enroula le bout de sa chaîne autour du cou de l'homme, bloqua du pied les derniers maillons et tira aussi fort qu'il le put.

L'homme lâcha son fusil, il enfonça ses ongles dans les maillons d'acier qui lui brisaient déjà la trachée-artère et faisaient bleuir sa peau. Maynard tira jusqu'à ce que les bras lui fissent mal et que le sang battît dans ses tempes. Il vit alors les pupilles de l'autre se dilater, puis ses yeux se voiler et se révulser.

Il dégagea alors la chaîne du cou de l'homme et s'appuya épuisé, contre le rouf.

Justin souriait.

Encore haletant et regardant le cadavre, Maynard demanda d'un ton cassant.

– Qu'est-ce qui te fait sourire?

Justin se contenta de le regarder.

– Donne-moi le pistolet, petit. Maintenant, ça suffit.

Sans même lever les yeux, Maynard tendit la main, s'attendant à ce que Justin déposât l'arme :

– Justin..., commença-t-il, furieux. J'ai dit...

Il leva alors les yeux, et ne vit qu'un petit trou noir dans un cercle de métal noir braqué sur lui...

Justin tenait le Walther à moins de dix centimètres de la tête de son père, pointé juste entre les deux yeux.

Derrière le canon de l'arme, Maynard apercevait, brouillé, le visage de Justin que tordait un sourire en coin.

Maynard eut du mal à empêcher sa voix de trembler.

– Justin...

– Je suis Tue-Barbe!

Maynard concentrait son regard sur les yeux de Justin, brillants, sauvages, impavides, avec des pupilles de la taille de grains de raisins. Le garçon était ivre.

– D'accord, Tue...

– Ils m'ont dit que tu étais mort.

– Pas encore, mais...

L'éclair de l'explosion aveugla Maynard. Le bruit de la détonation lui ébranla les tympans. Lorsqu'il fut capable de voir de nouveau, le canon du Walther s'était déplacé de quelques centimètres sur la droite, au-dessus de son épaule.

Justin émit un ricanement de soprano, descendit du

toit du rouf et fonça vers l'avant. Son rire continuait à résonner derrière lui, comme une mélodie malfaisante.

Maynard était seul à l'arrière. A l'avant, le vacarme était calmé. On n'entendait plus que les voix des hommes de Nau, les bruits de la cargaison qu'on déplaçait, des caisses qu'on ouvrait, et un étrange et très léger bourdonnement que, pendant un certain temps, Maynard fut incapable d'identifier.

Il s'appliqua à dissocier les bruits du bateau de ce ronronnement insolite : c'était un bourdonnement de moteur, très loin, à peine audible, couvert par le moindre bruit du bord. Il abrita ses yeux du soleil et fouilla l'horizon, mais il n'aperçut aucun bateau. Le vrombissement semblait s'accentuer légèrement, mais Maynard n'en était pas très sûr.

Il scruta le ciel et regarda dans toutes les directions, sauf dans celle du soleil dont ses yeux ne pouvaient supporter l'éclat. Le ciel était vide. Puis quelque chose se mit à briller, comme une étincelle ou une étoile. Il regarda de nouveau, toujours en se protégeant les yeux de ses mains, faisant un minuscule judas de ses doigts repliés. L'aura aveuglante ainsi masquée, il put scruter le ciel près du soleil.

Le miroitement, de nouveau, mais cette fois, Maynard braqua son regard dessus. Un moustique argenté se détachait sur l'immensité bleu-jaune : un avion.

Il chercha un objet qui lui permettrait d'envoyer des signaux, un réflecteur, un miroir, un morceau d'acier poli. Il heurta du pied le corps de l'homme qu'il avait étranglé. Sa chaîne. Il en orienta les maillons vers le soleil, mais ils étaient tachés de rouille et ternis. Ils ne scintillaient pas. Une montre. Il se mit à genoux, retourna le cadavre et releva les poignets de la chemise. L'homme portait une montre, mais dont le bracelet était en plastique. La montre elle-même avait un boîtier en caoutchouc imperméable à l'eau. Il fouilla dans les poches, à la recherche d'une pièce de monnaie, d'un couteau de poche, ou d'un briquet. Il déboutonna la chemise, espérant trouver une médaille ou une plaque d'identité militaire. Et là, se balançant au bout d'une petite chaîne, il découvrit une lame de rasoir en plaqué or, élément de la panoplie rituelle de la confrérie de la cocaïne. Il défit la chaîne et orienta la lame de rasoir vers le soleil.

Devon était assise sur le siège du copilote depuis près de cinq heures. Elle avait mal aux fesses, et à chaque secousse de l'avion, elle avait l'impression que sa vessie allait éclater. Ils avaient descendu l'archipel des Bahamas sur toute sa longueur, en volant au-dessus de toutes les îles très peu peuplées, repassant deux ou trois fois au-dessus de celles qui bordaient l'archipel des Turks et Caicos. Ils n'avaient rien découvert qui fût même vaguement encourageant. Ils avaient encore une île à reconnaître, Great Inagua, et puis ils feraient demi-tour et rentreraient à Miami.

Elle ne savait même pas exactement ce qu'elle cherchait, ce qui vaudrait la peine qu'on atterrît pour se lancer dans une reconnaissance : un campement isolé, peut-être, ou un bateau solitaire ancré dans une anse cachée. Elle n'avait aucune idée de ce que Blair avait en tête quand il avait filé à New York avec Justin. Ils pouvaient être en ce moment à Tahiti. Mais il fallait bien qu'elle trouvât un point de départ pour ses recherches, et, lorsque les gens de *Today* avaient proposé de la transporter dans l'avion qu'ils avaient affrété, elle avait accepté sans poser de question.

Elle était convaincue que le correspondant de *Today* assis derrière elle, ne croyait pas plus au succès de sa mission – trouver Trask – qu'elle à celui de la sienne. Elle ne connaissait pas grand-chose aux bateaux, mais elle en savait assez pour penser que c'était perdre son temps que de chercher Brendan Trask si loin au sud. Il était absolument impossible que Trask eût parcouru une telle distance en si peu de temps. Imaginons que, d'une façon quelconque – par miracle – ils trouvent Trask, que se passerait-il alors? D'accord, il était censé être quelqu'un d'aimable, et qui, certainement, appréciait l'esprit entreprenant des journalistes. Mais qu'est-ce qui permettait de croire qu'il se laisserait bombarder de questions par un rien du tout venu de Miami? Ce genre de sensationalisme n'était pas digne de *Today.* C'étaient des fumisteries dans le style du *National Enquirer,* et elle ne blâmerait pas Trask de dire au reporter d'aller se faire voir.

Le pilote inclina l'aile de tribord, amorça un virage à droite et, au milieu de la vaste étendue bleue, Devon vit soudain quelque chose briller.

– Descendez, dit-elle au pilote.

– Qu'est-ce qu'il y a en bas?

– Je ne sais pas. On dirait que quelqu'un fait des signaux.

Le pilote redressa l'appareil, puis inclina l'aile gauche afin de pouvoir regarder de son côté.

– On dirait un bateau de croisière. Une dame doit vérifier son maquillage dans un miroir.

– Descendons voir, dit Devon. Je veux y jeter un coup d'œil de plus près.

– Ce n'est pas le bateau de Trask, dit le reporter. Rentrons.

– Descendons! ordonna Devon.

Le pilote haussa les épaules.

– Comme vous voudrez, madame.

L'avion approchait. Il était encore loin et très haut, mais il approchait. Ils avaient vu ses signaux. Maynard continua à manœuvrer la lame de rasoir pour accrocher par à-coups les rayons du soleil, dont il réfléchissait les éclats vers l'avion.

Quelque chose frappa Maynard entre les épaules et le projeta sur le pont. Il attendit, yeux clos, le coup qui mettrait fin à sa vie.

– Debout, scribe, dit Jack la Chauve-Souris. (Il tourna la tête vers l'avion.) Des visiteurs.

Maynard avait été heurté par la porte du rouf qui s'était ouverte brutalement sous la poussée de Jack la Chauve-Souris. En se relevant, il vit Jack tirer vers le plat-bord le corps de l'homme étranglé et lui mettre le M-16 sur les genoux. Par un dernier raffinement, Jack la Chauve-Souris leva un genou du cadavre et y posa une des mains déjà raidies.

Jack se dirigea ensuite vers le cadavre de l'homme qui gisait sur le toit du rouf. Bien que le sang eût commencé à coaguler et que la peau fût grise, le visage paraissait paisible. Jack ramassa un chapeau qui traînait sur le pont et le laissa tomber sur le visage du mort.

– Fais de beaux rêves, dit-il en repliant une main sans vie sur le trou dans la poitrine.

– Recouvre celui-là, dit Jack la Chauve-Souris en désignant l'homme de barre.

Une toile de bâche, destinée à protéger le barreur du soleil, était repliée contre l'arrière. Maynard l'étendit sur le cadavre, en prenant garde de laisser bien en vue une main crispée.

– Allons, viens.

Jack fourra le dernier cadavre contre le plat-bord de bâbord, et le recouvrit de fauberts et de bailles. Puis il s'assit sur le toit du rouf et tapota la place à côté de lui.

– Assieds-toi sur ta chaîne, scribe.

Maynard mit sa chaîne en tas sur le pouf et s'assit dessus.

Jack la Chauve-Souris passa son bras autour des épaules de Maynard – un geste amical, si Jack ne lui avait serré les maillons de la chaîne autour du cou et s'il n'avait dit :

– Bouge la tête d'un millimètre, et je te tue.

L'altimètre indiquait cent pieds, et il continuait à baisser légèrement. La coque noire de la goélette arrivait à toute vitesse vers eux.

– Assez bas? dit le pilote avec un sourire.

– Parfait, dit Devon.

– Vous allez entrer dans ce foutu truc! cria le reporter.

Le pilote éclata de rire.

Devon se pencha, s'efforçant de ne pas cligner des yeux, et balaya du regard le pont de la goélette.

Il y avait deux hommes sur le rouf, s'étreignant apparemment comme des ivrognes, et d'autres étaient mollement étendus sur le pont.

– Voilà un boulot bien pénible, dit le pilote, tandis que l'avion passait en vrombissant au-dessus du bateau. Rester assis sur son cul et boire du rhum toute la journée.

– Que font-ils? demanda Devon. Ils sont au milieu de nulle part.

– Ils font du troc avec ces nègres pour avoir des homards. Tout au long, ce sont des bateaux d'indigènes.

Le pilote tira sur le manche à balai, l'avion prit de l'altitude et se dirigea vers Great Inagua.

– Satisfaite? dit-il à Devon.

– Non, mais je ne vois pas ce que nous pourrions faire de plus.

14

Cinq survivants – quatre hommes et une femme, tous jeunes, tous vêtus de shorts en coton délavés – avaient été parqués à l'arrière par le second de Nau, un barbu du nom de Basco Tom, lequel était furieux. Il pressait un linge taché de sang contre sa joue et jetait des regards venimeux à la femme.

Effrayés, bouleversés, ces rescapés du massacre ne se doutaient pas encore qu'ils avaient des raisons de désespérer.

Nau se tenait à l'arrière, flanqué des deux garçons et d'Hizzoner. Beth avait relégué Maynard dans un coin tandis qu'elle examinait avec soin chaque article de la cargaison qu'on remontait de la cale.

Les hommes chargeaient à bord des pinasses des caisses de nourriture et d'alcool, des outils, des vêtements, des ustensiles de cuisine, des armes et des torches électriques. Ils laissaient sur le pont ce qu'ils n'identifiaient pas – certains appareils, des machines et des médicaments – pour que Nau en disposât. Tout ce qui, d'après leur expérience, était inutilisable – préparations culinaires qu'il fallait diluer dans du lait ou additionner d'œufs, produits d'entretien, peinture, aliments surgelés – était rejeté dans la cale.

Beth supervisait le chargement comme un directeur des docks, ordonnant qu'on mît sa part dans la pinasse d'Hizzoner, s'assurant que les vaporisateurs d'insecticide étaient bien du « 6-12 » et non du Cutter, tâtant les melons, reniflant la viande, hésitant entre les poires et les pêches et finalement se décidant – foin de l'avarice – pour une caisse de chaque, et choisissant même des bijoux fantaisie.

– Blessé, Basco? demanda Nau.

Basco pressa le linge contre sa joue.
– La mégère m'a mordu.
– Est-ce que tu l'as violée?
Basco sourit et dressa le majeur de sa main droite.
– J'ai seulement pris ses mesures, l'Ollonois.
– Tu connais la loi qui interdit qu'on touche à une femme vertueuse.
– Si elle est vertueuse, alors, je suis le pape.
L'un des survivants demanda :
– Où nous emmenez-vous?
Nau le regarda et répondit calmement :
– Vous rentrerez chez vous, jeune homme.
Les survivants se sentirent soulagés. Ils échangèrent des regards et des sourires de connivence.
– D'où venez-vous, les mecs? demanda l'un deux. (Il regarda Nau, Hizzoner et Maynard. N'obtenant pas de réponse, il poursuivit :) Ah, ça, vous nous avez bien baisés, je le reconnais.
Ils ne savent pas, pensa Maynard. Cet endroit pue la mort. Il y a des cadavres tout autour d'eux, et ils ne comprennent toujours pas.
Nau dit aux prisonniers :
– Qui est celui qui commande?
– Moi, dit le jeune homme en faisant un pas en avant.
– Quelle est votre cargaison?
Le jeune homme désigna les caisses.
– Vous l'avez prise, mon vieux.
– C'est de la boustifaille, pas une cargaison.
– Et qu'est-ce que c'est de la boustifaille?
Enhardi par la certitude qu'après quelques petites réprimandes, quelques humiliations insignifiantes, on les libérerait, le jeune homme prit un petit air avantageux. Il sourit à ses amis.
– Dites donc, qu'est-ce que vous êtes, de la flicaille?

– Votre cargaison.

– Vous l'avez sous les yeux, chef.

Nau fit un signe de tête à Basco qui saisit la main du jeune homme, la plaqua sur le plat-bord et, d'un grand coup de couteau de chasse, l'amputa du petit doigt.

Le jeune homme retira sa main et regarda :

– Hé, mon vieux... (Sa main était comme avant à la différence près qu'au lieu de cinq doigts, elle n'en avait plus que quatre, et qu'à la place du cinquième, il ne restait qu'un fragment d'os en bouillie.) Merde, alors...

Maynard vit le visage de l'homme blanchir. Il le vit vaciller comme si un dernier verre, celui qu'on boit sans soif, avait eu raison de lui.

– Votre cargaison.

– Je vais être saigné à blanc!

– Vous serez rentré à la maison avant. Ne mettez pas ma patience à l'épreuve, ou votre voyage risque de mal se passer. Nau fit un nouveau signe de tête à Basco.

Cette fois, Basco sauta sur la fille, mais elle se débattit et lui échappa, et, avant qu'il pût la rattraper, elle cria :

– Non!

– Votre cargaison, madame.

– Elle est en bas! (Elle désigna la cale.) Sous un tas de merde.

– Et c'est...?

– Coco, hash...

Nau ne comprit pas. Il regarda Hizzoner et Basco, eux non plus ne comprenaient pas.

– De la drogue, précisa spontanément Maynard en hochant la tête.

– Des médicaments, scribe?

– Non, de la drogue. Tu sais... comme les narcotiques. De la drogue. (Maynard réfléchit pour se souvenir et trouva le mot utilisé dans la convention :) Des produits pharmaceutiques.

– Nous allons voir, dit Nau en envoyant deux de ses hommes visiter la cale.

– La bourse du docteur... dit Hizzoner.

– Ah oui. (Nau s'adressa à la femme.) Dites-moi, madame, où est la bourse de votre bateau?

– Quoi?

– L'argent liquide, dit Maynard.

– Je ne sais pas. (Elle poussa du coude l'homme mutilé qui regardait sa main ensanglantée.) Dingo, où est l'argent?

– Hein? (L'homme semblait irrité qu'on l'arrachât à la contemplation de son moignon.) Voulez deux dollars?

– Il veut ce fric de merde, mec! (Elle le secoua par l'épaule.) Où est-il?

– Y a quelques dollars, dit l'homme, sans expression. Ils sont dans ma couchette.

– Nous n'avons pas encore vendu la came, dit la femme à l'adresse de Maynard pour s'excuser.

Maynard se sentait ridicule. La femme l'utilisait comme interprète. Il aurait voulu l'avertir en lui disant qu'il était, lui aussi, prisonnier. Mais l'information aurait été inutile, et l'avertissement n'aurait rimé à rien.

– Ils devaient vendre la cargaison, dit-il à Nau. Jusque-là, ils n'ont pas beaucoup d'argent.

Cela, Nau le comprit. Il fit un signe à Hizzoner.

Hizzoner respira profondément, se préparant à parler, mais la femme l'interrompit.

– Nous pouvons faire affaire. Cette coco ne vaut pas un clou.

– La femme a la langue bien pendue, dit Nau à Maynard.

– Elle veut faire un marché avec vous. (Maynard ne

voyait aucun mal à parler à la place de cette femme. Il se rendait compte que, seule parmi les survivants, elle commençait à pressentir l'imminence de la mort. L'aider à gagner du temps pourrait lui rendre un petit service.) Leur liberté en échange de leur cargaison.

– Eh ben, voyons! (Nau rit.) Un marché généreux. J'ai leur bateau, leur cargaison et leurs personnes. Que peuvent-ils m'offrir que je n'ai pas?

Il n'y eut pas de réponse. Justin brisa le silence.

– Qu'on en finisse!

– Oui, Tue-Barbe. Parler, c'est gaspiller sa salive.

Il passa la parole à Hizzoner.

Hizzoner se mit à parler, regardant respectueusement le ciel, agitant les bras, s'adressant ostensiblement aux survivants mais, en fait, récitant une litanie pour justifier ses actes. C'était un discours séculaire, un discours, Maynard en était certain, qui venait d'une tradition transmise de génération en génération et dont Hizzoner ne changeait guère le texte d'un discours à l'autre.

– Les crimes que vous avez commis sont connus de vous et de Dieu, mais crimes ils sont et punition ils méritent, et ceux qui les ont commis sont menacés d'avoir leur part dans l'ardent étang de feu et de soufre qui est la seconde mort, Apocalypse, 21,8. Confer Chapitre 22,15.

Tout cela, Hizzoner l'avait débité sans reprendre son souffle, et, lorsqu'il commença à haleter, il regarda les survivants, espérant percevoir en eux des signes de repentir, ou au moins de frayeur. Il ne vit que perplexité et abasourdissement.

Hizzoner poursuivit, alors qu'on jetait sur le pont les premiers sacs en plastique de cocaïne.

– Les mots qui portent en eux cette terreur, étant donné votre situation et votre culpabilité, ces mots, vous ne pouvez les entendre sans trembler, car qui peut rester dans les flammes éternelles? Comme le témoignage de votre conscience doit vous convaincre des grands et nombreux dommages que vous avez commis, par lesquels vous avez grandement offensé Dieu, et provoqué sa très juste colère et son indignation contre vous, je suppose donc que je n'ai pas besoin de vous dire que la seule façon d'obtenir de Dieu pardon et rémission de vos péchés est de manifester un repentir véritable et sincère et d'avoir foi dans le Christ dont la mort et la passion méritoires sont vos seuls espoirs de salut.

Tandis qu'Hizzoner continuait à psalmodier, Nau désigna le tas de sacs de cocaïne et demanda à Maynard :

– Ça sert à quoi?

– Ça change votre humeur. C'est comme... ma foi, comme du rhum, en quelque sorte.

– Est-ce que ça donne du courage?

– Non.

– En quoi est-ce utile?

– Ça vous fait vous sentir bien. D'après ce qu'on dit.

– Ça se boit?

– Non. Ça se renifle.

– Ça se renifle? Ça se prise?

Nau fendit le sac et puisa un peu de poudre blanche sur la pointe de son couteau. Il renifla profondément et attendit que quelque chose se produisît. Il hocha la tête et cracha, d'un air moqueur, sur le pont.

– Fichez-moi ça à l'eau, dit-il – et les hommes commencèrent à jeter les sacs par-dessus bord.

– Hé, mon vieux, protesta un des survivants. Vous êtes en train de foutre de *l'argent* à l'eau.

– Silence!

Hizzoner s'arrêta au milieu de son discours.

– Continue, Hizzoner, dit Nau, mais accélère un peu l'allure. Tu vas faire mourir d'ennui ces malheureux.

– D'ennui! (Hizzoner était offensé.) J'indique la voix du salut. Est-ce ennuyeux?

– Si tu continues à parler comme ça, on n'en finira jamais. Poursuis.

– Si vous aviez trouvé le bonheur dans la loi du Seigneur, continua Hizzoner, et si vous aviez médité là-dessus jour et nuit ? Psaumes 1, 2, alors vous auriez découvert que la parole de Dieu était une lanterne qui éclairait vos pas et une lumière qui traçait votre chemin, Psaumes, 119, 105, et vous auriez dû estimer que toute autre connaissance n'était rien par rapport à la perfection de la connaissance de Jésus-Christ, Philistins, 3, 8, le Christ puissance de Dieu et sagesse de Dieu pour les appelés, 1re aux Corinthiens, 1, 24, même cette sagesse qui a été cachée et qu'avant les siècles, Dieu a prédestinée à notre gloire, chapitre 2, 7. Vous auriez alors considéré les Écritures comme la grande charte du ciel, car ce n'est qu'en elles qu'on trouve le grand mystère de la rédemption de l'homme déchu, et elles vous auraient appris que le péché est l'avilissement de la nature humaine, car il est une déviation de la pureté, de la rectitude et de la sainteté, selon lesquelles Dieu nous a créés, et que la vertu et la religion et le respect des lois de Dieu étaient grandement préférables aux lois du péché et de Satan; parce que les voies de la vertu sont des voies d'agrément, et que tous leurs sentiers sont paisibles, Proverbes, 3, 17.

Le dernier sac de cocaïne entra dans l'eau en faisant jaillir une gerbe d'éclaboussures et se mit à flotter à la suite des autres qu'une forte marée entraînait vers le sud. La chaîne de petites boules blanches dansait sur une centaine de mètres derrière le bateau.

Nau tapotait impatiemment son couteau sur le bastingage.

Hizzoner le remarqua et dit :

– J'en finis.

– Pas trop tôt.

– Si, maintenant, vous vous tournez sincèrement vers Jésus-Christ, poursuivit Hizzoner, même si vous êtes ceux de la onzième heure, Matthieu, 20, 6-9, il vous recevra. Mais je n'ai sûrement pas besoin de vous dire que les conditions de sa miséricorde sont la foi et le repentir. Et ne vous trompez pas sur la nature du repentir : il ne peut être un simple regret de vos péchés, venant de la considération du mal et de la punition qu'ils vont maintenant vous attirer. Votre regret doit venir de la considération que vous avez offensé un Dieu charitable et miséricordieux. Mais je ne prétendrai pas vous donner des directives particulières quant à la nature du repentir. A mon avis, je parle à des gens dont les fautes ne viennent pas tellement de la méconnaissance de leur devoir, mais plus de l'avoir entrevu et négligé. Je souhaite ardemment que ce que je viens de vous dire, par compassion pour vos âmes, en cette triste et solennelle occasion, en vous exhortant d'une façon générale à croire et à vous repentir, que ce que je vous ai dit puisse avoir sur vous l'effet voulu et que donc vous puissiez devenir de vrais pénitents.

– Prêtre de Judas! dit Nau, bouillant de colère. Comme le disait le gamin, qu'on en finisse!

– Il te sied mal, reprocha Hizzoner à Nau, d'appeler l'Architraître à ton secours. C'est lui qui, confronté avec une telle décision, lorsque le salut et la damnation se disputaient son âme, a choisi de...

– Je sais ce qu'il a fait! Continue!

– Oui... eh bien... dit Hizzoner en hésitant. Maintenant, donc, m'étant acquitté de mon devoir envers vous en tant que chrétien, en vous donnant le meilleur conseil possible pour le salut de vos âmes, je dois à présent remplir mon office de juge. C'est la sentence prononcée par cette cour, car la cour est là où siège le juge, même si le juge est debout et ne siège pas, et même s'il est debout en pleine mer, que vous... (Il s'arrêta.) Comment vous appelez-vous?

– Qui s'intéresse à leurs noms? rugit Nau. Appelle-les Willy, Billy et Millie!

– Que vous, Willy, Billy et Millie... et encore Willy et Billy, car vous êtes cinq... que vous serez sur-le-champ mis à mort, à mort, *à mort!*

Maynard regarda les survivants. Le blessé ne semblait pas entendre, ou, s'il entendait, ne pas s'en soucier. La vue de sa main l'hypnotisait. Deux autres restaient incrédules. Ils traînaient les pieds, se regardaient et murmuraient des choses du genre : « Hé, mec... » et « Allons, chef... » et « Hé, si on cessait de faire les cons... »

Mais la femme savait. Elle y croyait et sombrait dans l'hystérie. Elle hurlait.

– Basco... dit Nau.

Basco fit un pas en avant, attrapa la femme par les cheveux et lui trancha la gorge.

Sans attendre qu'on le lui demandât, Justin sortit le Walther de son étui et tira sur le mutilé en pleine poitrine. Celui-ci tomba sans un cri. Alors qu'il gisait sur le pont, Justin le visa de nouveau, mais Nau lui retint la main.

– Ne double pas les torts d'un affront. Il est mort. De plus, les balles sont précieuses.

Très vite, de trois coups mortels de son couteau de chasse, Basco égorgea les autres.

Maynard se tenait à l'arrière du bateau, tremblant d'horreur et d'indignation.

– Tu en as fait un monstre, dit-il à Nau.

– Un monstre? Pas du tout. Un instrument. Quand il faut faire un travail, il faut le faire. Tu pleures sur ces cinq-là? Ces *cinq-là?* Nau poussa du bout du pied un des cadavres dont le corps était encore agité de crispations nerveuses. C'est une perte, *ça?*

– Sur eux? Non, mais je le devrais. Je pleure sur mon fils.

– Oui, c'est une perte. Mais console-toi : si c'est une perte pour toi, c'est un gain pour nous. (Nau s'adressa à Manuel.) Coule-le.

– On y met le feu?

Nau scruta le ciel, cherchant l'avion.

– Non. Coule-le en douceur. Montre à Tue-Barbe comment on fait.

Les garçons coururent vers l'avant et disparurent par une écoutille.

Les pinasses étaient chargées au-dessus des plats-bords. L'accastillage se réduisait à quelques centimètres. Si la mer n'avait pas été calme, elles se seraient remplies d'eau.

Trois d'entre elles s'étaient écartées de la goélette. La quatrième, celle de Nau, était amarrée à l'arrière de celle-ci, attendant les garçons.

La goélette était parfaitement stable sur l'eau. Alors que Maynard l'observait à cinquante mètres de là, l'avant se mit lentement – d'une façon à peine perceptible – à sombrer. Quelques instants plus tard, la poupe aussi s'abaissa légèrement. Les garçons apparurent sur le pont, gambadèrent vers l'arrière, sautèrent rapidement sur le gouvernail et se laissèrent tomber en souplesse sur la pinasse surchargée de Nau.

La goélette se balança – sombrant d'abord par l'avant, puis par l'arrière, puis de nouveau par l'avant – jusqu'au moment où, les ponts étant presque submergés, quelque chose de lourd dut se déplacer dans la cale, à moins que ce ne fût un compartiment qui refusait de se vider de son air, et l'équilibre se rompit dans la coque. L'arrière sortit de l'eau tandis que l'avant y plongeait avec l'aisance d'un poignard et un sifflement de reptile.

Lorsque la goélette eut disparu, quelques bruits subsistèrent – ou peut-être ne s'agissait-il pas de bruits, mais plutôt de sensations de bruits qui se propageaient dans l'eau et se réfléchissaient sur les coques des pinasses. Impressions de craquements, d'écrasement et d'éclatement.

A l'endroit où avait flotté la goélette, des bulles vinrent crever à la surface. La mer l'avait avalée et digérée, puis avait retrouvé un aspect aussi normal que si le grand voilier n'avait jamais existé.

– Faites voile, jeunes gens! cria Nau. Et souhaitez-vous un bon vent d'ouest. Il y a de l'alcool à boire et des putains à baiser!

Les pinasses atteignirent la baie au crépuscule. Jack la Chauve-Souris avait vidé sa cruche de rhum-et-poudre-à-fusil et s'était attaqué à une bouteille de vodka à 50°, empruntée (« en acompte » précisait-il) à la part du butin revenant à Beth. Il chantait à n'en plus finir une chanson qui n'avait que deux vers :

« Hé les gars, faut y aller
Molly a déchiré sa jupe dans le manguier. »

Le second de Nau tomba à l'eau en amenant la voile à l'entrée de la baie. Comme il était incapable de nager, il se débattit comme un fou jusqu'à ce que quelqu'un lui jetât un cordage et – sous les éclats de rire du reste de l'équipage – se mît à lui pisser dessus en le remorquant vers la grève.

Un Boston Whaler avait été tiré au sec dans la baie, et un homme attendait, posté à côté. Dans la demi-obscurité, Maynard ne le reconnut pas. Il ne vit qu'une chemise de toile blanche et des pantalons enroulés jusqu'aux genoux. Puis il l'entendit crier :

– Bravo, Excellence! Du moment où on a décidé de le faire, il faut que ce soit vite fait.

Windsor!

– Salut, docteur! (Nau leva le bras et lança quelque chose sur la place.) Votre argent. Pas grand-chose sans doute, mais c'est tout ce qu'il y avait. Et que m'avez-vous apporté?

– De la poudre... deux petits tonneaux... et des médicaments pour soigner vos pauvres malheureux.

Windsor ramassa l'argent et l'empocha.

On tira rapidement les pinasses sur le sable, et on les déchargea.

Justin et Manuel se tenaient à un pas derrière Nau lorsque celui-ci s'approcha de Windsor.

Quand Windsor aperçut Justin, il dit chaleureusement :

– Mais voilà un jeune gaillard. Rappelle-moi ton nom, petit.

– Le garçon qu'il était n'est plus, dit Nau. Maintenant, c'est Tue-Barbe.

– Un joli nom. Alors. Tue-Barbe, comment s'est passée la bataille?

– Très bien, monsieur, répondit Justin.

– Il a beaucoup de mérite, dit Nau. Le temps viendra où Manuel et lui se disputeront le pouvoir.

– Le dessus du panier. Survie des mieux adaptés. Conserver la pureté de la lignée. (Windsor examina attentivement la cargaison qu'on entassait sur la plage.) C'était une bonne prise. C'est bien ce que je pensais. C'est ce que laissaient entendre leurs conversations avec la terre.

– Oui, mais une cargaison sans grande valeur. Le scribe a appelé ça de la drogue.

– Qui ça?

Beth avait fait sortir Maynard de la pinasse et l'avait abandonné sur la plage tandis qu'elle veillait à ce qu'on mît de côté sa part de butin.

– Le scribe.

Nau montra Maynard du doigt.

Windsor traversa la plage, pour se diriger vers lui, et l'examina, n'en croyant pas ses yeux – comme s'il s'agissait d'une mauvaise plaisanterie. Il ne put rien dire d'autre que :

– Pourquoi êtes-vous en vie?

– Bien le bonjour!

– J'ai essayé de vous sauver, mais vous étiez têtu comme un mulet. Maintenant vous devriez être mort.

– Ma foi...

– Pourquoi est-il en vie? demanda Windsor à Nau.

– C'est un véritable embrouillamini, répondit Nau. Je vais le démêler en buvant un verre pour que vous compreniez.

Windsor insista.

– Il devrait être mort! C'est la coutume.

– Il le sera, et avant longtemps. Il le sait, nous le savons, c'est un fait. En attendant, il noircit du papier pour nous.

Windsor ne discuta pas avec Nau. Il murmura à Maynard :

– Je ne sais comment vous vous êtes débrouillé, mais, quoi qu'il en soit, vous êtes foutu. Croyez-moi.

– Vous me menacez? (Maynard sourit.) Je vous en prie... ne vous en faites pas pour moi.

– Croyez-moi, répéta Windsor.

Il s'éloigna.

Maynard essaya de deviner.

– Vous craignez que je contamine votre laboratoire?

(Windsor s'arrêta.) C'est ça, votre société parfaite, n'est-ce pas?

– Pas encore. (Windsor ne put réprimer un sourire.) Il y a plus de choses au ciel et sur terre, Mencken, que vous ne pouvez en rêver dans votre philosophie.

– Venez, docteur, cria Nau. Votre coupe est pleine et votre minet est seul.

Beth alla chercher une brouette rudimentaire dans les broussailles, Maynard l'aida à charger ses biens pour les rapporter à la hutte. Les bruits de la fête qui célébrait l'événement étaient portés par une brise fraîche à travers toute l'île : des cris et des rires, des hurlements aigus et des jurons, des bruits de bouteilles brisées et de corps titubant dans les broussailles.

– On a l'impression qu'ils font ripaille, dit Maynard, tandis qu'ils entassaient des caisses, des cartons et des filets de provisions dans la hutte, jusqu'à ce qu'il y eût à peine assez de place pour qu'ils pussent se serrer l'un contre l'autre.

– Ils s'échauffent pour le conseil.

– Le conseil?

– Nous irons tout à l'heure. Nous avons d'autres choses à faire avant.

Il la regardait, dans l'espoir qu'elle lui fournirait une explication, mais il ne vit qu'un étrange sourire empreint de tristesse qu'il ne sut interpréter.

Lorsque toutes les choses furent entassées, elle lui demanda :

– Quel alcool préfères-tu?

– Je ne m'y connais pas en alcools.

– Il y en a bien un que tu dois préférer. (Elle lui montra les caisses.) Vodka? Whisky? Gin? Rhum? (Elle agita la main, toute fière.) J'ai de tout. Je suis riche. Roche devrait mourir une seconde fois pour voir à quel point je suis riche.

– Whisky.

Ravie de jouer le rôle de l'hôtesse généreuse, Beth ouvrit une caisse de scotch et en tendit une bouteille à Maynard. Elle prit pour elle une bouteille de vodka. Elle ouvrit la sienne et fit signe à Maynard de l'imiter. Puis, « Attends », dit-elle. Elle gratta avec ses ongles le sol en terre battue et déterra une clef. Elle déverrouilla la chaîne, la désenroula du cou de Maynard et l'enleva. « Voilà », dit-elle.

Maynard eut l'impression que les muscles de son cou et de ses épaules retrouvaient leur élasticité et reprenaient vie. Il toucha délicatement sa peau à l'endroit où la chaîne l'avait écorchée.

– Merci.

– Bois.

– Pourquoi... ?

– Pourquoi boire ? Parce que...

– Non. Pourquoi... ça ? demanda-t-il en montrant la chaîne.

– Pour rien. (Elle hocha la tête, mais elle évitait son regard.) On peut te faire confiance.

– Tout d'un coup ?

– Est-ce que tu voudrais que je la remette ? Non ? Non ! Tais-toi et bois.

Ils burent au goulot. L'alcool, pur, leur brûlait la gorge et leur réchauffait le ventre.

– Tu m'as porté bonheur, dit Beth.

– C'est déjà quelque chose.

– C'est dommage.

– Quoi ?

Elle désigna le monde extérieur d'un geste vague.

– Tout. (Elle but une bonne lampée à la bouteille de vodka.) Mais... c'est comme ça.

Maynard but une gorgée et dit :

– Tu sais quoi ? Ce « comme ça » me fait chier.

Beth rit.

– Ma foi, peut-être...

– Tu sais, dit prudemment Maynard, en espérant ne pas la mettre de mauvaise humeur. Mon offre tient toujours.

– Quelle off...? (Beth savait.) Non. Il est trop tard.

– Pourquoi?

Beth secoua la tête pour chasser cette pensée et posa sa bouteille par terre.

– Viens.

– Où ça?

– Viens. Je te l'ai dit : nous avons autre chose à faire.

Elle lui prit la main et le conduisit à la plage, où elle lui fit prendre un bain, avec, lui sembla-t-il, une extraordinaire tendresse.

Ils remontèrent de la plage. Avant d'arriver au fourré, elle s'arrêta.

– Ici, dit-elle. (Elle se laissa tomber sur le sable, l'attira à côté d'elle, colla sa bouche à la sienne et le chevaucha avec une violence inhabituelle. Puis, respirant péniblement, elle lui toucha le visage et dit doucement :) Tu as été bon pour moi.

Rien, dans ses paroles, ne pouvait blesser Maynard, mais il y avait tant de gravité dans sa voix qu'il sentit son cœur s'emballer.

Ils suivirent des sentiers obscurs, se laissant guider par le vacarme, devenu assourdissant, des réjouissances. Ils arrivaient en bordure d'une clairière quand Beth s'arrêta et regarda, avec inquiétude, devant elle, comme si elle craignait une embuscade.

– Qu'est-ce qui t'inquiète? demanda Maynard.

Beth mit un doigt sur ses lèvres et dit :

– Chut.

Elle traversa la clairière à toute vitesse. Maynard, qui la suivait, vit que la hutte des gitons était vide.

Ils arrivèrent à la clairière des prostituées et, de

nouveau, Beth s'arrêta prudemment avant de la traverser.

Ils continuèrent, en silence, à suivre le sentier. Soudain, sortant d'un fourré, un homme énorme fonça sur eux comme un taureau et leur bloqua le passage. Il vociférait, complètement soûl, en titubant d'un bord à l'autre du sentier. Il trébucha dans les broussailles, se redressa et se mit à fendre rageusement les airs avec son couteau de chasse.

– Ne bougez pas! cria-t-il.

– Ne bouge pas toi-même, Rollo, dit Beth, si tu le peux.

Elle ne semblait ni effrayée ni alarmée, mais résignée à subir quelques désagréments.

Le gros homme vacillant les regarda d'un air mauvais.

– Aussi nombreux que vous soyez, prenez un verre avec moi ou vous aurez affaire à mon coupe-chou!

Il leur agita son couteau sous le nez.

– Laisse-nous passer, Rollo.

– Vous ne passerez pas sans avoir bu à ma santé. (Il tendit la main vers un buisson et tira sur le sentier une caisse de Kahlua. Il cassa le goulot d'une bouteille.) Bois à ma santé, dit-il en la tendant à Maynard.

– Non, merci.

Rollo poussa un hurlement et fonça sur Maynard. Celui-ci esquiva, et, au moment où Rollo passait à sa hauteur, il lui flanqua un coup au foie qui le fit tomber à genoux.

– Joli coup! dit Rollo en se relevant avec difficulté. Ça m'a ébranlé les tripes. Maintenant – il essuya le goulot de la bouteille sur le fond de son pantalon –, buvons un coup ou je te refonce dessus.

Maynard regarda Beth qui lui dit :

– Calme-le.

Maynard but donc à la bouteille et la passa à Beth.

Elle avala une gorgée et murmura : « A ta santé », puis elle rendit la bouteille à Rollo.

Tout content, Rollo répondit :

– A ma santé !

Il vida la bouteille et la lança dans les bosquets. Puis, avec un petit rire bête, il débarrassa le sentier de la caisse et retourna d'un pas mal assuré à sa cachette pour y guetter les prochains passants.

– Combien de temps va-t-il jouer à ce jeu ? demanda Maynard alors qu'ils reprenaient leur route.

– Jusqu'à ce qu'il soit ivre mort. Il est plutôt inoffensif.

– Inoffensif ? Il plaisantait ?

– Oh, non ! Il t'aurait sûrement tué, mais si on boit avec lui, il est doux comme un agneau.

Ils poursuivirent leur marche, continuant à se laisser guider par les bruits de la fête.

– Imagine qu'il tue quelqu'un, dit Maynard.

– Rollo ? Il l'a déjà fait.

– Qu'est-ce qui lui est arrivé ?

– Arrivé ?

– Il n'y a pas de châtiment ?

– Si c'est un enfant, oui, c'est un massacre. Il ne le ferait pas. Mais un adulte... c'est un combat loyal.

– Même s'il lui tend une embuscade ?

– Quelqu'un qui est incapable de se défendre contre un idiot si soûl qu'il ne tient pas sur ses jambes... ce n'est pas une perte.

Ils étaient tous réunis dans la clairière devant la hutte de Nau. Le chaudron d'alcool plein à ras bord, entouré de caisses ouvertes de différents alcools, trônait au centre, bouillotant au-dessus des braises de charbon de bois. Des femmes et des hommes ivres étaient vautrés un peu partout. Lorsque Beth le fit entrer dans la clairière, Maynard enjamba deux corps grognant et suant qui étaient en train de baiser.

Jack la Chauve-Souris, vêtu en tout et pour tout d'une paire de bottes en caoutchouc, était assis dans le sable, une putain à moitié déshabillée sur les genoux. Jack pleurait à chaudes larmes et, en passant, Maynard l'entendit qui disait :

– Mais, Lizzie chérie, je t'ai toujours aimée! Tu es tout ce que mon cœur désire.

– Dis donc, Jack, répondit la putain en lui caressant le cou. Je ne peux pas m'enfuir avec toi. Où est-ce qu'on irait?

– Je te bâtirai une chaumière au bout de l'île. Fais-moi plaisir! (Jack la Chauve-Souris pleurait comme un veau.) Dis que tu veux bien.

– Allons, Jack. Bois un coup et on baisera encore une fois, et tu te sentiras mieux.

Appuyé contre une souche, Hizzoner sirotait une bouteille de cognac tout en faisant le catéchisme à une putain endormie. Il posait des questions et, ne recevant en réponse que des ronflements, il se donnait la réplique à lui-même : « Oui, tu pourrais devenir une Madeleine, disait-il pensif. Mais une question de théologie se pose. Suffirait-il vraiment que tu cesses de te faire payer tes services ou devrais-tu cesser complètement de rendre ces services? Si tu y renonces, seras-tu Madeleine ou le bon Samaritain? Ou une femme impudique? Il faut que je consulte les Écritures. »

Hizzoner consulta la bouteille de cognac, poursuivant ses divagations.

Nau, assis devant sa hutte, seul, buvait du rhum dans une coupe d'étain. Il surveillait du regard la conduite de tous, mais il n'intervenait pas – même pas quand le ton montait, qu'on échangeait des injures ou brisait des bouteilles. De toute évidence, sa seule présence maintenait un certain ordre.

– Ah! scribe, dit-il quand il aperçut Beth et Maynard. Tu viens pour faire la chronique de la chute de

Rome? Il est rare que nous vivions un jour digne d'être célébré ainsi.

Nau remarqua que Maynard n'était pas enchaîné. Il dit sèchement à Beth :

– Où est sa laisse?

Beth se pencha et murmura quelque chose à Nau, qui sourit, inclina la tête et dit avec affabilité à Maynard :

– Viens donc t'asseoir à côté de moi et bois un verre.

Maynard posa la main sur le bras de Beth.

– Qu'est-ce que tu lui as dit?

– Seulement que... (Beth détourna les yeux.) Seulement qu'on pouvait te faire confiance.

Maynard s'assit. Nau remplit la coupe et la lui passa.

– Tu aurais pu être un brave, en d'autres temps.

Maynard but. Derrière lui, dans la hutte, il entendit le bruit d'une gifle suivi d'un gloussement, puis une voix perçante cria : « Oh, espèce de petit coquin! » Maynard regarda Nau en haussant les sourcils.

– Le docteur a eu gain de cause, dit Nau en riant.

Puis, la voix de Windsor, irritée :

– Tu es une vilaine taquine, et je n'accepterai pas.

Nouveau bruit de gifle, suivi d'un soupir.

Tout à coup, Nau sembla sentir qu'il se passait quelque chose dans la foule, comme si une frontière invisible avait été franchie. Une voix hurlait de fureur. Il y eut une gifle et un vrai cri de douleur.

– Arrêtez! commanda Nau.

La foule se calma. Basco Tom, debout, menaçait de son poignard une putain recroquevillée sur elle-même.

– Basco! Laisse tomber!

– Je la crèverai, l'Ollonois. Tu ne m'arrêteras pas.

– Non, dit Nau d'une voix unie. Je ne t'arrêterai pas.

La foule attendait.

Basco s'apprêta à frapper.

– Mais si tu frappes, reprit Nau, dis adieu à ta main. Je la couperai moi-même.

Il se leva et prit le couteau qu'il portait à son ceinturon.

Basco s'arrêta.

– Frappe, dit Nau. Poignarde-la. Ça sera un coup de poignard coûteux, mais tu es homme à connaître le prix des choses. Si un coup de poignard vaut une main, vas-y.

– Elle m'a offensé, dit Basco.

Maynard vit les dorsaux de Nau se détendre.

– Ça devait être une très grave offense.

– Oui. (Basco était sensible à la sympathie de Nau.) Je lui ai offert un bon prix pour la voir nue, mais elle a refusé.

La putain sentait aussi que la tension baissait. Elle cracha par terre et dit :

– Un bon prix! Un baiser puant et une boîte de petits pois!

– C'est un très bon prix! Je n'avais pas l'intention de te toucher.

– Je suis une putain, pas une image! Un *homme* ne prend pas de plaisir uniquement avec ses yeux!

Nau dit à la fille :

– Qu'est-ce qui, d'après *toi*, est un très bon prix?

Elle se leva et épousseta sa chemise, prête à négocier.

– Eh bien, étant donné que je ne suis pas là pour ceux qui font du lèche-vitrines, je lui ai offert un vrai festin. Et tout ce que je demandais...

– Tout! cria Basco.

– Tout ce que je lui ai demandé, poursuivit la putain d'un air pincé, c'était son joli médaillon.

– Trop cher pour lorgner une bonne femme.

– Je lui offrais plus que de me lorgner.

– Quel médaillon? dit Nau.

On discernait dans son ton une note nouvelle d'agacement. La terreur commença à se peindre sur le visage de Basco.

– Rien. C'est rien. Je me suis trompé.

– Pas un gros cadeau, dit la putain. Une jolie petite chose...

– Quel médaillon?

Maynard vit Hizzoner émerger de ses rêveries religieuses et se lever.

– Une babiole, dit Basco avec un faible sourire. Une breloque.

– Je veux la voir, dit Nau la main toujours tendue.

– Bien sûr!

Basco s'arrêta près du chaudron de rhum et y plongea sa tasse. Sa main tremblait lorsqu'il la porta à ses lèvres.

Se plantant devant Nau, il plongea la main dans sa poche mais quelque chose suspendit son geste : Nau lui avait appuyé le canon d'un pistolet sur le front.

– Laisse ça. (Nau jeta un coup d'œil de côté.) Prends-le, Hizzoner.

Hizzoner plongea la main dans la poche de Basco et en sortit un Derringer à percussion à double canon.

– Eh bien! dit Nau.

Basco était maintenant terrifié.

– Le médaillon est dedans! Je le jure!

– Je n'en doute pas. Et bien protégé.

Hizzoner trouva la breloque et la donna à Nau. Ce n'était pas un médaillon, mais une croix en or sur une chaîne en or.

– Depuis combien de temps as-tu ça?

– Des années! Un souvenir.

Basco louchait, les yeux fixés sur le canon du pistolet.

– Depuis combien de temps as-tu ça? répéta Nau.

– Je jure...

– Depuis combien de temps as-tu ça? dit pour la troisième fois Nau, comme s'il s'agissait d'un rituel.

Basco savait très bien ce qui se passait. Son visage était inondé de sueur.

Maynard regarda Basco et sut – par déduction logique, pratiquement, sans ressentir ni choc ni chagrin – que l'homme était déjà mort. Ce qu'avait fait Basco (un vol, pensa Maynard) était assez odieux en soi, mais il avait ajouté au crime le mensonge, non seulement une fois mais trois. Maynard était maintenant si habitué au carnage qu'il se demanda seulement comment – et non, si – Basco mourrait. Et, songea Maynard avec indolence, une partie de son cerveau, ou de sa conscience, devait être atrophiée, car il ne se souciait même plus de ne pas s'en soucier.

– L'alcool, l'Ollonois, dit Basco. La bataille...

– Tu l'as pris à cette femme, dit Nau. C'est pour ça qu'elle t'a mordu.

– Je...

– Il a dissimulé quelque chose à la communauté, dit Hizzoner.

– Une babiole!

– Nous avons passé notre enfance ensemble, Basco, dit Nau, et il pressa la détente.

Le crâne de Basco explosa en une pluie d'éclats d'os. Il s'effondra sur le sable, comme une bouteille décapsulée.

– Nau remit le pistolet dans son ceinturon et lança la croix à la putain. Deux hommes débarrassèrent la clairière du cadavre.

Lentement, péniblement, comme une locomotive à vapeur quittant une gare, les réjouissances repartirent sur la vitesse acquise.

Nau remplit sa coupe, but une gorgée et la passa à Maynard.

– Comment écrirais-tu cette histoire, scribe?

Maynard haussa les épaules.

– Un mort de plus. Ici un instant, disparu l'instant d'après. C'est comme ça que vous traitez le sujet, n'est-ce pas?

– Basco était un ami.

– Etais-tu triste de le tuer?

– Il me manquera, mais il fallait le faire.

– Pas de pardon, même pour les amis, n'est-ce pas?

– Exactement. Le pardon est synonyme de faiblesse. La faiblesse provoque une lézarde. Puis la lézarde cause une fissure, et bientôt, c'est l'émeute. Ils n'en attendaient pas moins de moi.

Maynard entendit, derrière lui, des bruits de pas, puis la voix de Windsor.

– J'ai ouï des glapissements de colère et quelque bruit qui annonçait la mort.

Windsor était devant la hutte, en train d'attacher la ceinture de son pantalon. Il tenait une bouteille de scotch à moitié vide sous un bras. Il avait le visage en feu, les yeux vitreux. Le giton blond, au corps souple, qui portait un minimum de cuir noir, le suivait. Appuyé contre la porte, il prenait des poses, d'un air suffisant et narcissique.

– Basco a regagné ses pénates, dit Nau.

– Quel crime? demanda Windsor en s'asseyant dans le sable.

– La convention, répliqua Hizzoner en guise d'explication.

– Bien, approuva Windsor, on ne peut plus sérieux.

Il but à la bouteille.

– J'aurais pu l'ignorer, dit Nau avec une nuance de regret dans la voix, s'il n'était pas allé se chamailler avec ça. D'un geste méprisant, il désigna la putain qui, ayant enlevé sa blouse, constatait avec ravissement que la croix lui tombait juste entre les seins.

– Il est mort pour *ça*? dit le giton en prenant un air dédaigneux. Mince alors! C'était un homme qui manquait de goût.

– Tais-toi, ma biquette, dit Windsor.

La putain avait saisi – peut-être pas les termes exacts, mais le ton et le sens des paroles.

– Répète ça, capon, lança-t-elle d'un air de défi.

– Entendez-*la*, dit le giton. Cache tes tristes nichons, chérie, avant qu'ils aient creusé une autre tombe.

– Biquette, dit Windsor pour le mettre en garde.

– Dis donc, ma poulette, dit la fille en le narguant, tu t'es bourré de quoi, ce soir? De mangues?

Cette plaisanterie déclencha des éclats de rire, particulièrement appuyés chez les autres putains. Le giton rougit.

– Regardez, mesdames, comme il rougit! poursuivit la putain. Il prend des airs avantageux, mais c'est loin d'être un coq!

– Je parie qu'il est bourré d'œufs, lança une autre.

– Oui, intervint une troisième, il pond lui-même.

Accablé par le nombre et les bordées d'injures, le giton explosa. Il enjamba Windsor et cria : « Putain! », puis il s'élança au milieu de la clairière et frappa la fille de Basco en plein sur la bouche.

Sa lèvre se fendit. Elle essuya le sang de sa bouche, puis éleva sa main.

Le giton gardait les yeux fixés sur cette main levée, prêt à se protéger d'un éventuel coup de poing. Il ne vit pas qu'elle serrait son autre main, dont le pouce tendu s'ornait d'un ongle long et pointu. Il ne vit pas non plus partir son poing quand, s'appuyant de tout son poids, elle lui enfonça si profondément son ongle dans le nombril qu'il eut l'impression qu'on lui entaillait la colonne vertébrale.

Il hurla et s'effondra en arrière. Elle se laissa tomber sur lui et laboura des ongles de son autre main ses aisselles épilées.

Il lança une ruade. Un de ses genoux atteignit la fille à la tempe. Sous le choc, elle le lâcha. Il en profita pour se laisser rouler sur elle et lui mordre les seins.

La foule s'esclaffait et applaudissait. Les putains prenaient parti, mais les autres restaient neutres : ils applaudissaient chaque coup qui portait ou faisait jaillir du sang, et, avec la même impartialité, hurlaient leur approbation lorsque la putain y laissait la pointe d'un sein ou le giton le lobe d'une oreille.

– Ça vous ennuie, docteur? dit Nau. Votre minet perd ses poils.

– Il est tout en muscles, répondit Windsor. Elle n'est pas de taille.

Windsor sortit de la poche de sa veste une boîte de balles et la posa sur le sable devant Nau : un pari.

Maynard reconnut la boîte. Il l'avait cachée dans le tiroir de son bureau au Chainplates.

Nau fouilla dans une petite bourse en cuir qu'il portait autour du cou et en sortit une boucle d'oreille ornée de saphirs, qu'il posa à côté des balles.

Windsor remarqua l'expression bizarre de Maynard, et il expliqua :

– Il faut bien intéresser le pari, sinon il n'y aurait pas de jeu. Ça revient au même, en fin de compte.

Le combat entre le giton et la putain en était au point mort. Les bras et les jambes enchevêtrés, ils donnaient des coups de dent dans le vide.

– Match nul? demanda Hizzoner.

– Non! cria quelqu'un dans la foule.

– Séparez-les, alors.

Un homme se dirigea en titubant vers le centre de la clairière et flanqua un coup de pied dans la tête du giton.

En esquivant le coup, celui-ci libéra une des mains de la putain. Elle lui laboura le visage de ses ongles. Il se dégagea, mais elle revint à la charge. Il para ses coups en lui flanquant son poing en plein sur les seins.

– Depuis combien de temps êtes-vous dans le coup? demanda Maynard à Windsor, sans cesser de regarder les corps suants et ensanglantés continuer à lutter dans le sable.

Windsor ne quittait pas le combat des yeux.

– Trente ans. Mon bateau a eu une avarie, et je suis venu à la nage jusqu'ici.

– Ils vous ont laissé en vie?

– Ils ne m'ont pas pris. Je les ai vus le premier. J'étais sur le point de leur demander aide, mais quelque chose, une impression, un effluve – c'est certainement grâce à mes études d'anthropologie que je l'ai senti – m'a averti qu'ils n'étaient pas du genre à bien accueillir les visiteurs. Alors je me suis enfui à la nage.

– A la *nage*?

– Je me suis laissé flotter. J'ai tué un cochon, je lui ai bouché le derrière et la gueule, et je m'en suis servi comme d'une bouée. Pendant deux jours, j'ai flotté sur lui, puis les requins l'ont eu, et j'ai nagé pendant encore une journée. Un bateau qui pêchait des escargots de mer m'a recueilli.

– Mais quand vous êtes arrivé à terre, comment se fait-il qu'on n'ait pas envoyé quelqu'un ici?

– Je n'en ai parlé à personne. Je n'ai jamais ouvert la bouche.

– *Quoi*?

Les combattants s'étaient remis debout. Du sang coulait des morsures sur les seins de la putain, et des estafilades qui balafraient la poitrine et le dos du giton. La fille poussa un hurlement et chargea. Le giton l'attrapa par les cheveux pour la déséquilibrer. Une poignée de cheveux lui resta dans les mains.

– Voilà une poignée qui fait mal, Biquette! cria Windsor. Ça, c'est un gaillard!

La putain baissa la tête et repartit à l'attaque. De ses ongles acérés, elle arracha le minimum en cuir. Deux citrons roulèrent sur le sable. Des coups de sifflet et des rires éclatèrent parmi la foule.

Le giton, fou de rage, essaya de frapper la putain qui esquiva agilement en dansant et en montrant d'un air moqueur son petit sexe rasé.

– Ça y est, maintenant, dit Nau.

– Non, monsieur! Voyez!

Se tenant à distance de la putain, le giton remonta délicatement ses testicules à l'abri de son aine et serra son pénis entre ses jambes.

– Il n'y a plus rien! dit Nau, stupéfait.

– Regarde Achille qui cache son talon! dit Windsor en riant.

La putain s'attaqua au giton, essayant de l'atteindre là où il était le plus vulnérable.

Windsor but à la bouteille et dit à Maynard :

– Ils me fascinaient. Ou bien, c'était une secte religieuse exotique, auquel cas ils avaient le droit de se tenir à l'écart du monde, ou bien – et je n'osais pas le rêver – c'était... eh bien, ce qu'ils sont. Je savais ce qui se passerait si j'en parlais aux autorités. En une semaine, ils auraient été anéantis : la solution qu'aurait trouvée la civilisation aurait été de les sauver en les anéantissant, et ces gens y auraient alors coopéré en luttant jusqu'à la mort. Oh, certains auraient probablement survécu, les enfants, qu'on aurait reconditionnés. Ce seraient maintenant des actuaires ou des vendeurs, libres de ressembler aux autres, libres de se faire du souci pour les traites de leur voiture ou leur vérole.

– Comment êtes-vous entré en contact avec eux?

Windsor sourit.

– Avec beaucoup de précautions. Je les ai approchés comme je l'aurais fait avec les Tasadays ou les Jivaros, ou avec n'importe quelle société anachronique. Je restais en mer et je leur expédiais des choses à terre en utilisant la marée : de l'alcool et de la poudre et – c'était stupide de ma part, mais je ne pouvais pas le savoir – de la verroterie et des bijoux fantaisie. J'y joignais toujours un message, dans lequel je les assurais de mon amitié, leur expliquant que je ne leur voulais que du bien, assurant que j'étais le seul à connaître leur existence. Lorsqu'ils acceptèrent finalement de prendre contact avec moi (nouveau sourire de Windsor), l'Ollonois me dit que, un an durant, je les avais rendus fous. Ils ne me voyaient jamais, et ne pouvaient pas me mettre la main dessus. En définitive, ils ont accepté de parlementer – en mer, bateau armé contre bateau armé –, uniquement parce qu'ils craignaient que je me décourage et que je révèle leur existence.

Maynard sentit naître en lui une vague d'indignation. C'était une sensation violente qui lui faisait du bien.

– Savez-vous combien de vies votre petite expérience, votre fascination, a...

– Tu parles! (Windsor feignit d'ignorer le reproche.) Lorsque la civilisation aura sombré, par sottise, dans l'oubli, ces gens existeront encore. Tout se réduit à ce qu'il y a de plus simple, de plus fondamental, de plus incontestable : la survie. La morale, la politique, la philosophie, tout vise à cette seule fin. Et c'est la seule fin qui vaille la peine qu'on y aspire.

– Survivre... pour quoi faire?

– Survivre pour survivre. N'oubliez pas, Mencken, qu'au fond l'homme est un animal. La civilisation est son pelage. Ces gens sont glabres. Ils sont fidèles à leur nature.

Jusque-là, Windsor avait regardé Maynard, mais son attention se reporta brusquement vers le combat, attirée par un gémissement angoissé du giton.

Il gisait sur le dos, roulé en boule, les mains serrées sur son sexe ensanglanté. La putain se tenait accroupie au-dessus de lui, ses ongles profondément enfoncés dans sa chair, autour du pharynx.

Le giton regarda Windsor et leva une main suppliante dans sa direction.

– Docteur? dit Nau. Il est à vous.

Windsor fit la grimace devant cette épave mutilée.

– Il n'est pas joli-joli, dit-il en hochant la tête, et en se détournant.

Les derniers cris du giton s'étranglèrent sous les assauts des griffes de la putain.

Maynard réprima une envie de vomir.

La putain, meurtrie de partout, paradait autour de la clairière, faisant tourbillonner triomphalement le minimum de cuir au-dessus de sa tête, avec un sourire épanoui qui témoignait de sa reconnaissance à la foule qui l'acclamait.

Alors qu'il regardait les hommes traîner hors de la clairière le cadavre du giton, Maynard dit :

– Une petite soirée qui revient cher...

– Deux? Cher? Non, répondit Nau. Bien des batailles nous coûtent plus cher.

Maynard n'avait pas vu Beth s'éloigner. Il fut surpris quand il la vit sortir de l'obscurité et se diriger, à pas mesurés, vers le centre de la clairière. Elle s'était changée et portait à présent une robe de toile blanche propre, et avait huilé sa peau et ses cheveux. Elle avait un air réservé, virginal. Elle se tenait silencieuse, près du chaudron d'alcool, mains croisées devant elle, yeux baissés.

– Attendez! dit Nau. Silence.

La putain s'assit, et le bruit de la foule décrut.

– Goody Sansdents a une déclaration à faire.

Beth leva les yeux et dit :

– Je ne suis plus Goody Sansdents. J'attends un enfant de Maynard.

Des applaudissements s'élevèrent de la foule.

Nau salua Maynard.

– Tu as rempli ta tâche.

Maynard toucha des doigts la peau à vif de son cou. Il savait maintenant pourquoi Beth s'était montrée triste et tendre quand ils avaient fait l'amour, pourquoi Nau avait accepté qu'on le délivrât de sa chaîne, pourquoi on avait pu soudain « lui faire confiance ».

Hizzoner donna une petite tape sur l'épaule de Maynard et dit :

– Le voyage est fini, mon gars. Repose-toi, mange, bois, fais la fête. Par routine, il ajouta : Luc 12-19.

Windsor enchaîna :

– Sot! Ta vie on va te la redemander cette nuit, Luc, 12-20

– Dieu est dans le ciel, répondit Hizzoner à Windsor, et toi sur la terre : et donc renonce à trop parler, Ecclésiaste, 5-2.

– Quand? demanda Maynard.

– Demain, répondit Nau.

– Le jour du Seigneur, approuva Hizzoner. Un bon

jour pour mourir, car IL se repose et pourra bien t'accueillir.

– Comment?...

– Vite, dit Nau. Comme tu le voudras, car il s'agit là de chirurgie, et non d'un châtiment. Mais jusque-là – il fit passer la coupe à Maynard – ne pense qu'aux réjouissances.

Maynard s'humecta les lèvres, mais il ne pouvait pas boire. Des fantasmes de fuite compliquée, impossible, lui traversaient l'esprit, et, bien qu'il sût – car il était réaliste – que c'était sans espoir, il se refusait à abdiquer totalement en buvant au point de sombrer dans un coma que la mort ne ferait qu'approfondir. De plus, pour ce qu'il en savait, ils avaient raison : la mort pouvait être une aventure, et ça ne rimait à rien de se lancer, complètement inconscient dans une nouvelle aventure.

On remplit de nouveau et on réchauffa le chaudron d'alcool, et on se remit à boire avec une ferveur telle qu'on eût dit qu'une étoile d'or était promise au premier qui sombrerait dans l'inconscience.

Hizzoner déboucha une nouvelle bouteille de cognac et l'emporta vers sa souche d'arbre, où il donna une claque à sa compagne pour la réveiller et s'embarqua dans un nouveau cours d'instruction religieuse.

Windsor, allongé sur le dos, biberonnait son scotch en contemplant les étoiles.

Beth emplit de rhum une cruche de grès et s'assit par terre, en se frottant de temps en temps le ventre et en souriant. Elle se refusait à regarder Maynard – ne tenant pas peut-être à gâcher le bonheur que lui promettait l'avenir, en ressassant l'idée que Maynard, qui lui avait donné cet avenir, n'en avait plus lui-même aucun.

Nau buvait moins vite que les autres, ne cessant de scruter l'obscurité.

– Tu attends quelqu'un? lui demanda Maynard.

– Oui. Le couronnement d'une heureuse journée.

Un peu plus tard, ils entendirent des pas dans le chemin et se retournèrent : les deux garçons firent leur entrée dans la clairière.

Manuel ouvrait la marche. Il portait une chemise blanche et un pantalon blanc propre, et, autour du cou, une pièce d'or au bout d'une chaîne en or.

Justin, qui le suivait, était vêtu comme un dauphin. Il portait un pourpoint de velours lavande, une culotte de satin blanc, des chaussettes de soie, et des chaussures de cuir noir à boucles d'argent. Un poignard à manche d'ivoire était passé dans sa ceinture. Il avait, au petit doigt de chaque main, une émeraude. Tout était strictement d'époque, à l'exception du holster sous son bras gauche.

On avait rejeté en arrière et attaché les cheveux de Justin et on lui avait mis un postiche : une queue de cheval enrubannée. Son allure royale avait quelque chose de contraint : il marchait la tête haute et, en traversant la clairière, il garda les yeux fixés sur Nau, ignorant les autres.

– Ecoutez-moi! dit Nau.

Les quelques personnes qui bavardaient encore firent silence et on n'entendit plus que quelques faibles ronflements et, venant d'un bouquet d'arbres, les efforts que faisait quelqu'un pour vomir.

– J'avais un fils et il est mort, annonça Nau. (Il était plus soûl que ne l'avait pensé Maynard. Il avait la tête lourde et, chaque fois qu'il l'inclinait légèrement, il perdait l'équilibre et devait, pour le retrouver, faire un demi-pas en avant.) J'aurais pris celui-là comme second fils. Il laissa lourdement tomber sa main sur l'épaule de Manuel. Mais il est portugais et un peu noir, et un peu métissé d'un tas d'autres races, alors, s'il doit commander, ce sera en conquérant son titre. Celui-ci, – il fit claquer son autre main sur l'épaule de Justin – je le choisis donc maintenant comme fils, pour qu'il partage les charges et les avantages et... (Il oublia la suite.) Et... le reste. (Nau tituba et reprit son équilibre en s'appuyant sur les deux garçons.) Mais je prédis qu'un jour ces deux-là, Manuel et Tue-Barbe, en découdront pour savoir qui exercera le commandement. Qui gagnera? Le meilleur, et c'est ainsi que ça devrait être, car le plus fort doit l'emporter.

Sans qu'on lui demandât son avis, Hizzoner proclama, toujours assis sur sa souche d'arbre :

– Une génération passe, une autre arrive, mais la terre demeure à jamais.

– Bien dit.

Nau prit dans sa bourse un pendentif fait d'une pièce d'or plus grande que celle que portait Manuel et l'accrocha au cou de Justin.

Justin ébaucha un sourire plein de suffisance, dont l'affectation semblait vouloir dire : *noblesse oblige* (1).

Quelle façon insupportable de narguer les gens, pensa Maynard, et il dut faire un effort de volonté pour ne pas bondir sur ses pieds et, comme dernier acte de sa vie d'homme, cogner sur la figure de son fils.

– Ainsi le temps est venu, dit Nau, en prenant Justin par la main, de devenir un homme. (Il conduisit le garçon parmi les corps endormis, s'arrêtant ici pour examiner l'expression d'un visage, tâtant là une cuisse.) Voilà, dit-il finalement et, de l'orteil, il poussa une putain pour la réveiller. Debout, la fille. Tu as du travail.

La fille remua et toussa.

(1) En Français dans le texte (N.d.T.)

– Prends-moi ce jeune homme et apprends-lui à se servir de son arme.

Reniflant, crachant et grommelant, elle se remit péniblement debout.

– J'aurais plus d'entrain après une nuit de sommeil.

– Je te dis d'avoir de l'entrain maintenant.

La putain prit Justin par la main.

– Viens, petit.

– La prochaine fois où je le verrai, il vaudrait mieux que ce ne soit plus un petit. (Il se tourna vers Manuel.) Va avec eux. Cette truie est bien capable de s'endormir avant d'avoir accompli son devoir.

Lorsque Manuel passa devant Maynard, il lui jeta un coup d'œil et, dans ce coup d'œil, Maynard lut son intention de ne jamais laisser Justin atteindre l'âge où il pourrait prendre le commandement.

L'un après l'autre, ils s'endormirent. D'abord Beth qui sombra en avalant les dernières gouttes de sa cruche. Puis Windsor, sa bouteille lui glissant des mains et se vidant en glougloutant sur sa poitrine. Hizzoner se lança dans un exposé sur le royaume des cieux qui s'abîma dans un ronflement. Enfin, ce fut Nau qui rampa pour gagner l'abri de sa hutte, mais s'effondra en travers de la porte.

Maynard essaya de discerner, au bruit, s'il y avait encore quelqu'un d'éveillé, mais, apparemment, tout le monde dormait.

Il était seul et libre. Il pouvait quitter la clairière, courir vers la baie, prendre un bateau et partir. Non. Il devait y avoir un garde posté près des bateaux. Il pouvait confectionner un radeau pour s'enfuir. Quelque chose n'allait pas. C'était trop facile. Peut-être voulaient-ils qu'il essaie de partir sur un radeau, peut-être pensaient-ils – avec une sorte de sollicitude perverse – que ce serait une amabilité de leur part que de le laisser s'enfuir et se noyer. Après tout, ils ne pouvaient prendre le risque qu'il survécût. C'était possible pourtant. Windsor avait bien survécu.

Cela pouvait s'expliquer autrement. Peut-être savaient-ils qu'il ne partirait pas en abandonnant Justin. Mais qu'est-ce qui l'empêchait d'emmener Justin? Pas la putain. Manuel? Peut-être, mais il pouvait prendre Manuel au dépourvu et le réduire rapidement au silence. Croyaient-ils qu'il ne tuerait pas Manuel? Comptaient-ils sur le fait qu'il en serait empêché par les règles morales de « son monde ». Il espérait qu'il en était ainsi. Ce serait un plaisir que de leur montrer à quel point ils l'avaient corrompu.

Il allait chercher Justin et l'amener à la baie. S'il pouvait tuer le garde et prendre un bateau, il le ferait. Sinon, ils iraient jusqu'à une pointe éloignée de l'île, confectionneraient un radeau – avec quelque chose, n'importe quoi – et se laisseraient dériver. Maynard eût aimé savoir lire l'heure dans les étoiles, afin de pouvoir évaluer de combien de temps il disposait avant le lever du jour, avant qu'on découvrît sa fuite et qu'on lui donnât la chasse.

Il se glissa jusqu'à l'orée de la clairière, où le pantalon de Jack la Chauve-Souris pendait à un arbuste. Il y avait un couteau dans un étui passé dans le ceinturon. Maynard s'en empara.

Lorsqu'il fut assez loin de la clairière, marchant en silence – attentif à ne pas faire craquer des branches sèches – dans la direction qu'il présumait être celle du pavillon des prostituées, Maynard s'arrêta pour couper un morceau de liane qui pourrait lui servir de garrot, s'il n'avait pas d'autre moyen de venir à bout de Manuel, ou de corde pour ligoter Manuel ou l'homme qui montait la garde près des pinasses.

A un détour du sentier, il vit les huttes des prostituées. Il s'arrêta et retint sa respiration, fouillant des yeux l'obscurité pour tenter d'y découvrir Manuel. La clairière était vide, les huttes noires et silencieuses.

Il traversa en courant l'étendue sableuse jusqu'à la hutte la plus proche et resta devant la porte, à l'écoute. Elle était vide, ainsi que la seconde et la troisième. Alors qu'il se faufilait le long du mur de la quatrième, il entendit une respiration lourde et la voix de Justin, furieux.

– Et alors? Et maintenant?

Un ronflement lui répondit.

Le clic-clic d'une balle qu'on chargeait dans un automatique, puis la voix de Justin, menaçante :

– Réveille-toi, ouvre tes yeux de merde! Je vais te mettre la tête en bouillie!

La résolution glaciale qu'on percevait dans la voix de Justin bouleversa Maynard, mais il ne pouvait s'offrir le luxe de se livrer à la méditation, ni de laisser claquer un coup de feu dans le calme de la nuit. Il écarta le rideau de la porte et plongea dans la hutte, les mains tendues pour saisir celle de Justin.

Au moment où il tomba et envoya valser le Walther, il eut la vision fugitive des fesses nues de son fils nichées entre les cuisses charnues de la putain qui ronflait, dans un état de complète léthargie.

– Quoi? cria Justin. Qui...?

Maynard lui mit un doigt sur les lèvres.

– Chut! C'est moi.

Justin ne fit pas le moindre effort pour baisser la voix.

– Qu'est-ce que tu fais?

Maynard discerna une certaine confusion dans la voix du garçon, en même temps qu'une note d'indignation.

La putain bougea.

Une silhouette obstrua la porte, plongeant la hutte

dans une complète obscurité. Maynard reçut un coup qui l'envoya valser les quatre fers en l'air. On lui arracha la liane des mains. Il entendit Justin essayer de crier, puis avoir un haut-le-cœur et suffoquer avant de glisser sur le sol.

Manuel, à bout de souffle, s'agenouilla près de Justin et débarrassa son cou de la liane.

– Qu'est-ce que... ?

– Ramasse-le, ordonna Manuel à Maynard. Suis-moi.

– Il va bien?

– Il va dormir, mais pas longtemps.

– Il était effrayé.

– Il aurait appelé au secours.

– ... troublé...

Manuel ramassa la chemise de toile de la putain, en déchira l'ourlet et bâillonna Justin.

– Ce n'était pas nécessaire, dit Maynard. Il était simplement...

– Appelle ça comme tu voudras. Je ne veux pas prendre de risque, *moi.* Ramasse-le.

Maynard obéit. Justin était mou et difficile à manier, un peu comme un sac d'oranges, mais assez léger pour qu'il pût le porter facilement sur l'épaule.

– Allons, petit, murmura-t-il. Papa va te ramener à la maison.

Maynard suivit Manuel dans le dédale des sentiers obscurs – lui faisant confiance, d'abord parce qu'il n'avait pas le choix, ensuite parce que les mobiles de Manuel étaient évidents, purement égoïstes et donc dignes de confiance : l'ambition pure, exempte de toute autre préoccupation. Plus rapidement et simplement la concurrence serait éliminée, plus aisée serait l'accession de Manuel au titre de l'Ollonois.

Lorsqu'ils arrivèrent à la plage, Manuel n'hésita pas. Il se dirigea rapidement droit sur les pinasses. Il fit signe à Maynard de déposer son fils dans le bateau le plus proche.

Justin avait les yeux fermés, et une respiration régulière.

– Pas de garde? murmura Maynard.

Manuel désigna une masse sombre, celle d'un homme gisant, bras et jambes écartés, sur le sable.

– Tu l'as tué?

– *Tu* l'as tué, dit Manuel. Si les choses tournent mal, tu as tout fait. Tu as tué le garde, volé le gosse, et tu m'as assommé. Ils me retrouveront dans la hutte de la putain. Hurlant de douleur.

– Pas mal!

Maynard poussa la pinasse pour la mettre à l'eau. Puis il remarqua que, bien que le bateau fût gréé, et les voiles ferlées, il n'y avait pas de rames.

– J'aurai besoin de rames. Il me faudra toute la nuit pour essayer de sortir de cette baie en tirant des bordées.

– Là-bas, dit Manuel, et il courut le long de la plage jusqu'à une grande tente où des rames étaient entassées.

Maynard s'éloigna un instant du bateau pour aller à la rencontre de Manuel.

En une seconde, Justin s'était levé et fonçait vers le couvert.

Alerté par le bruit, Maynard se retourna et cria : « Justin! » Il se mit à courir comme un fou, puis s'arrêta.

Il vit Justin se débarrasser du bâillon et le jeter. Puis il entendit le cri de « Tue-Barbe » :

– Aux armes! Aux armes! Aux armes! Aux armes!

Son cri retentit dans la baie.

Comme il l'avait annoncé, Manuel courut se mettre à l'abri. En passant devant Maynard, il s'arrêta pour dire :

– Espèce de cinglé!

– Je croyais savoir...

Il n'y avait pas de mots pour exprimer son désespoir.

– Débrouille-toi.

Maynard leva les yeux, mais ne dit rien.

– Si tu restes, prends ce couteau et enfonce-toi-le dans le ventre. Tout ce que tu pourras faire vaudra mieux que ce que nous te ferons.

Maynard suivit Manuel du regard jusqu'à ce qu'il disparût dans l'obscurité. Puis – ne sachant trop que faire, troublé, et craignant soudain pour sa vie – il prit une paire de rames, les jeta dans la pinasse et poussa au large.

Alors qu'il contournait le premier coude de la baie et atteignait l'abri du brise-lames, il entendit des voix dans le lointain. Il se courba sur les rames et souqua de toutes ses forces.

Il atteignit l'eau libre et vit le rayon d'un projecteur jouer, par-dessus sa tête, sur le brise-lames extérieur. Il fit une cinquantaine de mètres vers le nord et prit un nouveau virage, pour placer un écran supplémentaire entre lui et les projecteurs qui fouillaient la nuit.

Maintenant, les voix lui parvenaient plus fortes, plus distinctes. Ils avaient atteint la baie.

Il hissa la voile. Un vent vif du sud-ouest le poussait vers le nord-ouest et la pleine mer. Tant qu'il soufflerait ainsi, il avait une chance de conserver son avance.

La petite pinasse glissait vivement sur l'eau avec un léger sifflement, de minuscules vagues clapotant contre l'avant. Il naviguait au plus près. Le bateau commença à donner de la bande, et le clapotis des vagues sur le bossoir d'avant devint plus fort, plus pressant.

Puis, soudain, la proue sembla plonger dans l'eau.

Le bateau perdit de sa vivacité. Les vagues ne giflaient plus la proue, elles l'éclaboussaient mollement, paresseusement. De l'obscurité, à l'avant, jaillit une sorte de gargouillement.

Maynard assujettit la voile et se servit de son extrémité pour fixer la barre. Il rampa jusqu'à la proue, et, immédiatement, il constata que la pinasse prenait de l'eau. Il chercha à tâtons la voie d'eau. Si le trou était petit, il pouvait le colmater, écoper et poursuivre sa route.

Il explora du doigt le traversin avant et sentit l'eau jaillir. Les planches de la proue étaient toutes écartées. Il retira sa main. Le bout de ses doigts était poisseux. Il les porta à son nez : de la mélasse.

Manuel avait pris toutes ses précautions. Il avait gratté le calfatage de l'avant et l'avait remplacé par de la mélasse. Même si Justin ne s'était pas enfui pour donner l'alerte, même si Maynard et lui n'avaient pas été poursuivis, la pinasse aurait inévitablement coulé, le vent et la marée les poussant vers le large.

Maynard regarda en direction de l'île. Dans l'obscurité complète, en l'absence de lune, il ne discerna qu'une vague bande de terre. Il plongea par-dessus bord et se mit à nager vers le rivage.

15

Michael Florio se tenait sur la passerelle du *New Hope*, le bateau des gardes-côtes, une tasse de café à la main. Il regardait vaguement la foule des enfants qui s'étaient rassemblés sur le quai depuis les premières lueurs du jour pour contempler, bouche bée, la grande machine de guerre qui était entrée silencieusement dans le port de South Caicos, pendant la nuit.

Florio était fatigué et embêté – fatigué parce qu'il n'avait presque pas dormi depuis qu'il avait quitté la Floride, deux jours auparavant, embêté parce qu'il était persuadé qu'il allait faire chou blanc.

Rien ne permettait en effet de croire qu'il était arrivé quelque chose à Brendan Trask. On était sans nouvelles de lui depuis plusieurs jours, mais ce silence n'avait vraiment rien d'alarmant. Il était à bord d'un grand bateau à moteur bien équipé, avec suffisamment de marins, un bateau capable de traverser l'Atlantique, et il avait affirmé – publiquement – qu'il n'avait nullement l'intention de prendre contact avec qui que ce fût. Il n'avait pas déposé de plan de route, mais l'infraction à cette règle était monnaie courante.

Le temps avait été calme et clair. Il n'y avait pas eu d'orages – pas même une de ces tempêtes, brèves mais violentes, qui étaient habituelles dans la région – qui auraient pu brouiller ou couper un message de détresse. Et si le bateau avait sombré, on aurait certainement déjà de ses nouvelles, car il transportait un youyou, remorquait un Boston Whaler, et possédait, fixés sur le pont, quatre radeaux de sauvetage presse-bouton et auto-gonflables. Toutes les embarcations auxiliaires étaient équipées de puissants transmetteurs qui émettaient des signaux facilement identifiables sur les fréquences de détresse de la marine et de l'aviation.

Mais le monde entier, de toute évidence, se refusait à croire la déclaration de Trask annonçant qu'il abandonnait le métier. Ce qu'il disait à la télévision était accepté par tous. Mais, quand il avait dit qu'il ne voulait plus s'exprimer à la télévision, il fallait bien qu'il eût un motif caché. On ne pouvait lui permettre d'abandonner sans explication – ou, au moins, sans que des observateurs pussent enregistrer son message de sagesse et raconter le crépuscule de son extraordinaire carrière. C'était presque comme si le public et les média lui en voulaient, comme s'ils avaient l'impression d'avoir fait de lui une vedette et d'être les seuls à pouvoir décider du moment où l'étoile devait sortir de son orbite.

Et ainsi, des journées s'étaient écoulées sans un mot et sans nouvelles de l'homme à qui l'Amérique faisait le plus confiance. Le public – entiché de conspirations, assoiffé de mélodrame – avait demandé qu'on lui fournisse la preuve que Trask était bien vivant et en bonne santé. Des rumeurs non confirmées avaient changé la façon dont le public percevait son voyage : commencé comme une croisière, il s'achèverait en désastre.

Ils veulent qu'on leur dise le contraire, pensa Florio. Ils veulent un gros titre annonçant : « Tout va bien pour Trask ». Comme un gros titre disant : « Pas d'accident d'avion aujourd'hui » ou « On n'a pas cambriolé Tiffany ».

Quelqu'un, à Today Publications, avait téléphoné à deux membres du Congrès pour dire qu'un de leurs correspondants avait survolé un grand voilier et ne pouvait affirmer avec certitude que ce n'était pas celui de Trask. Les membres du Congrès avaient téléphoné à quelqu'un au Pentagone. Puis quelqu'un de la station TV de Trask, qui espérait encore négocier avec lui pour qu'il reprît son poste, avait appelé le ministre de la Défense.

Alerté par un ami à 2 h 30 du matin, Florio avait immédiatement téléphoné à son commandant et s'était porté volontaire pour diriger les recherches. Il avait mis en avant qu'il était le seul officier à posséder à la fois une expérience de la mer et certaines connaissances sur les actuelles disparitions de bateaux. On avait accédé à sa requête. Mais maintenant, au bout de quarante-huit heures de navigation sans but et vaine, il avait envie de changer de vêtements et de s'offrir une bonne nuit de sommeil.

Le capitaine du *New Hope*, un jeune enseigne de vaisseau de première classe, du nom de Mould, grimpa sur la passerelle et se posta à côté de Florio, respirant à pleins poumons l'air frais du matin qu'il trouvait excellent pour sa santé.

– Vous avez l'air catastrophé, dit Florio.

Mould opina de la tête.

– Ce bon dieu d'ingénieur du son a remis ça. A quai, nom de Dieu! Cette fois, il est tombé dedans.

Le réseau de télévision avait tiré des sonnettes et obtenu la permission d'envoyer une équipe à bord, pour réaliser un reportage sur les recherches épiques entreprises pour retrouver le navigateur perdu. Le correspondant, Dave Kempe, était un new-yorkais d'une élégance décontractée, mais les règles syndicales exigeaient que l'équipe elle-même – cameraman, ingénieur du son, directeur photo – fût recrutée à Atlanta. Aucun des trois ne connaissait la mer. Le hobby du cameraman était les ascensions en montagne, le directeur photo élevait des abeilles, et l'ingénieur du son était atteint d'hypocondrie. C'était un petit homme chauve, rondouillard, d'au moins soixante ans. A l'en croire, il souffrait de cors aux pieds, de sciatique, de gaz, d'angine de poitrine, de sinusite, de séborrhée et de ce qu'il appelait les nerfs. Il était difficile de dire lesquelles de ses maladies étaient imaginaires, mais, depuis son départ de Floride, il avait ajouté au catalogue de ses maux un mal de mer chronique – volcanique. Et comme si, inconsciemment, il avait l'intention d'obliger les autres à partager ses malheurs, il refusait de sortir, même pour vomir.

– Il ne veut pas prendre de pilule, dit Mould. Il dit

que ça pourrait provoquer des réactions avec ses autres médicaments.

– Pourquoi ne le renvoyez-vous pas par avion? le gars qui nous apporte l'eau pourrait probablement le prendre dans son appareil.

– Il dit qu'il ne veut pas partir. Il ne veut pas perdre ses heures supplémentaires.

Florio hocha la tête :

– Ce pauvre salaud va se casser quelque chose.

A l'avant, deux marins répandaient de l'eau sur le pont et se mettaient à leur nettoyage matinal. Un troisième enleva la housse de toile de la mitrailleuse de 50 montée sur le côté de la passerelle et la graissa avec un chiffon.

Florio regarda l'arme.

– Quand vous en êtes-vous servis pour la dernière fois?

Mould hésita avant de répondre.

– Pas sous mon commandement.

– Vous charriez, lieutenant, dit Florio en souriant. Les poissons volants sont des cibles trop tentantes pour qu'on les néglige.

Le marin qui graissait la mitrailleuse se mit à rire. Mould piqua un fard.

– Ma foi...

Un camion-citerne décrépit et qui fuyait longea le quai dans un bruit de ferraille et s'arrêta. Le chauffeur descendit et fit passer un tuyau à un marin.

Un policier, muni d'un bloc-notes, descendit de l'autre côté du camion. Les yeux embrumés de sommeil et les cheveux ébouriffés, il avait du mal à se donner un air zélé. Il consulta son carnet, s'éclaircit la gorge et s'adressa à la passerelle.

– But de l'escale?

– De l'eau, dit Mould. Avez-vous entendu dire quelque chose...

– Des armes?
– Quoi?
– Transportez-vous des armes?
Mould échangea un coup d'œil avec le marin qui continuait à frotter le canon de la mitrailleuse.
– Euh, vous voyez, mon ami...
– Toutes les armes doivent être mises en dépôt chez le commissaire de police.
– Nous n'en avons plus que pour dix minutes.
– Je peux ordonner qu'on fouille votre bateau.
– Ah oui?
– Des armes?
Mould regarda Florio.
– Non.
– Très bien. Des narcotiques ou des médicaments sur ordonnance?
– Combien y a-t-il de questions?
– Vingt en tout. Je peux ordonner la confiscation de votre bateau.
Mould murmura à Florio :
– Je vais lui dire d'aller se faire foutre.
– Je ne le ferais pas, dit Florio. Un jour – Dieu sait comment – ça reviendra à Washington, et un ennemi dont vous ne connaissez même pas l'existence trouvera le moyen de vous le balancer dans les gencives. (On entendit une sonnerie.) Finissez-en avec ce type. J'y vais.
Florio se dirigea vers l'avant de la passerelle, poussa le bouton de l'intercom et dit :
– Ici, la passerelle.
– J'ai reçu un message de Miami, dit la voix de l'opérateur radio. Trask est rentré à Annapolis.
– Annapolis?
– Son générateur était esquinté. On lui a dit qu'il faudrait un mois pour le réparer aux Bahamas. Il s'est dit qu'en attendant il pouvait rentrer chez lui et revenir à temps.

– Bien reçu. Merci, dit Florio en riant.

Lorsque l'eau fut chargée à bord et payée, et que le bateau fut prêt à prendre la mer, Florio dit au policier :

– Vous n'auriez pas vu par hasard un Américain dans les parages, un type maigre avec un gosse?

– Les gens vont et viennent. Il était en bateau?

– Non. Il est arrivé dans l'avion qui a eu un accident.

– Probablement parti depuis longtemps.

Mould regardait une carte de l'archipel des Turks et des Caicos.

– Il faut vraiment que je me dirige d'abord au sud pour pouvoir virer au nord? demanda-t-il au policier.

– Vous avez combien de tirant d'eau?

– Deux mètres soixante-dix.

Le policier gloussa.

– Mon vieux, si vous essayez de tirer deux mètres soixante-dix en travers de ce banc, vous ne vous en sortirez pas. Il y a un mètre quatre-vingts au plus haut de la haute marée, et vous ne trouverez pas âme qui vive là-bas pour vous en sortir.

Le *New Hope* quitta le port et se dirigea vers le sud en longeant le banc des Caicos.

– Quand je prendrai ma retraite, dit Florio, je m'offrirai un bateau, je descendrai jusqu'ici et je passerai un été à prospecter des épaves. Ce banc est censé être bourré de bateaux espagnols.

– C'est ce que faisait ce type? demanda Mould.

– Quel type?

– Celui sur qui vous posiez des questions, le type avec le gosse.

– Non, il est venu ici pour se tuyauter sur une histoire pour *Today*, et pfout! Disparu.

– *Today?* Bon débarras. C'est un de ces salauds qui

nous a envoyés faire cette petite balade à la graisse d'oie.

Maynard était allongé, à moitié enterré dans la poussière et les broussailles, au sommet de la petite colline qui surplombait la baie. Il avait rampé jusque-là dans l'obscurité et s'était enterré juste au moment où le soleil commençait à pointer au-dessus de l'horizon. C'était peut-être imprudent de sa part de revenir si près de la communauté, mais il en était arrivé à la conclusion que se cacher loin d'eux serait suicidaire. Il ne saurait ni comment ni quand ni où ils entreprendraient de le chercher, et sa capture serait inévitable. Il ne pourrait donc pas attendre. Il lui fallait entendre ce qu'on disait, anticiper et déjouer habilement leurs plans jusqu'à ce qu'il trouvât un moyen de récupérer et de maîtriser Justin, de voler une pinasse (cette fois, sans l'aide de Manuel), de s'enfuir avec assez d'avance pour ne pas être rattrapé, de... Les questions étaient infinies, les réponses inexistantes mais il était certain que, le moment venu, il pourrait élaborer un plan.

Pour l'instant, son plus grand espoir était qu'on le considérât comme mort.

Il n'y avait pas de vent. Les insectes étaient devenus agressifs depuis les premières lueurs du jour, et, avec la chaleur de la matinée, ils devenaient plus féroces encore. Maynard ramassa quelques baies dans un buisson, au-dessus de sa tête, et les écrasa pour en faire une pâte dont il s'enduisit la figure. Il ne savait pas ce qu'il y avait dans ces baies – du sucre, en tout cas –, mais l'emplâtre l'abritait contre les minuscules simulies. Il surveillait la baie, et écoutait.

Nau, Windsor et les deux garçons attendaient sur la plage tandis que Jack la Chauve-Souris et Rollo regagnaient le rivage à la rame. Ils avaient chargé à bord le mât et la voile de la pinasse abandonnée par Maynard.

– Il aurait pu partir à la voile, dit Jack quand le bateau atteignit la plage. Il aurait pu y arriver si le bateau n'avait pas coulé sous lui.

– Où est-il? demanda Nau.

– Pas vu. Il a dû sauter par-dessus bord et passer dessous.

– Vous ne l'avez pas vu du tout? dit Windsor.

– Non. Il faisait aussi noir que dans le cul d'un âne. Mais nous avons cherché au lever du jour. Il n'est pas là-bas.

Nau était satisfait.

– Alors, il a disparu.

– Non! cria Windsor. Il est ici.

Maynard vit Windsor planter un doigt dans le sol et faire un geste du bras en direction de la petite colline. Instinctivement, Maynard baissa la tête, comme si le geste de Windsor était doué d'un pouvoir de détection extrasensorielle qu'il lui fallait éviter.

Pourvu qu'ils ne le croient pas, pensa-t-il. Pourquoi serais-je revenu ici?

– Pourquoi serait-il revenu? demanda Nau. Il n'était pas fou, il ne tenait pas à souffrir.

– Vous avez son fils, répondit Windsor.

Nau se tut et réfléchit. Il posa une main sur l'épaule de Justin.

– Ce n'était plus son fils, et il le savait. C'est Tue-Barbe.

Justin sourit et répéta :

– Tue-Barbe.

– Nous sommes nombreux, dit Nau. Il est seul et faible et...

– Et c'est un ennemi. Il nous faut le trouver et le tuer.

– Tu es exempté, dit Nau à Justin.

– Non, répliqua Justin. Je suis capable de participer à la chasse.

Maynard entendit ce que dit Justin et, un instant, il regretta d'être revenu dans l'île, uniquement pour y être pourchassé et tué par son propre fils. Mais il se contraignit à étouffer sa colère. Tant qu'il serait en vie, il ne renoncerait pas à son fils.

– D'accord, docteur, dit Nau. Nous allons réunir les gens et fouiller l'île. Nous commencerons par les rochers situés au delà de la colline – il désigna l'endroit où Maynard se terrait – et allons fouiller l'île à fond. S'il est là, nous le trouverons, même si par magie il réussissait à se faire aussi petit qu'un pourceau.

Nau ordonna à Rollo de rester près des bateaux, puis il conduisit Windsor et les garçons vers l'intérieur de l'île.

Quelques instants plus tard, Maynard entendit le bruit sourd du cor qui appelait les hommes au rassemblement. Son plan – si l'on pouvait appeler ça un plan – devrait attendre. Pour le moment, il lui fallait courir, se cacher, et échapper à ses poursuivants. Ils ne pouvaient quadriller toute l'île. Il devait bien exister une caverne, un fossé ou la cime d'un arbre qui leur échapperait.

Il entendit des bruits de pas et de voix qui se dirigeaient vers le nord et l'extrémité de l'île où il avait regagné le rivage. Il attendit que les bruits se fussent évanouis puis il se débarrassa du sable et de la terre qui s'étaient collés à sa peau, s'éloigna en rampant du haut de la colline surplombant la baie, se leva et courut vers le sud. Il avait encore le couteau de Jack la Chauve-Souris. Il le serrait dans sa main tout en courant.

Les chercheurs étaient expérimentés et minutieux. Ils couvraient l'île comme un feu de brousse, sans rien négliger. Ils marchaient côte à côte, se déployant d'un rivage à l'autre. Leurs pas étaient réglés sur le rythme des plus lents, et si quelqu'un s'arrêtait pour secouer un arbre, soulever une pierre ou écarter un tas de broussailles, les autres l'attendaient. Rien ne passait au travers de la seine.

Ils faisaient s'enfuir les oiseaux, les rats et les lézards, poussant tout devant eux.

Maynard progressait en avant, mais avec juste assez d'avance pour qu'ils ne pussent ni le voir ni l'entendre. Il ne voulait pas se précipiter, tête baissée, vers le sud de l'île, car il se trouverait pris dans un cul-de-sac, dont il ne pourrait s'échapper qu'en pataugeant ou en nageant dans les eaux du banc, où, silhouette solitaire, il serait une cible visible. Il prenait soin d'examiner chaque buisson, chaque hutte, chaque trou dans le sol.

Les chasseurs ne faisaient aucun effort pour observer le silence. Ils traînaient les pieds, battaient les buissons à droite et à gauche et s'adressaient la parole en criant. Ils étaient absolument sûrs de leur succès.

Maynard traversa à reculons la clairière où travaillaient les armuriers. On entassait des barils de poudre dans un appentis. On disposait des mousquets et des fusils cassés sur un établi pour les réparer. Maynard examina rapidement la clairière et en déduisit qu'il n'y avait pas de cachette possible. Il poursuivit sa route.

Alors qu'il suivait un sentier à pas de loup, il entendit derrière lui la voix de Nau qui donnait des instructions :

– D'abord, essayez de repérer si l'on n'a pas creusé de trous récemment. Fouillez chaque monticule, faites attention à la terre fraîchement remuée, enfoncez-y votre couteau. Compris?

Voix de Justin :

– Rien.

– Bon. Maintenant, retournons tous les tonneaux,

renversons les tables, passons une épée au travers de chaque buisson.

Maynard gravait dans son esprit chaque bribe d'information : tout pouvait lui être utile. Lorsqu'il arriva à la clairière suivante, il eut conscience que ce qu'il avait entendu lui avait donné quelques minutes de sursis. C'était la clairière où ils s'étaient tous réunis la veille au soir – les braises de charbon de bois rougeoyaient encore sous la marmite d'alcool – et, tout au bout, il y avait deux tombes fraîchement creusées : celles de Basco et du giton. Le sable et la saleté étaient partout remués, éparpillés, amoncelés. Il aurait été tentant d'ajouter un petit monticule à ce fouillis. Mais la surprise aurait été aussi pénible que la douleur lorsque – roulé en boule et suffocant dans l'obscurité – il aurait été transpercé par l'épée qui sondait le terrain.

Il repartit, traversa la clairière des gitons et celle des prostituées, passa près des latrines et de la hutte de Beth. Au delà, c'était la mer.

Si les voix se rapprochaient de lui et devenaient plus distinctes, elles étaient aussi plus proches les unes des autres, car l'île se rétrécissait beaucoup à cette extrémité, rassemblant les chercheurs, refermant la nasse.

Maynard prit une décision. Il coupa un roseau creux. Il entrerait dans la mer, s'allongerait sur le dos dans l'eau et respirerait grâce à ce roseau tout en essayant de s'éloigner par quelques mouvements des pieds et des mains. Ils le verraient probablement et, s'ils le voyaient, ils le poursuivraient, et s'ils le poursuivaient, ils l'attraperaient, et si... et puis zut. Il se dirigea vers la plage à découvert.

Puis il entendit la trompe – deux coups, pressants, comme un avertissement. Deux autres coups. Une pause. Encore deux coups.

Tout d'abord, il pensa qu'ils l'avaient vu, et il se

prépara à courir vers la mer. Mais, soudain, les voix s'éloignèrent en direction du nord.

Précautionneusement, se tenant à l'écart des sentiers, jetant un regard attentif au travers des broussailles, il les suivit.

– Un bateau.

– Où?

– Sud-ouest, faisant route vers nord.

– Qu'est-ce que c'est?

– Gros.

Voix de Nau :

– Aux bateaux!

Celle de Windsor :

– On ne peut pas abandonner maintenant.

Nau, furieux :

– Ferme ta gueule ou je te coupe la langue!

Maynard ne pouvait rien voir, mais il entendait des gens crier, et courir vers la baie. Il revint vers la clairière de Beth, se faufila jusqu'au bord de la plage et regarda en direction du sud.

Le bateau était à deux ou trois milles de la côte, mais la vague qui déferlait à l'avant et brillait au soleil indiqua à Maynard qu'il était gros et rapide – trop gros pour être un yacht de pêche, trop rapide pour appartenir à un pêcheur professionnel. Ce fut la couleur de la coque, telle qu'il la vit se détacher peu à peu sur le bleu-vert de l'eau, qui souleva une vague d'espérance en Maynard : le blanc des gardes-côtes. Et, à l'avant, un large chevron rouge. Le bateau filait vers le nord, se tenant au large du banc, et, à en juger d'après sa vitesse, il ne faisait pas une balade touristique.

La première réaction de Maynard fut de courir sur la plage et d'agiter les mains, mais la raison l'emporta et il n'en fit rien. D'après sa direction, le bateau passerait à un kilomètre au moins au large de l'île. L'homme qui était de quart sur la passerelle devait garder les yeux fixés sur les récifs, et non sur la terre. Maynard avait peut-être une chance de pouvoir envoyer des signaux, agiter quelque chose de brillant ou susciter assez de mouvement pour attirer l'attention de l'homme de quart, mais il avait à faire à trop forte partie et le coût de l'échec serait trop élevé. Une fois que le bateau serait passé, c'en serait fini. Il lui fallait envoyer un signal qui s'imposerait à l'attention.

Il repartit en courant dans les sentiers, en faisant trop de bruit, imprudemment persuadé que tous les gens de l'île étaient rassemblés dans la baie. Lorsqu'il s'en approcha, il ralentit et se glissa dans les fourrés.

Il s'arrêta pour écouter les bruits venant de la plage. On préparait les pinasses. Il allait avancer pour essayer de voir la baie, lorsqu'il entendit la voix de Nau.

– Ça, au moins, ça serait une prise!

Maynard se figea sur place. La voix n'était qu'à quelques mètres, de l'autre côté d'un buisson touffu. Nau et Windsor étaient assis sur le flanc de la colline, observant le bateau à la longue-vue. Si Maynard n'avait pas ralenti le pas, il leur serait tombé dessus.

Windsor posa la longue-vue.

– C'est un bateau de guerre.

– Mais oui. Et robuste, en plus. Quelle peut être sa cargaison?

– Pas de cargaison.

– Mais des munitions.

– Ça n'en vaut pas le risque.

– Mais le bateau, si. Est-ce que ça ne ferait pas un beau vaisseau amiral!

– Ne plaisantez pas.

– Je ne plaisante pas, dit Nau.

– Alors, ce sont des propos idiots.

– Ce sont quoi, docteur?

Windsor fit machine arrière.

– Vous êtes un homme courageux. Un chef courageux n'expose pas ses hommes à une mort certaine.

– L'effet de surprise peut la rendre moins certaine. (Nau reprit la longue-vue.) Un très beau vaisseau amiral!

– Vous ne souhaitez pas entrer en guerre avec le gouvernement des Etats-Unis.

– Ils ne feraient pas la guerre à des fantômes.

Windsor voulait pousser plus avant la discussion, mais Nau lui coupa la parole.

– Calmez-vous. Ce bateau possède des fusils à double canon. Il sera passé avant que j'aie pu l'atteindre.

– A moins qu'il ne s'arrête, dit Windsor.

– Et pourquoi s'arrêterait-il? Pour que l'équipage s'ébatte sur la plage?

Maynard essayait d'apercevoir le bateau. Les fourrés lui masquaient la vue, mais il pouvait entendre le ronflement de ses diesels. Il estima que le bâtiment devait être à environ un mille, filant à, disons, vingt nœuds. Il disposait de trois minutes.

Il s'éloigna des fourrés à reculons, fit demi-tour et, regardant où il mettait les pieds pour éviter les branches, il s'enfonça à l'intérieur de l'île.

Il ne pouvait envoyer un signal sonore : le bruit des machines l'aurait couvert, à moins qu'il ne s'agît d'une explosion. Il fallait que ce fût un signal optique. Un feu. Un grand feu, avec, si possible, beaucoup de fumée. Mais il n'avait pas d'allumettes.

Il revint à la clairière encore toute jonchée des reliques des festivités de la veille : pièces de vêtements, caisses d'alcool, bouteilles à moitié vides. Un tortillon de fumée s'enroulait autour du chaudron d'alcool. En dessous, les braises étaient encore chaudes. Mais il ne vit rien qui pût s'enflammer rapidement, de façon spectaculaire. Ce qu'il voulait, ce n'est pas un feu de camp, mais une conflagration, comme sur ces photos de Newark en feu pendant les émeutes.

Les émeutes.

Il avait trouvé la solution, et maintenant ses mains s'activaient avec efficacité. Il ramassa une bouteille d'alcool presque pleine et un morceau de tissu. Il trempa le tissu dans l'alcool et l'enfonça dans le goulot de la bouteille. A genoux, près de la marmite, il écarta le sable jusqu'à ce qu'il trouvât des charbons incandescents. Le morceau de tissu prit feu immédiatement. Il bondit sur ses pieds et se mit à courir.

Le bruit des moteurs se faisait plus fort, le bateau devait être à la hauteur de l'île.

Il se dirigea, toujours en courant, vers la clairière où travaillaient les armuriers. Une femme s'y trouvait. Elle le vit et se mit à crier, mais il n'y prêta guère attention. Il se précipita vers l'appentis où s'empilaient les tonneaux de poudre, leva le bras et lança la bouteille. Puis il se laissa tomber, la tête la première dans le sable, et se couvrit le crâne de ses mains.

Il entendit la bouteille se briser, et, pendant une seconde insupportable, rien ne se produisit. Quelque chose en lui criait : « Brûle, espèce de salaud! » Il y eut un « ououch » lorsque l'alcool commença à prendre, un vague sifflement durant un bref instant, puis un « ouamp » assourdissant, qui le commotionna. Sa peau était en feu, il avait l'impression que des cloches sonnaient dans ses oreilles.

Il se releva, entra en titubant dans le fourré et se dirigea précautionneusement vers la baie.

16

– Vous ne voulez pas emmener un fusilier? demanda Florio.

– J'ai ça.

Mould désigna le colt 45 dans l'étui qu'il portait à son ceinturon. Il se tenait à l'avant d'une chaloupe à moteur accrochée aux bossoirs au-dessus du flanc du *New Hope*. Un marin était à l'arrière, à la barre, et un deuxième, au milieu de l'embarcation, veillait à ce que la chaloupe ne touchât pas le bateau. Le reste de la chaloupe – qui pouvait transporter vingt-cinq personnes – était recouvert de toile à voile amarrée d'un plat-bord à l'autre.

– De plus, s'il y en a qui ont survécu à l'explosion, ils ne seront pas d'humeur à discuter.

Florio haussa les épaules.

– C'est vous que ça regarde.

Mould, d'un signe, donna l'ordre qu'on descendît la chaloupe. La quille du bateau frappa l'eau, et on détacha les câbles des anneaux métalliques, à l'avant et à l'arrière.

Dave Kempe, le correspondant de la télévision, lança à Mould :

– Grouillez-vous, hein? Nous allons rater notre avion.

Mould feignit d'ignorer Kempe et dit à Florio :

– Vous pourriez vérifier ce dont on dispose pour les premiers soins. Je ne sais pas ce que nous avons contre les brûlures.

Florio lui fit un signe de la main et descendit rapidement par l'échelle de passerelle.

Appuyé sur une perche à l'avant, Mould guidait l'homme de barre pour qu'il ne s'écartât pas de la passe entre les récifs. De la mer, on ne voyait pas l'entrée de la baie, et, par deux fois, la chaloupe la dépassa. Au troisième passage, Mould discerna un étroit chenal d'eau bleue entre des brise-lames. L'homme de barre mit le moteur au ralenti, et la chaloupe entra très lentement dans la baie.

– Il y a des gens ici, dit Mould en désignant les pinasses.

– Quel genre de bateaux est-ce? demanda Pincus, le deuxième marin.

– Faites-la monter sur la plage, Gantz, dit Mould à l'homme de barre. Vous resterez à bord. Pincus et moi allons jeter un coup d'œil par là.

Gantz poussa l'avant de la chaloupe sur le sable et coupa le moteur.

– On dirait bien qu'il n'y a pas un chat, dit Pincus. Monsieur, c'est si tranquille qu'on entend le silence.

– Je ne sais pas ce qui a pu exploser, intervint Gantz, mais ça a dû les écrabouiller comme des merdes.

Un bruit leur fit tourner la tête vers une petite colline qui surplombait la baie.

Enfoui jusqu'à la taille dans le fourré, un homme agitait les bras comme un ivrogne, en essayant de parler. Tandis qu'ils le regardaient, il poussa un gémissement et tomba à plat ventre, les bras écartés comme un plongeur qui fait le saut de l'ange. Il heurta le flanc de la colline, fit la culbute, roula et glissa jusqu'au sable, du côté de la baie opposé à la chaloupe.

Mould et Pincus firent au petit trot le tour de la plage en forme de croissant. L'homme gisait sur le dos, les pieds dans l'eau. Il portait une sorte de short rudimentaire qui lui descendait aux genoux, et rien d'autre. Son corps était égratigné et contusionné.

– Il est encore vivant? demanda Pincus.

– Vaguement. Regardez ça. Il a les cheveux roussis. Il a dû se trouver tout près du lieu de l'explosion.

– Il ne doit pas manger beaucoup. Il ne pèse sûrement pas plus de soixante kilos.

Pincus se pencha pour le soulever, mais Mould l'arrêta.

– Laissez-le. Ça ne sert à rien de le remuer si ce n'est pas indispensable. Il est possible qu'il y ait à bord une civière sur laquelle nous pourrons le transporter. Mould revint à la chaloupe. Vous feriez mieux de venir aussi, Gantz, dit-il. S'il y en a un, il y en a probablement d'autres... à enterrer, si on ne peut rien faire d'autre.

– Il y a un sentier là-haut, dit Pincus.

Ils s'éloignèrent de la plage en file indienne.

Le sentier qu'ils suivaient serpentait au milieu des broussailles, et semblait ne mener nulle part. Les seuls bruits perceptibles étaient ceux de leurs propres pas et le bourdonnement des insectes.

Puis leur parvinrent un tintement de verre et une voix de femme qui chantonnait doucement pour elle-même.

Le sentier déboucha dans une clairière. Une femme ramassait des bouteilles dans un sac de grosse toile. Elle était sale et échevelée, et portait une robe grise informe.

– Bonjour, dit Mould.

La femme leva les yeux. Elle ne semblait ni surprise, ni bouleversée, ni contente. Son visage était dénué d'expression.

– Combien de gens ont été blessés?

La femme ne répondit pas. Il y eut brusquement un mouvement dans les taillis.

Pincus regarda la lisière de la clairière et dit :

– Merde, alors, mon lieutenant!

La clairière était encerclée par des hommes en armes.

Les doigts de Mould se crispèrent sur l'étui de son 45.

– Touche ça, dit Nau en s'avançant pistolet au poing, et ce sera la fin de ton voyage.

– Qui êtes-vous?

– Celui qui t'a capturé. Tu n'as pas besoin d'en savoir davantage.

– Mais, Bon Dieu, qu'est-ce...

– Ferme-la.

Windsor intervint :

– L'Ollonois, je vous en prie, ne faites pas ça.

– Toi, la ferme, docteur. Pas tant de bavardages. (Puis Nau s'adressa aux deux garçons.) Prenez les vêtements de celui-là et de celui-là. (Il désigna Mould et Pincus.) Attachez-les bien. Laissez l'autre libre. Il viendra avec nous.

– Ecoutez... commença Mould.

Mais avant que les mots eussent eu le temps de franchir ses lèvres, on lui pressait déjà la pointe d'un couteau sous le menton.

Nau dit alors à ses compagnons :

– J'ai besoin de tous les hommes. Ils s'entasseront dans son bateau comme des bûches. Ça sera notre ruse. Certains autres joueront le rôle de pauvres pêcheurs, et suivront dans les pinasses.

On attacha Mould et Pincus dos à dos, et on enroula autour de leur gorge le bout de la liane qui servait à les ligoter, en la serrant très fort.

Les hommes burent beaucoup et se moquèrent de Jack la Chauve-Souris, quand il les menaça d'un châtiment exemplaire.

– Nous sommes prêts, dit Nau. Si nous sommes peu nombreux, notre courage est grand. Et moins nombreux nous sommes, plus nous sommes unis et plus grande est notre part du butin. Hizzoner...

Hizzoner récita sa prière rituelle et Nau mit fin à la cérémonie en disant :

– Branle-bas, excitez-vous, les gars, allez-y avec ardeur, car ce sera une journée digne des jours d'autrefois.

Maynard roula sur lui-même, et sentit sur ses lèvres le sable et l'eau salée. Ses oreilles n'avaient pas cessé de lui tinter, mais maintenant d'autres bruits se mêlaient à ce tintement. Bien décidé à survivre, il rampa pour se mettre à l'abri dans les broussailles. Il avait à peine atteint le couvert que les premiers hommes arrivèrent sur la plage et se mirent à charger la chaloupe grise.

Il se souvenait de cette chaloupe. Il y avait deux ou trois hommes à bord, et il avait essayé de les avertir. Avait-il dit quelque chose avant d'avoir un malaise? Allaient-ils partir sans lui? Pourquoi des hommes en uniforme travaillaient-ils *avec* les types de Nau? Il s'aperçut alors qu'un des hommes en uniforme était Nau lui-même.

Les hommes embarquaient, un par un, se couchaient à plat ventre les uns sur les autres et, quand une partie de la chaloupe était remplie, on remettait en place la grosse bâche et on la fixait.

– Pour la dernière fois, l'Ollonois, dit Windsor, ne fais pas ça.

– Et pour la dernière fois, docteur, économise ta salive!

– Un animal en bonne santé ne cherche pas à disparaître!

– D'accord! dit Nau, et, avec une rapidité si foudroyante qu'on aurait dit une décharge électrique, il tira son couteau de sa ceinture et, d'un coup de revers, trancha la gorge de Windsor.

Le couteau avait repris sa place sous la ceinture de Nau avant que Windsor eût pleinement conscience de ce qui lui était arrivé. Une bande rouge apparut sur son cou, s'assombrit et se mit à couler. Il porta la main à sa gorge, ouvrit la bouche et la referma, puis il tomba assis sur le sable.

– Reste ici et meurs, docteur, dit Nau, et il s'éloigna.

– Mon Dieu! murmura Gantz.

Jack la Chauve-Souris le poussa vers la chaloupe.

Le groupe se remit à charger le bateau, mais Justin semblait paralysé. Il ne pouvait détacher son regard de Windsor qui ne cessait de se balancer d'avant en arrière.

L'observant de l'autre côté de la baie, Maynard comprit que Justin était profondément bouleversé. Il ne savait pas très bien pourquoi : le garçon avait vu tant de morts qu'une de plus n'aurait pas dû l'affecter. Peut-être, pensa Maynard, est-ce parce que c'est la première fois qu'il voit mourir quelqu'un qu'il connaissait avant, dans la vie réelle, et que c'est ainsi la première fois que la mort elle-même prend une réalité à ses yeux.

Justin regarda Nau. Il dit simplement :

– Mais...

Nau le prit par le bras.

– Allons, Tue-Barbe. Ce qui est fait est fait. La chirurgie était requise, et l'opération a été pratiquée.

Maynard vit Justin résister à Nau – pendant une seconde, mais la résistance était indéniable – et il se reprit brusquement à espérer.

Windsor s'écroula sur le côté, respira péniblement et mourut.

Hizzoner fut le dernier à monter à bord de la chaloupe. Il avait enfilé des morceaux de fil à voile enduits de poix dans sa queue de cheval, il releva le bas de sa robe et – avec la légèreté d'une demoiselle enjambant une flaque d'eau – sauta à bord et s'allongea. On arrima la toile de bâche au-dessus de lui.

– Jack la Chauve-Souris, mets-toi à l'avant, dit Nau. Je resterai au milieu du bateau et toi – il désignait Gantz – prends la barre. Si tu fais le moindre geste de travers, si tu as le moindre frémissement de langue, je te réserve le même sort qu'au docteur. Compris?

– Vous êtes le patron, dit Gantz.

Il mit le moteur en marche, et en marche arrière la chaloupe s'éloigna de la baie.

Il restait quatre hommes qui embarquèrent sur une pinasse gréée et suivirent la chaloupe.

Maynard resta dans sa cachette jusqu'à ce qu'il eût la certitude que personne ne descendrait plus vers la plage. Il traversa alors la baie, lança une pagaie dans l'une des pirogues, poussa l'embarcation à l'eau et sauta à bord.

Il entendit derrière lui, un froissement de vêtements et un bruit léger de pas sur le sable humide. Il se retourna vivement, la pagaie levée pour protéger son visage.

Beth se tenait sur la plage.

– Au revoir, dit-elle.

Maynard baissa la tête, s'attendant à voir un pistolet braqué sur lui. Mais Beth avait les mains vides.

– Quoi qu'il arrive, j'espère ne jamais te revoir.

Maynard reposa la pagaie et sourit tristement.

– Pas vivant, de toute façon.

– Alors, bonne chance.

– A toi aussi, dit Maynard avec un signe de tête.

Il plongea la pagaie dans l'eau et se dirigea vers la sortie de la baie.

Qu'est-ce que vous voyez? demanda Dave Kempe.

– Elle est basse sur l'eau, dit Florio. Lourdement

chargée par je ne sais quoi. Il cala ses coudes contre sa poitrine pour stabiliser ses jumelles. On dirait qu'il y a deux gosses à bord.

– Qu'est-ce que c'est aujourd'hui, la Saint-Indigène?

– Monsieur Kempe, dit Florio, avec tout le calme possible, c'est un bâtiment du gouvernement. Nous avons indéniablement une responsabilité.

– Pas vis-à-vis de ces gens.

Florio reprit les jumelles.

– Ce sont vraiment des gosses. Pourquoi ne filmez-vous pas ça? Ça ferait une belle histoire.

– Quoi... Tom Sawyer abandonné sur une île déserte? (Kempe hésita.) Possible, après tout. Peut-être qu'on peut encore limiter les dégâts. (Il descendit l'échelle en criant :) Schussman! Amenez votre caméra!

Florio se pencha par-dessus le bord de la passerelle et dit à un marin :

– Vous feriez aussi bien de faire descendre les câbles du bossoir.

La chaloupe vint se placer le long du bateau et fut prise dans ses propres remous.

En regardant vers la chaloupe, Florio vit Gantz, l'homme de barre, dont le visage était blême, terreux.

– Qu'est-ce qui ne va pas? demanda-t-il, mais Gantz ne répondit pas.

Les autres hommes tournaient le dos au bateau tandis qu'ils arrimaient les câbles du bossoir à la chaloupe.

Le treuil gémit, la chaloupe s'éleva.

Les deux jeunes garçons avaient l'air tendu, inquiet, les mains fourrées sous leurs aisselles. D'une des bâches dépassait un avant-bras couvert de bracelets.

– Ce sont des *corps* qu'il y a là-dessous?

L'équipe de télévision, caméra tournant, se frayait un chemin vers le bastingage au moment où la chaloupe se trouva au niveau du pont.

– Mais qu'est-ce que...

Florio commença à descendre l'échelle.

Les bâches furent brusquement repoussées en arrière.

Quelque chose heurta violemment Florio et l'envoya valdinguer en bas de l'échelle. La vision troublante qu'il emporta dans les ténèbres fut celle d'un homme dont la tête s'abîmait dans une auréole de flammes.

Les coups de feu se répercutèrent sur l'eau, et Maynard eut l'impression qu'ils lui claquaient dans les oreilles. Il y eut aussi des cris, mais, à une telle distance, ils semblaient légers et inoffensifs.

La chaloupe et la pinasse s'étaient mises du côté sous le vent du bateau. Maynard pagaya contre le vent, pour qu'on ne pût le voir.

Il n'avait pas de plan particulier. Si Nau et ses gens étaient tués, il serait sauvé. Si Nau gagnait, ma foi... ça ne serait pas pire sur le bateau que ça ne l'aurait été dans l'île. Ils ne penseraient pas à le chercher à bord. S'ils sabordaient le bâtiment avec lui... il ne pouvait penser si loin.

La fusillade cessa. En tout, on n'avait pas tiré plus d'une douzaine de coups de feu.

Maynard saisit la chaîne d'ancre. Il attacha la pirogue à l'un des anneaux, afin de l'empêcher de dériver et d'aller sous le vent, en vue du bateau. Il grimpa à la chaîne, s'aidant des mains et des pieds, et regarda par le sabord. Le pont avant était vide. Il s'y glissa et rampa jusqu'à une cloison contre laquelle il se tapit.

Il entendait, venus d'en dessous, des bruits de pas et de raclements, comme si on traînait quelque chose sur les ponts métalliques. Puis il y eut des rires, et Maynard sut comment la bataille s'était terminée.

Comme pour le confirmer, Hizzoner se mit à psalmodier à l'arrière :

– Les crimes que vous avez commis sont connus de vous et de Dieu...

S'agrippant des orteils et du bout des doigts, Maynard escalada la paroi très inclinée de la timonerie, se glissa au-dessus de la passerelle et se laissa tomber sans bruit sur le pont.

– ... je suppose donc, poursuivait Hizzoner, que je n'ai pas besoin de vous dire que la seule façon d'obtenir de Dieu pardon et rémission de vos péchés est de manifester un repentir véritable et sincère et d'avoir foi dans le Christ...

Comme il y avait des dalots sur le pont, Maynard pouvait regarder au travers et avoir ainsi une vue plongeante sur le pont arrière du bateau.

Deux corps avaient été fourrés dans un coin. L'un était un homme chauve, rondouillard, vêtu d'un complet sombre d'homme d'affaires, l'autre, plus jeune, beau, portant un costume havane, du genre décontracté.

Nau et les deux garçons étaient à l'arrière. Rollo, Jack la Chauve-Souris et les autres chargeaient de la nourriture, des armes et des munitions dans la chaloupe et la pinasse.

Le sermon d'Hizzoner était destiné à six hommes groupés près du bastingage de bâbord. Deux étaient des civils, les autres portaient les uniformes des gardes-côtes. Un septième homme, un officier, gisait sur le pont, derrière les autres. Il était vivant, mais il avait été touché à la hanche, et il pressait un mouchoir sur sa blessure pour contenir l'hémorragie. Maynard observa attentivement l'officier car il était sûr de le connaître.

– Si, maintenant, disait Hizzoner, vous vous tournez sincèrement vers Jésus-Christ, même si vous êtes ceux de la onzième heure (Matthieu, 20, 6-9), il vous recevra.

Il en arrive à la fin, pensa Maynard. Il fouilla le pont du regard. Y avait-il des armes là-haut? Avaient-ils des armes à bord? Il ne connaissait rien aux bâtiments militaires. Son regard tomba sur un engin recouvert de toile à voile qui était fixé sur le bord de la passerelle.

– Je souhaite ardemment que ce que je viens de vous dire, par compassion pour vos âmes, en cette triste et solennelle occasion...

Une mitrailleuse.

Maynard se glissa jusqu'à l'extrême bout de la passerelle et en enjamba le bord. Il en contourna, en se faufilant, la superstructure, jusqu'à ce qu'il trouvât un point d'appui pour son pied, sur un étroit rebord en dessous de la mitrailleuse.

La pinasse était juste devant lui. Les hommes qui la chargeaient lui tournaient le dos, mais, si l'un d'eux se retournait, il verrait inévitablement Maynard.

Maynard détacha la toile à voile de la cloison, l'enleva délicatement et la posa sur le toit de la timonerie.

La mitrailleuse était énorme. Il avait vu des photos de ces grosses « 50 », mais il n'en avait jamais eu une sous les yeux. C'était comme si on devait pointer un canon. Le magasin de munitions était fixé sur le côté de la mitrailleuse. Il pria le ciel pour qu'il fût plein, car il n'osait pas l'ouvrir pour vérifier. D'une main, il chercha en tâtonnant le levier d'armement, de l'autre la détente. Il retint sa respiration, tira d'un coup sec sur la glissoire et la lâcha.

Les coups partaient si vite qu'on ne les distinguait pas les uns des autres. C'était comme un vomissement. En moins de cinq secondes, les hommes qui se trouvaient sur la pinasse et ceux qui la chargeaient étaient morts, ou mourants et agités de mouvements convulsifs.

Sans retirer son doigt de la détente, Maynard fit pivoter la mitrailleuse sur la droite. Rollo mourut, arrosé au passage. Jack la Chauve-Souris fit un pas en arrière et fut balancé par-dessus bord, deux balles en pleine poitrine. Hizzoner fut déchiqueté et il ne resta de lui qu'un tas de vêtements de cérémonie ensanglantés.

Nau recula, tenant les deux garçons devant lui. Il passa la main sous le bras de Justin, sortit le Walther de son étui et le colla contre la tempe du garçon.

Maynard pointa la mitrailleuse sur la tête de Nau et lui dit :

– Pose ça.

Nau sourit.

– Non, merci.

– Je vais te tuer.

– Moi, oui. Celui-là, il désigna Manuel d'un signe de tête – oui. Mais celui-là – il pressa très fort le Walther contre la tempe de Justin –, non. Tu ne le feras pas. Et si je mourais, celui-là mourrait avec moi.

Maynard regarda Justin, et il vit un petit garçon effrayé.

Il était convaincu qu'il pourrait loger une balle entre les yeux de Nau avant que celui-ci ait le temps de presser la détente et tuer Justin. Il en était presque certain. Presque.

– Tu as raison. Je ne le ferai pas, dit Maynard. Où en sommes-nous, alors?

– Je vais ramener les deux garçons à terre. Tu

attendras ici qu'il fasse nuit. A ce moment-là, je ferai la traversée avec mes hommes. Demain, tu viendras à terre pour prendre tes hommes. Je ne leur ferai aucun mal. Tu as ma parole.

– Ta parole vaut moins que de la merde.

– C'est vrai. (Nau se mit à rire.) Mais tu n'as pas le choix.

– Tu laisseras partir le petit aussi.

– Je devrais te dire oui, mais tu sais que je ne le peux pas. J'ai besoin de lui, maintenant plus que jamais.

Justin ouvrait de grands yeux et suppliait son père du regard.

– Je pourrais tout aussi bien le tuer moi-même, dit Maynard.

– Non. Mieux vaut savoir qu'il est vivant et en bonne santé, libre et joyeux.

Maynard hésita, arrêté par quelque chose.

– D'accord.

– Non! cria Justin. Papa!

– Il faut t'en accommoder, petit, dit Maynard.

– Non!

Justin essaya de se débattre pour se libérer, mais Nau lui passa son bras autour de la gorge et le tira vers le bastingage.

– Prends la barre, dit Nau à Manuel.

Manuel leva les yeux vers Maynard, et, dans son regard, on lisait aussi une supplication.

La chaloupe se trouvait juste en dessous de l'endroit où était perché Maynard, sur la passerelle. Telle qu'elle était montée la mitrailleuse ne pouvait être pointée directement vers le bas et donc sur la chaloupe.

Nau, voyant que l'arme ne constituait plus une menace, poussa Justin devant lui en montant dans la chaloupe.

Maynard ne réfléchit pas à ce qu'il allait faire, n'examina pas les alternatives et ne pesa pas les risques. Il sauta et, tout en bondissant en l'air, il tira de sa ceinture le couteau de Jack la Chauve-Souris.

Nau entendit un bruit, ou pressentit la chute du corps, car il se retourna, leva les yeux et essaya de le viser avec son pistolet.

Maynard lui atterrit sur les épaules et le poignarda, violemment, aveuglément, sauvagement, tandis que Nau – tout en grognant et en jurant, essayait de se débarrasser de lui, jetant le pistolet pour libérer ses deux mains.

Nau trébucha, et Maynard le renversa entre deux traversins avant. Il frappa de nouveau, et, cette fois, son couteau se coinça entre deux côtes de Nau, sans qu'il parvînt à le dégager.

Allongé sur le dos, Nau se tordait de douleur. Il arracha le couteau de la main de Maynard et coinça son adversaire sous lui.

Nau se releva en titubant. Il dominait Maynard. Sa poitrine et son cou étaient marqués de blessures violacées; des flots de sang s'entrecroisaient et se rejoignaient en un torrent qui ruisselait sur le pont. Le couteau était coincé jusqu'au manche entre ses deux dernières côtes, du côté droit. Nau saisit à deux mains le manche du couteau et le dégagea d'une secousse. Jetant un regard mauvais à Maynard, il dit :

– Pas encore, scribe. (Des bulles de sang crevaient entre ses lèvres.) Je suis un prince libre. Je choisirai mon moment. Il leva le couteau.

Maynard essaya de reculer, mais il était pris au piège, coincé entre les deux traversins.

Nau avait les yeux gonflés, exorbités; il eut un rictus et poussa un grognement. Il brandit le couteau au-dessus de sa tête – tel un prêtre inca devant un autel de sacrifice – et cria :

– Maintenant!

L'arc que décrivit le couteau étincela au soleil.

Nau se le plongea dans le bas-ventre et le remonta jusqu'à la poitrine. Les viscères sortirent par la déchirure de sa chemise.

Il s'écroula. Son épaule heurta un traversin et il retomba sur le dos. Le ressort, qui le retenait à la vie, se brisa net. Ses pupilles se dilatèrent et, comme un ballon que lâche soudain un enfant, sa poitrine exhala un dernier souffle.

Les yeux de Maynard abandonnèrent Nau et se portèrent sur Justin, rigide à l'arrière de la chaloupe. Il dit d'une voix faible :

– Hé, petit...

Les yeux de Justin s'emplirent de larmes. Il s'avança, se mit à genoux et prit la main de son père.

Note de l'auteur

Il existe une littérature considérable concernant les boucaniers et les pirates, aussi bien sur le plan des documents que de la fiction. Avant d'entreprendre la rédaction de *L'Ile sanglante,* j'ai consulté un grand nombre d'ouvrages. Et, tout en m'efforçant d'éviter toute ressemblance avec des personnages réels, j'ai essayé aussi d'être fidèle à la réalité historique.

Quatre livres m'ont été particulièrement utiles : *The Bucaneers of America,* par John Esquemeling (New York, Dover Publications, Inc., 1967), *The Funnel of Gold,* par Mendel Peterson (Boston, Little Brown & Co, 1975), *A General History of the Pirates,* par le capitaine Charles Johnson (London, Philip Sainsbury, The Cayme Press, 1925), et *Pirates, An Illustrated History,* par David Mitchell (New York, Dial Press, 1976).

Aventure

J'AI LU

Des aventures pour la plupart « vécues » vous emporteront avec leurs auteurs aux quatre coins du monde.

Demandez à votre libraire le catalogue semestriel gratuit.

ARSENIEV Vladimir
Dersou Ouzala (928****)
Un nouvel art de vivre à travers la steppe sibérienne.

BENCHLEY Peter
Dans les grands fonds (833***)
Pourquoi veut-on empêcher David et Gail de visiter une épave sombrée en 1943 ?

BURGER et SIMPSON
Le sous-marin du Triangle du Diable (877****)
Trente ans après, le Candlefish refait surface, vide mais intact.

CAIDIN Martin
Nimitz, retour vers l'enfer (1128***)
Le super porte-avions Nimitz glisse dans une faille du temps. De 1980, il se retrouve à la veille de Pearl Harbor.

COQUET Evelyne
Le bonheur à cheval (D 94****)
Deux jeunes filles refont, à cheval, le chemin des Croisés de Paris à Jérusalem.

COTTE Jean-Louis
La vallée des justes (907****)
Au Transvaal, un grand amour pris dans la tourmente de la guerre des Boers.

CUSSLER Clive
Renflouez le Titanic ! (892****)
... pour retrouver le minerai stratégique enfermé dans ses flancs.

FRISON-ROCHE
La vallée sans hommes (775***)
Dans le Grand Nord, il s'engage sur la Nahanni, la rivière dont on ne revient pas.
Carnets sahariens (866***)
Le chant du sable et du silence.
Premier de cordée (936***)
Cet appel envoûtant des cimes inviolées est devenu un classique.
La grande crevasse (951***)
La montagne apporte la paix du cœur à un homme déchiré.
Retour à la montagne (960***)
Pour son fils, Brigitte doit vaincre l'hostilité des hommes et des cimes.
La piste oubliée (1054***)
Dans les cimes bleues du Hoggar, Beaufort, l'officier, et Lignac, le savant, cherchent à retrouver une piste secrète.

La Montagne aux Ecritures (1064***)
La mission Beaufort-Lignac est-elle perdue ? Le capitaine Verdier part à sa recherche.
Le rendez-vous d'Essendilène (1078***)
Nicole etait perdue, seule, au cœur du desert...
Le rapt (1181****)
Perdue dans le Grand Nord, Kristina sera-t-elle sauvée ?

GRADY James
Les trois jours du Condor (709*)
Il a trois jours pour échapper aux assassins et démasquer les traîtres.
L'ombre du Condor (1065****)
Tombé aux mains d'agents chinois, pourra-t-il encore remplir sa mission ?

HALEY Alex
Racines (2 t. 968**** et 969****)
Ce triomphe mondial de la littérature et de la TV fait revivre le drame des esclaves noirs en Amérique.

KATZ Robert
Le pont de Cassandra (827**)
Contaminés par une arme bactériologique, ils sont emportés par un train fou.

LARTEGUY Jean
Les naufragés du soleil (1050****)
Trois hommes, rejetés d'Asie, se souviennent de leurs amours exotiques.
Le cheval de feu (1095****)
Yves Lortais, sorcier de la guerre, est pris entre Nane, son épouse, et la princesse Tiane.

LEVIN Ira
Ces garçons qui venaient du Brésil (906***)
Sur l'ordre du Dr Mengele, six tueurs nazis partent en mission.

REID P.R.
Colditz (661**)
L'auteur s'évade, en 1942, de la forteresse d'où l'on ne s'évade pas (feuilleton TV)

RIOU Roger
Adieu la Tortue (D76****)
Fabuleuse aventure d'un missionnaire dans l'île de la Tortue.

URIS Leon
Trinité (3 t. 863****, 864**** et 865****)
Dans une Irlande en flammes, le jeu de l'amour et de la mort.

WALKER Margaret
Jubilee (2 t. 842*** et 843***)
*Elle est la fille du Maître blanc... elle restera toujours esclave. L'*Autant en emporte le vent *des Noirs américains.*

WOUK Herman
Le souffle de la guerre (3 t. 575****, 576**** et 577****)
Brian, Nathalie, Pamela et Victor... Leurs vies et leurs amours vont être bouleversées par le grand souffle tragique de la Seconde Guerre mondiale.

Editions J'ai Lu, 31, rue de Tournon, 75006 Paris

diffusion
France et étranger : Flammarion, Paris
Suisse : Office du Livre, Fribourg
Canada : Flammarion Ltée, Montréal

Achevé d'imprimer sur les presses de l'imprimerie Brodard et Taupin
7, Bd Romain-Rolland, Montrouge. Usine de La Flèche,
le 10 juin 1981
1526-5 Dépôt Légal 2e trimestre 1981. ISBN : 2 - 277 - 21201 - 6
Imprimé en France